Una Troy:
Ein Sack voll Gold
Roman

Deutsch von Christiane Trabant-Rommel

Deutscher
Taschenbuch
Verlag

dtv

Dieses Buch liegt auch in der Reihe dtv großdruck als Band 25002 vor.

Von Una Troy sind außerdem im Deutschen Taschenbuch Verlag erschienen:
Mutter macht Geschichten (1286; auch als dtv großdruck 25003)
Die Pforte zum Himmelreich (10405; auch als dtv großdruck 25052)
Trau schau wem (10867)
Kitty zeigt die Krallen (10898)
Stechginster (10989)
Das Schloß, das keiner wollte (11057)
Eine nette kleine Familie (11150)
Läuft doch prima, Frau Doktor! (11214)
Die Leute im bunten Wagen (11350)

Deutsche Erstausgabe
August 1986
5. Auflage Juni 1991
Deutscher Taschenbuch Verlag GmbH & Co. KG, München

Titel der englischen Originalausgabe: ›A Sack of Gold‹ (Robert Hale Limited, London 1979)

Umschlaggestaltung: Celestino Piatti
Gesamtherstellung: C. H. Beck'sche Buchdruckerei, Nördlingen
Printed in Germany · ISBN 3-423-10619-0

Erstes Kapitel

Als der alte Mr. Barry im Juni unerwartet starb, war mir klar, daß Charles jetzt umgehend auf seine heimatliche Scholle zurückkehren würde, die er ohnehin nie verlassen hätte, wäre er nicht unfähig gewesen, sich mit seinem Vater zu vertragen. Kurz bevor er zur Beerdigung nach Irland fuhr, lauschte ich seinen Zukunftsplänen und dachte darüber nach, wie typisch es für ihn war, so seelenruhig vorauszusetzen, daß ich meine eigene heimatliche Scholle verlassen würde, um mich ihnen anzuschließen. Genau dasselbe mußte auch ihm aufgefallen sein, denn er sagte listig: »Nun, Kate, meine Liebe, du wirst dich ja wahrscheinlich nicht losreißen können. Warum denn auch? Du hast doch bereits mehr als genug für uns getan.«

»Keine Sorge, ich komme schon mit«, sagte ich. »Schließlich kann ich in Castlebarry genausogut schreiben wie in Fulham.«

Ich schreibe Bücher für Mädchen im Alter von zehn bis zwölf Jahren, und zwei Jahre vorher hatte ich zu Eleanor, meiner lieben Schwester, meiner besten Freundin, gesagt, daß ich genausogut in Fulham schreiben könne wie in Kensington. Von sich aus hätte sie mir nie eine Verpflichtung auferlegt und mich darum gebeten, mich um ihre Familie zu kümmern, aber ich wußte ganz genau, daß ich ihr mit meinem Versprechen ihre letzten Tage erleichtert hatte. Ich verließ also meine Wohnung und zog zu Charles und den Kindern. Seit Eleanor Charles geheiratet hatte, war ich in ihrem Haus ein- und ausgegangen, so daß meine ständige Anwesenheit dort nur deshalb merkwürdig war, weil Eleanor fehlte.

Simon war inzwischen achtzehn und ähnelte seinem

Vater sehr, aber nur was das Aussehen betraf, nicht im Charakter. Jenny und Johnny waren zwölf; sie hatten die braunen Haare und die Haselnußaugen der englischen Seite der Familie geerbt. Wenn ich nun mit ihnen nach Irland ging, würde London mir natürlich fehlen, aber die Kinder hätten mir noch stärker gefehlt.

»Das war auch nur eine höfliche Geste«, sagte Charles. »Ich wußte, daß du uns nicht verlassen würdest.«

Für gewöhnlich können wir uns gegenseitig überhaupt nichts vormachen, und als ich sagte, ich hätte genau gewußt, daß es gar nichts anderes gewesen sein konnte als eine Geste, sagte ich die Wahrheit. Er grinste mich schelmisch an. Wenn man die Sorte mag, war Charles ein attraktiver Mann. Er hatte helles, struppiges Haar, graue Augen und einen jungenhaften Charme, den er an- oder abschalten konnte, wie es ihm paßte. Mein Typ war allerdings immer die dunkle, finstere Sorte Mann gewesen, und zwischen Charles und mir herrschte eine echte Kameradschaft. Ich mochte ihn wie einen Bruder.

»Bedenke, wie vorteilhaft ein neuer Hintergrund für deine Bücher ist.«

»Irische Schauplätze sind nicht beliebt.« Er zog verächtlich eine Augenbraue in die Höhe. »Zuviel synthetischer Charme«, sagte ich mürrisch, da ich nicht gerade begeistert von den Aussichten war, »das heißt, wenn man nicht gleich kaltgestellt wird.«

Um die Bindung der Kinder an ihre Ursprünge aufrechtzuerhalten, hatte Charles alle paar Jahre mit der Familie eine Woche Urlaub in Castlebarry gemacht, und länger konnte er es unter einem Dach mit seinem Vater auch nicht aushalten. Ich selbst war noch nie in Irland gewesen, aber ich hatte von Eleanor natürlich eine Menge über den Ort erfahren, den jener Vorfahre der Barrys für seine Arbeiter entworfen und gebaut hatte, der auch die ersten Webstühle seiner Textilfabrik mit einem Wasserrad in den Stromschnellen des Banna angetrieben hatte.

»Von Anfang an war alles ganz patriarchalisch«, hatte Eleanor gesagt, »und so ist es auch geblieben. Eher stürzt der Himmel ein, als daß in Castlebarry gestreikt wird. Andererseits würde auch nie ein Arbeiter, wie alt und klapperig er auch sein mag, gegen seinen Willen entlassen werden.«

»Klingt ja ausgesprochen idyllisch, fast zu schön, um wahr zu sein.«

»Die Barrys glauben allerdings fest daran, daß es ewig so weitergehen wird, daß alles so beständig ist wie der Boden unter ihren Füßen.« Sie fügte ein wenig gequält hinzu: »Manchmal wünschte ich, es wäre nicht so, Kate.«

Das konnte ich gut verstehen. Charles hatte sein Studium der Wirtschaftswissenschaften summa cum laude abgeschlossen, aber er lebte nur deshalb in London, weil er Geld verdienen mußte. Das tat er auch nicht zu knapp, und kürzlich hatte er sogar das Angebot einer Juniorpartnerschaft in einer altehrwürdigen City-Firma ausgeschlagen. Für jemanden, dessen einziger Ehrgeiz es war, in einem obskuren irischen Dorf Fabrikbesitzer zu werden, war ein solches Angebot natürlich keiner Überlegung wert. Mit seinen zweiundvierzig Jahren hielt ich ihn für einen hoffnungslosen Fall. Aber Simon war jung und sehr begabt, und manchmal setzte ich zu einem vergeblichen Kampf um ihn an. Sprach er doch in letzter Zeit auffallend häufig davon, sich lieber an der Universität von Dublin als in Cambridge bewerben zu wollen und nach dem Examen einige Jahre mit dem Studium des Textilhandels im Ausland zu verbringen.

»Aber Simon, verspürst du denn nie den Wunsch deiner Generation, mit der Tradition zu brechen?«

Er schaute mich an, als wäre ich unaussprechlich dumm, was ich aus seiner Barry-Perspektive zweifellos auch war.

»Du weißt doch, daß ich nie etwas anderes gewollt habe, als die Fabrik übernehmen zu können, wenn ich an die Reihe komme.«

Nicht gerade in der allerbesten Stimmung drängte ich weiter.

»Und wenn dir irgend etwas zustoßen sollte, würde sich dann Johnny verpflichtet fühlen, weiterzumachen?«

»Du siehst es ganz falsch. Das würde er *wollen*. Es muß doch ein Barry in der Fabrik sein.« Geduldig sagte er: »Du wirst das verstehen, wenn du nach Castlebarry kommst, Kate.«

Die Zwillinge hatten ihre irischen Ferien immer genossen, aber ihr letzter Urlaub in Castlebarry lag über zwei Jahre zurück. Erleichtert stellte ich fest, daß sie den kommenden Veränderungen gelassen, sogar voller Vorfreude entgegensahen, wenn sie auch nicht ganz so enthusiastisch waren wie Simon.

»Wir werden natürlich so manches vermissen«, sagte Jenny, »aber im großen und ganzen ist das Leben auf einem Dorf in unserem Alter doch bestimmt abenteuerlicher. Wir hätten allerdings geglaubt, Kate, daß der große Liebhaber sich sträuben würde, seine Jessamy zu verlassen – doch nicht die Spur!«

Ich hatte nicht gewußt, daß es immer noch Jessamy war, aber irgendeine mußte es schließlich sein, weil Simon im letzten Jahr die Angewohnheit entwickelt hatte, sich zu verlieben. Den Zwillingen zufolge waren all seine Mädchen genauso altmodisch wie er selbst, von der prüden Sorte, die es angeblich gar nicht mehr gibt, aber irgendwie trieb Simon sie immer wieder auf.

Johnny setzte hinzu: »Ja, da fällt mir gerade etwas ein! Vielleicht hat er einfach erkannt, daß es in Irland wahrscheinlich weitaus mehr Mädchen von der überirdischen Sorte gibt als hier.«

»So berechnend ist er doch gar nicht! Aber es ist wahr, der arme Simon könnte schon ein paar mehr Fische fangen. Sein Netz ist schrecklich weitmaschig.«

Von London fortzugehen bedeutete, daß ich Alan verlassen mußte, aber ich führte mein Liebesleben so diskret, daß nicht einmal die allwissenden Zwillinge im Bilde waren. Auf diese Weise fand unser Verhältnis jedenfalls ein natürliches Ende. Verschiedene Männer hatte ich wirklich sehr gemocht, aber keinen genug, um eine dauerhafte Bindung in Betracht zu ziehen, und nachdem ich jetzt reife zweiunddreißig Jahre erreicht hatte, war mir klar, daß ich nicht aus dem Stoff war, aus dem Ehefrauen im allgemeinen sind. Ich erwartete auch nicht, so viel Glück zu haben wie Simon und den Typ Mann, der mir gefiel, in großer Auswahl in Irland vorzufinden. Alan zum Beispiel war ein geistreicher, sarkastischer Theaterkritiker. Sicherlich würde ich jedoch eine Weile ohne Männer auskommen.

»Gut, daß du mit uns kommst«, sagte Johnny. »Du bist ein solcher Stadtmensch, daß wir zuerst Angst hatten, du würdest vielleicht hierbleiben, und das hätte natürlich alles verdorben.«

Charles rief am selben Abend an, um zu sagen, daß er doch nicht noch einmal zurückkehren würde, um seine Angelegenheiten in London zu regeln, wie es eigentlich geplant gewesen war.

»Ich kann Tom die Geschäftsleitung im Moment einfach nicht allein überlassen, auch nicht für kurze Zeit. In den letzten Jahren scheint Vater ihn kaum besser als einen Vorarbeiter behandelt zu haben, so daß er ziemlich im dunkeln tappt, was das Geschäftliche betrifft.« Als älterer Bruder hatte Tom den strikten Gesetzen der Barrys zufolge nie die Möglichkeit gehabt, der Tyrannei seines Vaters zu entrinnen: sein Platz war in Castlebarry gewesen und nirgendwo sonst. Der alte Mr. Barry hatte seine schlechte Meinung über Toms Fähigkeiten und seine vorrangige Besorgnis um die Zukunft der Fabrik überdeutlich demonstriert, indem er seinen Besitz zu gleichen Teilen Tom und dem rebellischen Charles vermacht hatte. »Übrigens werden wir nicht in einem Fertighaus wohnen müssen, bis wir selbst gebaut haben. Ich habe nämlich ein Haus gekauft«, fuhr Charles leichthin fort. »Es war ein unglaubliches Glück, daß es gerade jetzt auf den Markt kam, und es war noch dazu spottbillig, denn mein Angebot war das einzige. Es nennt sich ›The Grange‹, ein großes, hübsches altes Haus, und ich weiß, daß es dir gefallen wird. Es ist nur etwas verwahrlost, deshalb möchte ich, daß du jetzt sofort herkommst, damit es für uns hergerichtet wird.«

Ich sagte: »Aber –«

»Ich gebe ja zu, daß du vielleicht einen oder zwei Tage brauchen wirst, um deine Abreise vorzubereiten.« Ich holte tief Luft. »Aber die Grange wird unser Zuhause sein, und ich kann sie nicht einfach renovieren lassen, ohne mich hier an Ort und Stelle mit dir zu beraten. Wir wohnen bei Tom in Barry Manor, bis das Haus fertig ist, aber ich glaube, du weißt, warum wir nicht allzu lange dort bleiben sollten; und je eher du kommst, desto eher werden wir umziehen können.«

»Darf ich vielleicht auch mal etwas sagen? Erstens, die globale Aussage deines Monologs hat in mir eine melancholische Sehnsucht nach der Einfachheit eines bequemen Fertighauses geweckt.«

»Welch bedauernswerter Mangel an ästhetischem Feingefühl! Also, spätestens bis Montag«, sagte er und hängte ein, bevor ich überhaupt zu meinem »Zweitens« kam.

Sobald nicht mehr die Möglichkeit bestand, mit Charles zu debattieren, erkannte ich selbst, wie ratsam es war, daß »The Grange« rechtzeitig fertig wurde, um uns alle zu beherbergen, wenn die ganze Familie nach Irland übersiedelte. Charles wollte in dieser Hinsicht nichts unternehmen, bevor ich da war, also blieb mir nichts anderes übrig, als mich aufzumachen. Sobald ich den Hörer aufgelegt hatte, fiel mir schon eine verläßliche ältere Freundin ein, die wahrscheinlich bereit wäre, den Haushalt in Fulham zu führen, bis die Kinder ihre Prüfungen zum Schuljahresende hinter sich hatten, und ein Anwalt, der den Mietvertrag vermutlich zu unserem Vorteil lösen würde. Ich war so tief in Gedanken versunken, daß ich fast mit den Zwillingen zusammenstieß, als ich aus der Halle kam. Als ich ihnen von der Grange erzählte, brachen sie sofort in einstimmige Begeisterungsrufe aus und begannen – wie so oft – im Wechselchor zu sprechen.

»Die Grange! Oh, Kate, das ist das Haus vom Geizkragen.«

»Es wurde immer so genannt, das Haus vom Geizkragen, seit der Geizkragen dort einzog.«

»Und da waren wir noch lange nicht auf der Welt. Er muß gestorben sein. Schade. Wir hätten ihn so gern einmal gesehen, den gräßlichen Geizkragen.«

»Na, jedenfalls werden wir endlich das schreckliche Haus sehen. Wir konnten ja immer nur einen Blick auf das Dach werfen, Kate, weil das Haus selbst von einer hohen Mauer und von Bäumen umgeben war. Und das Tor war auch so hoch, aus dickem, festem Holz, und nicht ein einziges Mal stand es offen.«

»Einmal haben wir versucht, über die Mauer zu klettern, um Erkundigungen anzustellen, aber wir kamen nicht rüber. Jenny fiel runter und schnitt sich die Knie auf, und ich tat mir an der Schulter weh.«

»Deshalb glaubten wir auch, es spuke in dem Haus und wir seien verhext worden. Wir waren ja noch klein, weißt du.«

»Und jetzt, stell dir vor, werden wir in dem entsetzlichen Haus wirklich *wohnen*!«

»Wie ich euch kenne«, sagte ich, »darf ich doch sicher davon ausgehen, daß ihr es als außerordentlich begehrenswerten Familiensitz betrachtet.«

»Natürlich. Wir haben sogar einmal ein Gedicht darauf gemacht. Sollen wir es aufsagen, Kate?«

»Wer kann schon ein solches Angebot ausschlagen?«

»Es ist ein bißchen abgeschrieben, weil wir damals gerade für Robert Service schwärmten, aber für unser Alter war es kein schlechtes Gedicht. Auf geht's!«

Sie stellten sich nebeneinander auf und verbeugten sich.

»Das ist das Lied von des Geizkragens Haus,
Dort schleicht er nächtens aus und ein
Von Keller zu Kammer
In ziellosem Jammer
In des fahlen Mondes düsterm Schein.
Beim Quäken und Quietschen von Ratte und Maus
Wandert er ganz allein,
Hat einen Sack von Gold in der kalten Hand und
In der Brust einen Stein.«

Zweites Kapitel

Charles holte mich in Dublin vom Flughafen ab. Hundertzwanzig Meilen mußten wir noch mit dem Auto fahren, und die Landschaft war so schön, wie ich es erwartet hatte, aber von den Städten und Dörfern war ich enttäuscht, und nicht anders ging es mir, als wir durch die erste der beiden einzigen Straßen von Castlebarry fuhren. An deren Ende jedoch bogen wir im rechten Winkel in das echte, ursprüngliche Castlebarry ein, wie Charles sagte, und das war einfach bezaubernd.

Kleine, malerische Häuser aus gehauenem Stein mit bildschönen Vorgärten standen in einer langen Reihe auf der einen Seite der Straße, die sich in einiger Entfernung zwischen riesigen alten Eichen und Kastanienbäumen verlor; von einem gemächlich dahinfließenden, glänzenden Fluß wurde auf der anderen Seite der Dorfanger begrenzt, auf dem Gänse stolzierten und Kinder spielten.

»Das bleibt ewig so«, sagte Charles zufrieden. Er reckte den Hals, um zu einer Neubausiedlung auf einem Hügel jenseits der Dächer hinaufzusehen. »Natürlich gibt es da diese scheußlichen Häuser, aber sie sind weit genug entfernt, um nicht alles zu verderben. Ich muß dir leider gestehen, daß die Grange auch dort oben liegt. Vor langer Zeit hatte sie den Hügel ganz für sich allein, aber auch jetzt ist das Grundstück immer noch groß genug, um diese Schandflecken in gebührendem Abstand zu halten.«

Er fuhr sehr langsam, wobei er nur eine Hand am Steuer hatte, denn die Leute winkten uns zu, während wir vorüberfuhren, und Charles brauchte doch tatsächlich seine andere Hand, um zurückzuwinken. Wie ein König!

»Es ist Mittagspause, Kate. Das sind alles unsere Leute. Die Fabrik beschäftigt ungefähr zweihundertundfünfzig Menschen, das ist praktisch die gesamte arbeitende Bevölkerung des Dorfes.«

Als wir eine altertümliche Granitbrücke mit Strebepfeilern beim Wald überquerten, kam die Fabrik ins Blickfeld. Wir fuhren an ihr vorbei und die von Eiben gesäumte Auffahrt hinauf, die sie vom Herrenhaus trennte.

Eleanor hatte immer gesagt, wenn je ihre Zeit käme und sie Mrs. Charles Barry von Castlebarry sein müßte, wäre sie zumindest dankbar, daß sie nicht auch Herrin von Barry Manor werden müßte, aber selbst mit dieser Vorwarnung war der Anblick des Wohnsitzes der Barrys ein Schock. Ob man nun in der Grafschaft Lancashire oder in Tipperary Textilkönig war, dachte ich, als ich dem kitschigen Pseudoschloß gegenüberstand, das Charles' Vorfahre in dieser schönen Umgebung errichtet hatte, augenscheinlich läuft es immer auf dieselben monströsen Geschmacklosigkeiten hinaus.

Bevor der Wagen hielt, öffnete sich die neugotische Eingangstür, und Tom kam die breiten Steinstufen zu uns hinabgelaufen. Die Familienähnlichkeit zwischen den Brüdern war unverkennbar, aber Tom war stämmig und hatte grobere Gesichtszüge. Ihm fehlte auch das lebensfrohe Leuchten, das Charles umgab. Aber er hatte ein ehrliches, freundliches Gesicht, und ich mochte es sofort leiden, als er meine Hände ergriff und sagte: »Willkommen in Castlebarry, Kate.«

Formvollendet erwartete uns Bridie Malone, die Haushälterin, in der Halle. Bridie hatte als Küchenmädchen in Barry Manor angefangen, aber inzwischen führte sie schon seit langer Zeit das ganze Haus allein. Sie war schmuck und rundlich, hatte rosige Wangen und strahlende Augen und nur vereinzelte graue Strähnen in dem glatten braunen Haar. Sie trug ein schwarzes Kleid und eine bedruckte Kittelschürze. Ich betrachtete sie mit der lebhaftesten Neugier, denn sie war der Grund dafür, warum wir nicht zusammen mit Tom in dem gräßlichen Herrenhaus wohnen konnten.

Seit vielen Jahren war sie Toms Geliebte. Eleanor hatte mir erklärt, daß die Liaison der allergrößten Diskretion unterliegen mußte, weil man den männlichen Barrys zwar jede sexuelle Freizügigkeit nachsichtig gestattete, solange sie sie anderswo auslebten, die Mädchen aus dem Dorf jedoch streng tabu waren. Von Anbeginn hatten sich die Barrys dieses Gesetz selbst auferlegt. »Und das war doch sehr rücksichtsvoll«, hatte Eleanor mit jenem sarkastischen Lächeln bemerkt, das man in Verbindung mit Castlebarry so oft an ihr entdeckte, »denn natürlich konnten die lokalen Liebhaber kaum mit den Barrys konkurrieren.«

Toms Leidenschaft mußte schon sehr stark gewesen sein, um mit dieser strengen Regel zu brechen, er hatte sie jedoch so lange beherrscht, bis niemand mehr vom früheren Hauspersonal übrig war und schockiert sein konnte. Wenn der alte Mr. Barry die Affäre mißbilligt hatte, was niemand wußte, so war er genauso wie die Dorfbewohner in die Lage versetzt worden, jede offene Anerkennung der Verhältnisse unter dem Deckmantel heiterer Unwissenheit zu umgehen. Eleanor hatte mir erzählt, daß Tom und Bridie selbst während der Familienbesuche sorgfältig den Anschein aufrechterhalten hatten, nichts anderes zu sein als der Sohn des Hauses und die loyale Dienerin.

»Es muß eine furchtbare Belastung für sie sein, die Armen. Und natürlich würde diese Belastung einfach untragbar, wenn andere Menschen ständig im Hause lebten, ja, es würde sie vielleicht sogar dazu treiben, die Beziehung ganz abzubrechen. Und das wäre tragisch, denn Tom hat niemals Augen für irgendeine andere Frau als Bridie gehabt.«

Ich hatte Eleanor entgeistert angeschaut.

»Ich kann überhaupt nicht verstehen, warum du soviel Verständnis aufbringst, wo der Mann doch offensichtlich das Mädchen nur zu heiraten braucht, um die Situation zu ändern. Oder hat er Angst, daß sein Vater ihn rauswerfen würde? Dieser Tom scheint *ganz* anders zu sein als Charles.«

»Eben nicht. Sie sind beide Barrys. Natürlich kannst du es nicht verstehen, du würdest Castlebarry kennen müssen, bevor du das könntest. Weißt du, Kate«, sagte Eleanor feierlich, »was für ein gräßlicher Bruch mit der Tradition es auch immer wäre, wenn ein Barry die Tochter eines Fabrikarbeiters zu seiner Geliebten machte, es wäre nichts im Vergleich zu dem Entsetzen und zu dem Schock, die ganz Castlebarry überwältigen würden, wenn er sie heiratete. Das versichere ich dir. Im Dorf will man, daß die Barrys auf dem ihnen in Castlebarry zugewiesenen Platz bleiben, und die Barrys halten sich daran«, hatte sie gesagt und mich angelacht.

Jetzt also hatte ich selbst Gelegenheit zu beobachten, wie sich Castlebarry in der Tradition badete, und es gefiel mir nicht sonderlich. Tom stellte mich als »Miss Wilson« vor, als wäre ich eine völlig Fremde. Bridie erwiderte ebenso distanziert: »Der Lunch ist gerade fertig, Mr. Tom, aber ich werde Miss Wilson zuerst ihr Zimmer zeigen.«

»Danke, Bridie. Ich heiße Kate. Aber ich bin sicher, daß Sie das schon wissen.«

Sie lächelte mich freundlich an und sagte: »Ich hoffe, Sie sind nicht zu müde von der Reise, Miss Wilson«, und Tom sagte: »Welches Zimmer haben Sie Miss Wilson gegeben?«

»Das blaue Zimmer, Mr. Tom. Es hat die schönste Aussicht.«

Ich sah die beiden Liebenden an. Sie lächelten mir freundlich zu. Ich hatte vorher gewußt, was mich erwartete, und es ging mich auch schwerlich etwas an, wie sie sich zu verhalten beliebten, aber es gefiel mir nicht. Nein, es gefiel mir ganz und gar nicht. Der leise Verdacht beschlich mich, daß es möglicherweise weitere Aspekte des Lebens in Castlebarry gäbe, die mir genausowenig gefallen würden.

Nach dem Lunch – bei dem Bridie servierte – erschien Mr. Clinton, der Hausmakler, um die Schlüssel von »The Grange« zu übergeben, aber diese Formulierung war, wie er entschuldigend sagte, rein symbolisch. Er hatte die Schlüssel nämlich nicht. Miss Maisie Sheedy wohnte noch immer in der Grange.

»Ich hatte gehofft, sie schon vorher zum Gehen bewegen zu können, aber das Problem war, daß sie nicht wußte, wohin. Nicht mit – ähem – mit ihrem Gefolge. Aber morgen zieht sie bestimmt aus. Die Sheedys von der Post nehmen sie auf.« Tom sah erstaunt aus. »Sie müssen bedenken«, sagte Mr. Clinton, »daß Maisie Sheedy jetzt ein paar Pfund ihr eigen nennen kann. Solange die reichen, werden ihr Josh und Delia Sheedy ein Dach über dem Kopf geben. Natürlich nicht mietfrei. Ich würde sogar auf das genaue Gegenteil tippen.«

Tom sagte düster: »Die arme, unglückliche Frau! Die Sheedys sind keine Einheimischen, Kate, sie sind, was man Reingeschmeckte nennt. Sie werden in Castlebarry keine zweite Familie wie die Sheedys finden, das versichere ich Ihnen.«

»Es wäre auch nicht besonders wünschenswert«, sagte Mr. Clinton. Mit heimlicher Schadenfreude hörte ich von einem so unharmonischen Element in diesem vorgeblichen Paradies auf Erden. Die Sheedys waren nach Castlebarry gekommen, als Charles schon nicht mehr dort lebte, so daß er die Familie überhaupt nicht kannte. Über die notwendigen Informationen zum Kauf des Hauses hinaus interessierte er sich auch nicht für sie. Während Mr. Clinton uns zur Grange fuhr, ermunterte ich ihn, uns ins Bild zu setzen.

Vor ungefähr zwanzig Jahren war Ned Sheedy, der Geizkragen, unvermutet aufgetaucht und hatte die verlassene Grange zunächst mit einem Jahresvertrag übernommen. Er war Junggeselle, und seine unverheiratete Schwester Maisie führte ihm den Haushalt. Alsbald folgte ihm sein Bruder Joshua und heiratete die neu ernannte Unter-Postmeisterin, die auch fremd in Castlebarry war. Es gab noch einen dritten Bruder, Theophilus, den Tunichtgut, den es manchmal nach Castlebarry trieb, wenn er wieder einmal total abgebrannt war, und der dann jeweils von Ned oder Josh wieder rausgeworfen wurde. Der jüngste Bruder Sam und seine Frau waren vor zwei Jahren bei einem Autounfall ums Leben gekommen. Mr. Clinton sagte – nicht etwa gefühllos, sondern einfach sachlich –, daß Sam für die Welt kein größerer Verlust gewesen war, als es die anderen wären. Er hatte eine kleine Tochter zurückgelassen, die bei den Sheedys von der Post lebte.

»Der Geizkragen Ned war der Kopf der Familie. Niemand wußte, was er eigentlich für Geschäfte betrieb, außer daß er im Land umherreiste, mit diesem und jenem handelte und daß er ein Finanzgenie war, ein zweiter Paul Getty. Je ärmer er sich machte und damit beim Finanzamt auch durchkam, für desto schlauer und reicher hielt man ihn. Um die Wahrheit zu sagen, ich war selbst erstaunt, als ich hörte, daß Ned lediglich ein paar Tausend Pfund hinterlassen hatte, die in der Grange in Teekannen und unter Matratzen versteckt waren.«

Wir waren an der Siedlung vorbeigefahren und hielten jetzt vor dem großen, massiven Holztor in der hohen Steinmauer, das die Zwillinge mir beschrieben hatten. Die gelbe Farbe des Tores blätterte traurig ab. Mr. Clinton sprang aus dem Wagen und stemmte sich mit seiner Schulter dagegen. Das Tor öffnete sich unter rostigem Quietschen. Dahinter befand sich ein baufälliges Pförtnerhäuschen. Eine von Unkraut überwucherte Spur führte durch eine Wildnis von hohem Gras und wuchernden Sträuchern auf das Haus zu, von dem bislang nur das Dach zu erkennen war. Mr. Clinton schloß das Tor wieder, bevor er weiterfuhr, und einmal mußte er scharf bremsen, weil ihm unvermittelt eine Katze über den Weg rannte. Wir bogen um eine Kurve und fuhren auf der Auffahrt vor dem Haus vor.

Es war viereckig und hatte zwei Stockwerke. Die billige, gelbe Farbe, die ich schon vom Tor kannte, blätterte von den Wänden. Die Zwillinge wären von dem trostlosen Anblick sicher hellauf begeistert gewesen.

Charles sagte hastig: »Du mußt versuchen, dir vorzustellen, wie es sein wird, Kate.« Er klang allerdings nicht so gewaltig selbstsicher wie sonst. Erleichtert stellte ich fest, daß das Haus weder Keller noch Kammern zu haben schien, die der Geizkragen in ziellosem Jammer mit einem Sack voll Gold in der Hand hätte durchwandern können, und hielt in geradezu übermenschlicher Beherrschung den Mund.

Mr. Clinton stieg aus. Ein furchtbares Wimmern erklang. Er taumelte nach hinten, und eine Katze suchte flink in einem Rhododendronbusch Deckung.

»Das verdammte Biest saß direkt unter meinen Füßen. Bitte um Entschuldigung, Miss Wilson. Die Sache ist so, daß das Haus von Katzen wimmelt. Maisie Sheedys Gefolge.« Er öffnete mir die Wagentür. »Und nicht einmal ganz stubenrein, ich muß Sie warnen, aber die Katzen sind ungefähr die einzige Freude, die die arme Frau im Leben hat. Ihre Jugend brachte sie damit hin, ihre uralten Eltern zu pflegen, und dann ließ Ned sie kommen, damit sie sich um ihn kümmerte. Er war ein herzloser alter Teufel. Er hat sich nicht die Mühe gemacht, ein Testament aufzusetzen, so daß Maisie noch nicht einmal das wenige bekommt, das er hinterließ, wie es ihr von Rechts wegen zugestanden hätte, sondern es mit den anderen Verwandten teilen muß, und das sind Josh, Theophilus und die Tochter von Sam Sheedy.« Er rieb sich nachdenklich das Kinn. »Aber wer weiß, vielleicht ist sie genau um diese fünfhundert Pfund reicher, weil er ohne Testament gestorben ist? Er hat nämlich oft damit gedroht, daß er alles einem Heim für Katzen hinterlassen würde. Er haßte ihre Katzen, und er war böse genug, so etwas zu tun. Na ja, *de mortuis* und so weiter.« Er pochte mit einem von leuchtendem Grünspan überzogenen Messingtürklopfer gegen die Tür, die sich daraufhin zaghaft ein paar Zentimeter weit öffnete. Mr. Clinton sagte fröhlich: »Hallo, Maisie. Hoffe, daß wir Sie nicht stören, aber Mr. Charles ist da, um einen Blick auf sein Haus zu werfen.«

Die Tür wurde ein wenig weiter geöffnet. Zwei Katzen stürmten heraus. Miss Sheedy stieß ein schwaches Jammern aus.

»Oh, ihr bösen, bösen Mädchen! Ungehorsam! Sie haben doch *bestimmt* daran gedacht, das Tor zu schließen, Mr. Clinton? Sie sind immer so umsichtig.«

Miss Sheedy war Mitte Fünfzig. Sie war klein und dünn; die verschossene Wolljacke und der zu weite Rock hingen locker an ihr herunter wie an einem Skelett. Sie hatte ein blasses, spitzes, kleines Gesicht und runde, blaßgraue Augen; das grau werdende strohblonde Haar türmte sich in einem Knoten auf dem Kopf, aber lange Strähnen hingen ihr ins Gesicht hinein.

»Guten Tag«, sagte sie mit gehetzter, atemloser

Stimme. »Ich wünschte, das Haus wäre in einem ordentlicheren Zustand, aber die Vorbereitungen zum Umzug – *Sie* werden die häusliche Unordnung verstehen, Miss Wilson. Ich hoffe doch, daß ich Ihnen keine Unannehmlichkeiten bereitet habe, Mr. Charles, weil ich ein wenig länger geblieben bin, aber –«

»Keineswegs, Miss Sheedy.«

Sie schlang die Finger ineinander, lächelte nervös, trat zurück und glitt durch einen Bogen, der die Treppe umrahmte, davon.

Der Katzengeruch im Haus war überwältigend.

»Eine tüchtige starke Frau aus dem Dorf mit einem Schrubber wird in Nullkommanichts alle Spuren von Maisie Sheedys Zoo beseitigen«, sagte Mr. Clinton immer noch mit entschlossener Fröhlichkeit. »Oder vielleicht mehrere starke Frauen. Ich werde auf unserem Rundgang durch das Haus ein paar Fenster öffnen.« Mr. Clinton hatte zuviel versprochen, denn es gelang ihm lediglich, eines der Fenster zu öffnen, bei den übrigen waren die Holzrahmen verrottet und die Scharniere mit Nägeln gesichert. »Augenscheinlich hat Ned Sheedy mit frischer Luft nicht weniger gegeizt als mit allem anderen. Leere Zimmer sind natürlich immer ein bißchen deprimierend, nicht wahr? Die Möbel, die hier standen, sind bereits versteigert oder im Hof verbrannt worden. Aber tatsächlich«, gab er mit einem plötzlichen Ausbruch von Ehrlichkeit zu, »waren die Räumlichkeiten noch deprimierender, als sie noch nicht leer waren.«

In verbissenem Schweigen folgte ich ihm und Charles durch das Erdgeschoß. In jedem Zimmer waren einige Fußbodenbretter rücksichtslos aufgebrochen worden und hatten tückische Löcher hinterlassen, Teile der Scheuerleisten lagen wie Treibholz umher; Beweis dafür, wie Mr. Clinton erklärte, daß die Sheedys eine ganze Weile die Hoffnung nicht aufgegeben hatten, doch noch eine versteckte Schatulle mit glitzernden Goldstücken zu entdecken. Hätte Charles mich in diesem Moment anzusprechen gewagt, wäre ich explodiert. Langsam jedoch gewöhnte ich mich an den Dreck und an die Unordnung und sogar ein wenig an den Gestank und stellte fest, daß das Haus gut aufgeteilt war und daß die Räume großzügige Proportionen hatten. Ich konnte die hohen Stuckdecken, die schweren Mahagonitüren und Paneele bewundern. Draußen reckten sich wunderschöne Blutbuchen und Kastanienbäume von dem ungepflegten Rasen in einen sonnigen Himmel. Als wir in die Küche kamen, war meine Stimmung bereits ein wenig freundlicher.

Hier standen drei Umzugskisten, die als Stuhl, Tisch und Anrichte dienten, ein Primusherd, einige Kochgeräte und Steingutgeschirr, die ersten rührenden Zeichen von Miss Sheedys Anwesenheit im Haus. Die ganze Zeit über hatte ich den unbestimmten Eindruck gehabt, daß sie selbst beständig entweder vor oder hinter uns umherhuschte, ohne je sichtbar zu werden. Vielleicht waren es aber auch nur die Katzen, die überall wie verstohlene Schatten herumschlichen. Auf dem Treppenabsatz im ersten Stock fuhr ich allerdings heftig zusammen, als sie sich plötzlich neben uns materialisierte. Eine riesige Katze erschien hinter ihr. Miss Sheedy zuckte nicht mit der Wimper, als die Katze ihr geschwind den Rücken emporkletterte und sich auf ihrer Schulter niederließ. Miss Sheedy hob die Hand, um die Katze zu stützen, rieb ihre Wange an den Schnurrhaaren, sagte: »Oh, Colonel! Colonel!« und schlängelte sich davon.

Verlegen schaute ich ihr nach. Auch Charles war nachdenklich geworden. Mr. Clinton sagte scharfsinnig: »Sie dürfen nicht glauben, daß sie versucht, Ihnen ein schlechtes Gewissen zu machen, weil Sie ihr das Haus unter den Füßen weggekauft haben. Bestimmt nicht, das ist einfach ihre Art. Sie können mir glauben, daß sie die zweihundert Pfund, die Sie ihr für den Umzug gegeben haben, wirklich zu schätzen weiß und als reinen Glücksfall ansieht, weil sie in ein paar Wochen sowieso hätte ausziehen müssen. Wäre das Haus nicht verkauft worden, hätte man es nämlich abgerissen.«

Erleichtert sagte ich: »Selbst wenn dem armen Ding der Abschied schwerfällt, kann jeder Wechsel gegenüber diesem Haus in seinem gegenwärtigen Zustand für sie eigentlich nur eine Verbesserung bedeuten.«

»Vielleicht«, sagte Mr. Clinton unbestimmt. Unter dem Schmutz war das obere Stockwerk genauso vielversprechend wie das Erdgeschoß, und es stank eine Spur weniger. Vor der letzten Zimmertür zögerte Mr. Clinton.

»Dies ist Maisies Heiligtum. Vielleicht sollten wir lieber nicht –«

Miss Sheedy, die den Colonel jetzt wie einen Pelzkragen trug, tauchte ganz unvermittelt aus einer Nische beim Badezimmer auf.

»Aber gehen Sie doch hinein, Mr. Clinton. Es ist nicht so ordentlich, wie ich es mir wünschen würde, fürchte ich, aber –«, sie lächelte uns wehmütig an – »so im Übergang befindlich –«

Miss Sheedys Schlafzimmer war mit einer Teekiste aus Sperrholz und einem schmalen Eisenbett möbliert. Schäbige Kleider hingen von Nägeln an der Wand herunter. Sie wirkten genauso schlaff wie die Kleider, die ich an Miss Sheedys magerer Gestalt bemerkt hatte. Eine andere Wand in diesem Raum stellte eine Bildergalerie aus alten Katzenkalendern dar. Mehrere Futternäpfe standen verstreut im Raum. Drei Katzen schliefen auf dem Fußboden. Ein Mann mit mächtiger weißer Haarmähne schlief in voller Kleidung, sogar mit den Schuhen auf dem Bett.

Miss Sheedy stieß einen dünnen Schrei aus.

»Theophilus! Oh, Mr. Clinton, ich wußte nicht einmal, daß er immer noch hier in der Gegend ist. Oh, Mr. Clinton, Sie müssen mir glauben, daß ich nicht im Traume daran denken würde, ihm zu erlauben –«

Die Katzen streckten sich und gähnten. Der Colonel sprang zu Boden, um sich zu ihnen zu gesellen. Theophilus Sheedy öffnete die Augen und stöhnte.

»Was zum Teufel –! Ach, Sie sind es, Clinton?« Mr. Clinton begab sich auf den Rückzug. »Warten Sie eine Sekunde bitte!« Theophilus rollte seine Beine auf den Boden und setzte sich blinzelnd auf. »Ist das aber eine Menschenansammlung. Nun, sei's drum. Sie sind alle herzlich willkommen.«

Miss Sheedy zitterte so stark, daß ich kaum erstaunt gewesen wäre, ihre Knochen aneinander klappern zu hören.

»Wie *kannst* du nur, Theophilus! Das ist Mr. Charles.« Theophilus schüttelte den Kopf wie ein Hund, um wach zu werden, und zuckte zusammen. »Mr. Charles *Barry,* Theophilus.«

Theophilus stand vorsichtig auf. Er war die mitgenommene Ruine eines großen, gut aussehenden Mannes. Er verbeugte sich tief, wobei er es wie durch ein Wunder im letzten Moment schaffte, nicht mit der Nase voran zu Boden zu fallen.

»Guten Tag, Madam! Sir! Fühlen Sie sich vollkommen frei, mit der Inspektion Ihres Besitzes fortzufahren, ich bitte darum. Maisie, meine Liebe, könnten wir nicht mit dem Brauch dieses großen alten Hauses brechen und unseren Besuchern eine Erfrischung anbieten?«

Leicht schwankend, deutete er mit einladender Geste auf eine Flasche, die zu seinen Füßen lag.

»Sie ist leer. Du weißt, daß du nicht geschlafen

hättest, wenn sie nicht leer wäre«, sagte Miss Sheedy lakonisch.

Theophilus runzelte die Stirn, beugte sich weiter nach unten, um die Flasche zu untersuchen, und verlor das Gleichgewicht; glücklicherweise fiel er auf das Bett. Er schloß die Augen und schlief weiter.

Aus dem Haus herauszutreten und saubere Luft zu atmen, war köstlich. Mr. Clinton erzählte mir, daß es außer dem vorderen Rasen jenseits der Stallungen noch einen großen Küchengarten gebe, aber wir würden Macheten brauchen, um dorthin zu gelangen. Dieses Mal öffnete Charles das Tor. Draußen lungerte ein kleiner, magerer, strohblonder Mann mit scharfen Gesichtszügen herum. Er sagte: »Um Erlaubnis. Der Riegel ist schwierig.« Indem er ihn zuschob, sagte er: »Mr. Charles Barry, nehme ich an? Freue mich, Ihre Bekanntschaft zu machen, Sir. Joshua Sheedy zu Diensten, Bruder des verstorbenen Ned Sheedy, Gott hab ihn selig. Was für ein Glück, daß ich zufällig hier vorbeikam, so daß ich Gelegenheit habe, Sie an diesem Ort willkommen zu heißen. Ob Sie mich wohl im Wagen mit nach Hause nehmen würden, Mr. Clinton?« Mr. Clinton nickte kurz. Joshua setzte sich nach hinten neben mich. »Und das ist Miss Wilson, nehme ich an? Sehr erfreut, auch Ihre Bekanntschaft zu machen.«

Mit starrem Gesichtsausdruck fuhr uns Mr. Clinton in die Neubausiedlung. Er hielt vor einem älteren Haus an, das ein wenig abseits stand. Es war ebenerdig und hatte fünf Fenster, die in unregelmäßigen Abständen an der Längsseite angebracht waren. Eines von ihnen auf der rechten Seite der Tür war größer als die anderen, und auf einem weißen Schild stand in gelber Schrift J. B. SHEEDY, FOOD MART darüber. Die Sheedys schienen eine Leidenschaft für die Farbe

Gelb zu haben. Das Fenster zur Linken war mit einem Briefkasten versehen, der in einen Gitterrost eingelassen war.

Nachdem er ausgestiegen war, sagte Joshua dringlich: »Ich will Sie nicht aufhalten, Mr. Clinton, aber ich kann Mr. Charles und Miss Wilson einfach nicht gehen lassen, ohne meiner Frau Gelegenheit zu geben, sie zu begrüßen.« Mit diesen Worten eilte er in seinen Laden.

Mr. Clinton sagte resigniert: »Ich nehme an, Sie haben beide heute schon genug Sheedys gehabt, und Josh und Delia sind meiner Meinung nach die schlimmsten von allen. Sie werden jedoch die Post in Anspruch nehmen müssen, so daß Sie unsere Unter-Postmeisterin ebensogut jetzt gleich kennenlernen können. Eventuell kommt Ihnen auch der Laden gelegen, Miss Wilson. Es ist ein Familienunternehmen, und sie haben von neun Uhr morgens bis neun Uhr abends geöffnet, auch sonntags. Und selbst außerhalb dieser Zeiten machen sie fast zu jeder Tages- oder Nachtzeit auf, um keine Kunden zu verlieren.« Er betrachtete die bunt durcheinandergewürfelte Schaufensterauslage voller Zweifel. »Ich meine, der Laden ist praktisch, wenn Ihnen plötzlich eine Kleinigkeit ausgeht. Puddingpulver zum Beispiel. Die Sheedys scheinen einen großen Vorrat an Puddingpulver zu haben. Aha, hier kommt mit fliegenden Fahnen Delia Sheedy!«

Delia Sheedy war größer als ihr Mann und drall, sie hatte verdächtig schwarze Haare und dazu ein fahles Puddinggesicht. So gnadenlos war ihre Einladung, auf ein Glas Portwein oder Whisky hereinzukommen, daß es schwierig war, abzulehnen, ohne sie direkt vor den Kopf zu stoßen. In dem Bewußtsein, daß mein deutlicher Mangel an hausfraulichen Fähigkeiten es wünschenswert erscheinen ließ, bei dermaßen zuvorkommenden Ladenbesitzern gut angeschrieben zu sein, zog ich meine beiden zögernden Begleiter hinter mir her.

Der Postschalter befand sich auf der einen Seite des Ladens, die Selbstbedienungsabteilung auf der anderen. Dort tippte Linda, das einzige Kind der Sheedys, gerade Preise für eine Kundin in die Kasse. Ich erfuhr, daß sie sechzehn Jahre alt war; sie hatte dunkle Haare, dunkelbraune Augen und eine hervorragende Figur, die von einem engen T-Shirt und ebenso engen Jeans nur minimal verhüllt wurde. Was das fahle Puddinggesicht betraf, glich sie ihrer Mutter, aber statt Mrs. Sheedys Rattenfallenmund hatte sie einen breiten Mund mit weichen Lippen. Sie entließ ihre Kundin ohne auch nur die entfernteste Andeutung eines Lächelns und begrüßte uns mit gelangweilter Gleichgültigkeit. Bevor sie sich abwandte, warf sie allerdings Charles einen langen, lasziven Blick aus schweren Lidern zu. Ich stellte mir vor, daß das ihre automatische Reaktion auf jeden einigermaßen attraktiven Mann war.

Ein blasses, mickriges Kind von ungefähr zwölf Jahren schlich zwischen den Selbstbedienungsregalen umher. Es war das Waisenkind, die Nichte Ella. Ihr wieselartiger Gesichtsausdruck glich dem ihres Onkels Josh, und wie ihre Tante Maisie ließ sie die Schultern hängen, so klein sie auch war. An den Mundwinkeln befanden sich deutlich sichtbare Schokoladenspuren.

»Du hast ja schon wieder von den Marsriegeln genascht«, sagte Delia Sheedy. »Also, du kannst wirklich nicht behaupten, daß ich dich nicht gewarnt hätte.« Das Kind duckte sich und schlug mit den Händen um sich. »Würmer«, sagte Delia Sheedy kurz zu mir und führte uns durch eine Tür im Hintergrund in die Wohnräume. Im Wohnzimmer saßen wir bald bei billigem Port und Whisky und banalen Gesprächen fest. Ich merkte, daß Charles wütend auf mich war, weil ich schwach geworden war und mich auf dieses zweifelhafte Vergnügen eingelassen hatte, aber ich ignorierte ihn. Ich betrachtete den gesamten Sheedy-Clan als faszinierend schauriges Anschauungsmaterial für menschliche Schrecklichkeit.

Indem sie mir aus einer ganzen Serie falscher Lächeln eines ganz speziell zukommen ließ, fragte mich Delia Sheedy, wie mir die Grange gefiele. Mit gespielter Schalkhaftigkeit, die einem eine Gänsehaut verursachte, fügte sie hinzu: »Das heißt, wenn Sie unter all dem Dreck überhaupt etwas erkennen konnten, ha, ha, ha!«

Mr. Clinton murmelte: »Ach, die arme Maisie!«

Delia Sheedys Lippen wurden noch dünner.

»Ich sage nur eines: um so besser für Ned Sheedy, daß es ihm nichts ausgemacht hat, wie ein Kesselflicker zu wohnen.«

»Theophilus war heute nachmittag auch da«, sagte Mr. Clinton verträumt.

»Theophilus? In welchem Zustand?«

»Dem üblichen.«

Delia Sheedy öffnete ihren Rattenfallenmund, ließ ihn aber sofort wieder zuklappen und öffnete ihn erneut mit einem Ausdruck, der wenig besser als eine Grimasse war.

»Kann ich Sie denn noch zu einem winzigen Tröpfchen Port überreden, Miss Wilson?«

Charles funkelte mich warnend an, aber nicht ich beendete den Besuch, indem ich ein weiteres Glas Portwein ablehnte. Diese Aufgabe fiel vielmehr Joshua Sheedy zu. Während er mit einem Teller gezuckerter Kekse durch den Raum schwebte, sagte er: »Ach ja, die Zeiten ändern sich! Ihr lieber Herr Vater, Mr. Charles, und mein Bruder Ned sind beide innerhalb von sechs Wochen in die Ewigkeit abberufen worden. Ned hat große Stücke auf den lieben Verblichenen gehalten, wissen Sie. Nun, wer hätte das nicht, aber ich meine, daß er seit einiger Zeit hin und wieder bei dem alten Herrn vorbeigeschaut hat, um mit ihm zu plaudern.«

»Ach wirklich?« sagte Charles mit unverhohlenem Hochmut, jeder Zoll ein Barry. Es war überdeutlich, daß er Josh Sheedy nicht ein Wort glaubte.

»Bestimmt waren seine Besuche rein geschäftlich, ganz bestimmt«, sagte Josh demütig.

Verständlicherweise wurde Delia Sheedy durch diesen Wortwechsel dazu getrieben, ihre Gesellschaftsmanieren zu vergessen, und sie zischte böse: »Geschäftlich, daß ich nicht lache! Ein großer Geschäftsmann, dein Bruder Ned, also wirklich!« Bei diesen Worten stand Charles auf und verabschiedete sich ausgesucht höflich, auch in meinem und Mr. Clintons Namen. Im Wagen machte er seinem Ärger Luft: »So ein unverschämter Kerl.«

Die Unterstellung, daß sein Vater – immerhin ein Barry, wenn auch ein gräßlicher – und eine so furchtbare Person wie Ned Sheedy freundschaftlich miteinander verkehrt haben sollten, nagte offensichtlich immer noch an ihm, als wir nach Barry Manor zurückkehrten. Denn sofort sprach er Tom auf Joshs Unverschämtheit an. Tom lachte herzlich und sagte, er hätte wirklich eines Abends den Geizkragen bei der Fabrik herumlungern sehen, und an einem anderen Abend hatte er beobachtet, wie Ned und der alte Herr zusammen aus dem Büro gekommen waren. Gekrümmt war der Geizkragen seiner Wege gegangen, und der alte Herr hatte finster geblickt, als er nach Hause gekommen war.

»Mit allem Respekt für Mr. Joshua Sheedy, Charles, ich würde nicht gerade sagen, daß das der Abschluß einer besonders freundschaftlichen Plauderei war.«

Mr. Clinton nickte verständnisvoll.

»Ned wollte natürlich ein paar Pfund schnorren. Wenn es um Geld ging, machte er vor nichts und niemandem halt.«

»So ist es. Der alte Herr hat ihn niemals erwähnt,

aber aus seinem Gesichtsausdruck konnte ich schließen, daß er ganz kurzen Prozeß mit Ned gemacht hat.«

Charles' Empörung hatte sich nach und nach gelegt. Jetzt sagte er verächtlich: »Der Kerl kann vermutlich von Glück sagen, daß er mit heiler Haut davongekommen ist. Das ist eine einmalig unangenehme Gesellschaft, Clinton. Sind Sie sicher, daß diese Frau und ihr Bruder morgen aus der Grange verschwunden sind?«

»Machen Sie sich keine Sorgen, ich kümmere mich darum. Ich kann Sie sehr gut verstehen. Wenn man alle Sheedys auf einen Schlag trifft, ist das einfach eine erschreckende Erfahrung. Ich versichere Ihnen jedoch, daß Sie von jetzt an keinen Sheedy je wieder eines Blicks würdigen müssen.«

Drittes Kapitel

Fast alle Einwohner Castlebarrys arbeiteten für die Barrys; nichts einfacher also, als am nächsten Tag eine Abteilung von Männern aus der Fabrik mit Schaufeln und Schläuchen abzukommandieren, um die Grange gründlich zu schrubben. Das dauerte eine Woche. Als es erledigt war, schlug ich vor, einen weiteren Sklaventrupp loszuschicken, der die notwendigsten Reparaturen vornehmen und jene Malerarbeiten ausführen sollte, zu denen man ein Gerüst brauchte. Dann könnten wir einziehen, sofern uns Tom aus den Beständen des überschüssigen Mobiliars von Barry Manor das absolut Notwendige borgen würde.

Ich hatte nämlich nicht mehr die Absicht, auf die Baufirma zu warten, wie es ursprünglich geplant gewesen war. Der nächste Bauunternehmer war in Clonmel, wo Mr. Clinton die Dringlichkeit der Arbeiten an der Grange leidenschaftlich vertrat. Aber wenn irische Handwerker englischen Handwerkern einigermaßen glichen, woran ich keinen Grund zu zweifeln hatte, wußte allein der liebe Gott, wann uns qualifizierte Fachleute zu Hilfe kommen würden. Ich wollte aber sobald wie möglich aus Barry Manor ausziehen. Tom und Charles verkrochen sich meistens im Büro, und Charles, der doch mit einem solchen Unternehmungsgeist nach Castlebarry aufgebrochen war, wirkte von Tag zu Tag niedergeschlagener. Seit Eleanors Tod hatte ich ihn nicht mehr so erlebt. Bridie war unverändert freundlich und zuvorkommend, aber ich durfte lediglich bei den allerkleinsten Hausarbeiten helfen. Sie beharrte fest auf ihrer Position, indem sie mich streng in meine Schranken verwies. Weder für mich noch für Charles war Barry Manor das Richtige.

Obgleich es meine vordringlichste Absicht war, das Herrenhaus zu verlassen, sagte ich die Wahrheit – wenn auch eben nicht die ganze –, als ich Tom und Charles erklärte, daß eine Menge in der Grange getan werden könnte, während wir auf die Bauleute warteten, und daß es nur vernünftig wäre, sofort damit zu beginnen. Ich bin handwerklich recht geschickt, und außerdem hatte Bridie für mich eine Haushaltshilfe gefunden. Wenn ich wirklich dort wohnte, wo es etwas zu tun gab, würde mir das helfen, meine natürliche Trägheit zu überwinden.

Es fiel mir allerdings ein wenig schwer, diesen Anschein der eifrigen kleinen Nestbauerin weiterhin aufrechtzuerhalten, als Charles und ich der Grange unseren zweiten Besuch abstatteten. Das Haus war zwar einigermaßen sauber, weil mehrere Lagen Dreck und Katzenexkremente entfernt worden waren, aber der Geruch war geblieben, und die großen, leeren Räume, in denen das Echo hallte und die noch bewohnbar gemacht werden mußten, waren einfach entmutigend.

»Alle Wohlgerüche Arabiens«, sagte Charles.

Forsch sagte ich: »Ein paar Liter Desinfektionsmittel werden sie ertränken.«

»Und der allmähliche Gang der Zeit. Das unnatürliche Verlangen, dich hier abzuarbeiten, paßt gar nicht zu dir, Kate. Warum willst du unbedingt weg von Barry Manor?«

Charles kannte mich einfach zu gut, ich hatte ihn nicht täuschen können.

»Denkt Tom das auch? Ich möchte ihn nämlich nicht verletzen.«

»Tom ist ein einfacher Knabe. Er hat deine Begründung akzeptiert, so wie sie ist.«

»Das freut mich. Sie war auch echt, was das betrifft. Aber Barry Manor deprimiert mich einfach, Charles. Teilweise ist es die Künstlichkeit dieser Sache zwischen

Tom und Bridie, und teilweise ist es die Tatsache, daß ich dort absolut überflüssig bin. Mit meinem neuen Buch komme ich auch nicht weiter, so daß ich mich ebensogut anderweitig nützlich machen kann.« Charles blickte mißbilligend auf eine Stelle in der Scheuerleiste, die verdächtig nach einem Mauseloch aussah. Mäuse in diesem Haus! Der Colonel und sein Regiment sollten unehrenhaft aus der Armee entlassen werden. »Außerdem habe ich das Gefühl, daß Barry Manor dich auch deprimiert.«

»Es ist nicht das Haus. Es ist die Entdeckung, daß unser lieber Papa über das hinaus, was in der Fabrik steckt, enttäuschend wenig Vermögenswerte hinterlassen hat. Eine Weile habe ich mir sogar Sorgen um das Unternehmen selbst gemacht, aber das wird sich einrenken. Eventuell haben wir sogar Aussicht auf einen wichtigen Vertrag mit Japan. Ich fürchte allerdings, daß wir im nächsten Jahr nicht allzuviel Geld aus dem Fenster werfen können.«

Charles war immer großzügig gewesen, was das Geld betraf. Wenn er so redete, konnte das nur bedeuten, daß er nicht das haben konnte, was er wollte und wann er es wollte. Ich sagte: »Bedeutet das etwa, daß du im Moment mit dem Mercedes auskommen mußt, du Armer? Er ist doch schon ein ganzes Jahr alt.«

»Dein Sarkasmus tut mir vermutlich gut, Kate, wie Medizin. Aber denke daran, daß ich jetzt Verantwortung trage, Mädchen, daß ich Fabrikbesitzer bin, nicht weniger, nicht mehr. Die Fabrik muß immer im Vordergrund meiner Erwägungen stehen. Du wirst sehen, wie sparsam ich sein kann, wenn es sein muß.«

In diesem Moment erschien im Fenster unvermutet Miss Sheedys kleines Eulengesicht, Kopf an Kopf mit dem des Colonels. Es verschwand sofort wieder, und ich hoffte, daß sie nicht bemerkt hatte, daß ich sie gesehen hatte. Vielleicht war sie nur verstohlen auf dem Gelände herumgehuscht. Aber da hörte ich auch schon den Colonel in der Halle miauen, und gleich darauf erschienen beide in der Türöffnung. Charles überdeckte mit einem etwas gekünstelten Hüsteln sein spontanes, ersticktes Aufstöhnen.

»Hoffentlich halten Sie mich nicht für aufdringlich. Die Haustür stand offen.«

Miss Sheedy trug den Colonel um den Hals und in der Hand einen Katzenkorb. Sie blinzelte uns dermaßen scheu an, daß nur Herzen aus Stein sie hätten vertreiben können. Ich hatte Kaffee und Sandwiches mitgebracht und bot ihr davon an, aber sie lehnte ab. Verrückt, wie ich war, goß ich dem Colonel sogar Milch in eine Untertasse, was ihm Gelegenheit gab, hochmütig die Nase zu rümpfen. Und die ganze Zeit über wünschte ich mir nichts sehnlicher als ein Herz aus Stein.

»Ich muß erklären, warum ich mir die Freiheit genommen habe, hier einzudringen.«

»Einzudringen?« sagte Charles. »Unsinn!«

Etwas dermaßen Rührendes ging von ihr aus, daß ich davon überzeugt war, Charles könnte kaum der Versuchung widerstehen, sie dazu einzuladen, ihren alten Wohnort aufzusuchen, wann immer es ihr beliebte.

»Wissen Sie, unglücklicherweise ist es mir nicht gelungen, *alle* Katzen zusammenzutrommeln, als ich auszog. Drei von ihnen sind verschwunden. Also, nicht direkt verschwunden, denn sie können ja nicht über die Mauer klettern, und das Futter, das ich ihnen jeden Tag bringe, wird auch gefressen, aber sie spielen Verstecken in den Büschen, die unartigen kleinen Kätzchen. Dinkle und Osbert und Snowdrop.« Charles erstarrte und bekam glasige Augen. Auch mit Miss Sheedy ging eine Veränderung vor. Plötzlich sah sie schwer getroffen aus. »Aber natürlich kann ich nicht erwarten, daß das Tor jetzt immer geschlossen wird.«

Während ich Charles anfunkelte, damit er sich beherrschte, versprach ich ihr, daß das Tor geschlossen werde, bis die Ausreißer gefunden worden seien. Der Colonel grinste uns höhnisch an (darüber gab es gar keinen Zweifel, wie Charles und ich uns später bestätigten), legte seine dicke Pfote auf den Rand der Untertasse mit der von ihm verschmähten Milch und kippte sie kaltblütig und mit voller Absicht um. Miss Sheedy stieß einen kleinen Schrei aus und kniete sofort nieder, um mit ihrem winzigen Taschentuch verzweifelt den Boden zu wischen, während ich sie beschwor, daß das doch nicht nötig sei.

»Normalerweise ist der Colonel nicht so ungeschickt, ganz bestimmt nicht, Miss Wilson.« Sie hockte sich hin und starrte den Übeltäter, der sich genüßlich die Pfote leckte, tragisch an. »Es muß das Resultat eines Gefühlstraumas sein.«

Ein kleines Schnauben entfloh Charles. Er murmelte schnell eine Entschuldigung, etwas Nichtssagendes über den Boiler in der Küche, um den er sich kümmern müsse. Es gelang ihm, sich aus dem Staub zu machen, bevor er Schande über sich brachte. Feige und gemein, aber auch für mich war es einfacher, die Fassung zu bewahren, wenn er nicht da war.

»Für meine Lieblinge war es eine große Umstellung, verstehen Sie, Miss Wilson? Sie sind daran gewöhnt, hier auf dem Gelände frei herumzulaufen. Frei geboren, könnte man sagen. Aber bei der Post gibt es nur einen winzigen Hinterhof, und Delia hat sogar etwas dagegen, wenn sie dort herumlaufen. Es kommt natürlich auch manchmal vor, daß sie irgendwie ins Haus gelangen, das gebe ich zu. Natürlich, von hier kennen sie es ja auch nicht anders. Ich habe aber einen Kompromiß mit Delia geschlossen«, sagte Miss Sheedy und versuchte verzweifelt, fröhlich dabei auszusehen. »Sie hat mir eine kleine Hütte auf dem Hof vermietet. Für die Katzen ist es natürlich hart, dort eingeschlossen zu sein, und das auch noch im Dunkeln, aber ich nehme sie nacheinander an die Leine und gehe an der frischen Luft mit ihnen spazieren. Natürlich kann das nicht immer so weitergehen. Obgleich es mir das Herz bricht, mich von irgendeinem meiner kleinen Lieblinge trennen zu müssen, steht ihr Wohlergehen an erster Stelle, und ich bin bereit, einige von ihnen in *sehr* gute Hände zu geben.« Sie machte eine vielsagende Pause. Ich bemühte mich, ausdruckslos auszusehen. »Starlight ist eine sehr süße kleine Katze, Miss Wilson, und eine hervorragende Mausefängerin.« Beide ignorierten wir das Mauseloch zu Miss Sheedys Füßen. »Ich habe mich schon gefragt, ob eventuell Sie –«

»Ich fürchte, wir können auf gar keinen Fall eine Katze halten. Uns ist nämlich ein junger Schäferhund versprochen worden«, log ich brillant und völlig skrupellos.

»Ach, du meine Güte! Nein, dann natürlich nicht.« Miss Sheedy drückte den Colonel an ihren mageren Busen. »Ah, der große, kühne Kerl! Man soll ja niemanden bevorzugen, aber Sie haben möglicherweise bemerkt, daß der Colonel mir viel bedeutet?« Ich sagte, das hätte ich schon vermutet. »Und gegenüber Josh und Delia war ich ganz fest. Ich habe darauf bestanden, daß für ihn eine Ausnahme gemacht werden müsse. Wo er doch makellos stubenrein ist und niemals stiehlt. Wir haben uns schließlich darauf geeinigt, daß er für ein Pfund extra die Woche mit mir in meinem Zimmer wohnen kann. Großer, stolzer Junge, jetzt bist du Mieter, nicht wahr? Vielleicht erstaunt es Sie, Miss Wilson, daß ich so starrsinnig sein kann, aber das kann ich, wenn es um meine Kätzchen geht. Auch meinem armen, toten Bruder habe ich die Stirn geboten und gesagt: ›Ned, wenn die Katzen gehen, gehe ich auch!‹ Er mochte sie nämlich nicht leiden, nicht einmal zu Anfang, als ich nur zwei kleine entzückende Kätzchen hatte. Sie haben sich dann natürlich vermehrt. Irgendwie vermehren sie sich doch, trotz des natürlichen Verlustes und obwohl ich sie operieren ließ – natürlich *nicht* den Colonel, Miss Wilson –, aber es war nicht immer leicht, sie einzufangen, wenn der Tierarzt kam. So kam es wohl zu den Unglücksfällen.« Sie lächelte wehmütig. »Der arme Ned sagte immer, daß er seine Wertschätzung für meine Katzen eines Tages beweisen und ein Asyl für Katzen gründen werde. Der arme liebe Ned liebte diesen kleinen Witz. Katzenfutter kostet wirklich nicht die Welt, wissen Sie.« Der Colonel biß sie bei diesen Worten gänzlich unliebevoll ins Ohr. Miss Sheedy ließ ihn los und erklärte unnötigerweise: »Er möchte, daß ich ihn loslasse.«

Es schien keinen Grund zu geben, aus dem sie nicht ewig so weiter schwatzen würde. Noch einmal versuchte ich es mit einem brillanten und skrupellosen Schachzug: »Ich vermute, der Colonel kann Ihnen helfen, seine verschwundenen Kameraden zu finden, wenn Sie ihn mit nach draußen nehmen. Gleichsam als Lockvogel.« Aber Miss Sheedy blieb an Ort und Stelle, und ich war langsam am Verzweifeln, als – welches Glück! – die Zugehfrau aus dem Dorf kam, die Bridie mir vermittelt hatte. Mrs. Bates war eine vernünftig aussehende Frau mittleren Alters. In Nullkommanichts hatte sie Miss Sheedy erfolgreich hinauskomplimentiert.

»Miss«, sagte sie, als sich Miss Sheedy einen Weg durch die Wildnis bahnte, wobei sie flehentlich nach den Verschwundenen rief, »die werden Sie nicht los, wenn Sie ihr nicht ganz direkt sagen, daß sie gehen soll. Sie kann nicht aufhören zu plappern. Es ist eine Art Nervosität.« Entfernt, klagend beschwor Miss Sheedys dünne Stimme Dinkle, Osbert, Snowdrop. »Die unglückliche Frau! Sie ist lieber selber fast verhungert, um diese nutzlosen Tiere halten zu können. Ned Sheedy war nämlich keineswegs großzügig mit dem Haushaltsgeld, das kann ich Ihnen sagen.«

Charles hatte sich zum Kaffee zu uns gesellt, als Miss Sheedy zu meinem Entsetzen sich entschuldigend und auf Zehenspitzen wieder ins Zimmer kam. Dinkle und Osbert lagen sicher in ihrem Katzenkorb, aber Snowdrop fehlte noch, und sie würde ihn später suchen müssen. Selbst mit Mrs. Bates' Hilfe dauerte es zehn Minuten, bis wir sie loswurden. Als sie sich endlich verabschiedet hatte, erklärte Charles: »Snowdrop muß umgehend gefunden werden. Ich kann den Gedanken einfach nicht ertragen, daß diese Frau hier wieder auftaucht.«

Unwillkürlich seufzte Mrs. Bates: »Das arme Ding!«

»Unsere Herzen bluten für sie«, sagte ich, »aber ich könnte sie auch nicht noch einmal ertragen.«

»Soll ich jetzt hinausgehen und die Katze suchen?«

»Die Menge macht's«, meinte Charles. »Wir gehen alle zusammen auf die Jagd.«

Wir verstreuten Hühnchenstücke von unseren Sandwiches als Köder und verteilten uns über das Grundstück, wobei wir »Miez, Miez, Miez« riefen, als wären wir drei Miss Sheedys. Schließlich stieß ich ganz zufällig auf Snowdrop. Eine kleine weiße Katze lag zusammengerollt in einer Erdhöhle zwischen den frei liegenden Wurzeln einer mit Efeu bewachsenen Eiche und schlief. Blitzschnell hob ich sie auf, in meinen Händen wurde sie schlaff wie ein ausgestopftes Spielzeug.

»Ach so«, sagte Mrs. Bates. »Sie ist weiß. Das erklärt alles. Weiße Katzen sind taub.«

Bridie hatte in Mrs. Bates wirklich einen Schatz für uns gefunden. Wir verstanden uns auf Anhieb. Ich hielt ihr die kleine Katze entgegen.

»Würde es Ihnen etwas ausmachen, Snowdrop nach Hause zu bringen? Keiner von uns hat das Bedürfnis, die Sheedys von der Post wiederzusehen.«

»Das wundert mich nicht«, sagte Mrs. Bates grimmig. »Es tut mir leid, Miss, aber den Gefallen kann ich Ihnen nicht tun. Ich betrete die Post nämlich nicht, nicht einmal, um eine Briefmarke zu kaufen. Delia Sheedy und ich sprechen nicht mehr miteinander, seit wir einen Streit hatten, weil sie zuviel Geld von mir verlangt hat. Und wenn ich Ihnen einen Rat geben darf, Miss: halten Sie sich strikt an das Postamt und kaufen Sie nichts im Laden. Diese Sheedys wären imstande, Ihnen die Augen aus dem Kopf zu stehlen. Ich möchte gewiß niemandem durch üble Nachrede Schaden zufügen, aber Josh und Delia kann man gar nicht mehr schaden, weil man überall über sie im Bilde ist.« Sie wurde während des Sprechens rot vor Ärger. »Sie waren ja schon immer Halsabschneider, aber in den letzten beiden Jahren sind sie total zum Teufel gegangen. Die Leute müssen ja in die Post gehen, um ihre Renten und das Kindergeld abzuholen, wissen Sie, und praktischerweise ist der Laden gleich nebenan. Die Sheedys geben Kredit, bis sie die armen, dummen Seelen ganz in ihrer Gewalt haben; und ich kann Ihnen sagen, es gibt welche, die werden nie wieder aus ihren Krallen herauskommen. Entschuldigen Sie bitte, daß meine Zunge mit mir durchgeht, aber mir kocht das Blut, wenn ich auch nur daran denke.«

Wir waren nicht mit dem Wagen zur Grange gekommen, und natürlich wäre es Majestätsbeleidigung gewesen, hätte man von Mr. Charles Barry erwartet, eine Katze durch seine Domäne zu tragen. Also blieb mir nichts anderes übrig, als mich selbst aufzumachen. Den kurzen Weg zum Postamt ging ich zu Fuß, und die bewegungslose Katze hatte ich in Mrs. Bates' Sackleinenschürze eingewickelt. Sobald wir das Tor zur

Grange passiert hatten, hörte Snowdrop damit auf, sich totzustellen. Sie begann vielmehr, ganz erbärmlich zu maunzen und sich zu winden. Als ich endlich beim Postamt ankam, war mir die Abneigung des verstorbenen Ned Sheedy gegen die kleinen Lieblinge seiner Schwester beinahe verständlich geworden.

Im Laden fand ich nur die verwaiste Nichte vor. Als ich sie bat, ihrer Tante die Katze zu übergeben, wich sie vor Snowdrop zurück, als hätte sie es mit einem Tiger zu tun.

»Tante Maisie geht gerade mit einer von den anderen Katzen spazieren.«

»Dann ist es sicher am besten, wenn du Snowdrop in den Katzenschuppen bringst. Aber vergiß bitte nicht, deiner Tante zu sagen, daß wir sie gefunden haben.«

»Ich hab' aber solche Angst, den Schuppen aufzumachen. Was ist, wenn welche von den Katzen weglaufen? Es sind schrecklich viele. Über zwanzig.«

Ungeduldig sagte ich: »Also gut. Dann nimm einen leeren Pappkarton aus dem Laden und stecke Snowdrop hinein, bis deine Tante Maisie zurückkommt.«

Das Kind krümmte sich an der Wand.

»Tante Delia würde mich umbringen, wenn ich eine Katze hier ins Geschäft ließe.«

Trotz all ihres übertriebenen Krümmens und Dukkens wirkte sie eher verschlagen als wirklich verängstigt. Unter den hellen blonden Brauen und Augenwimpern glitten eng beieinanderliegende, rosa geränderte, grünliche Augen hin und her. Wären die Größenverhältnisse nicht genau umgekehrt gewesen, hätte man wirklich denken können, das Kind sei eine Maus oder eine kleine Ratte, an die sich Snowdrop hätte anschleichen können, um sie zu fressen. Eben wollte ich nach Mrs. Sheedy fragen, als die Tochter der Sheedys, Linda, durch die Tür im Hintergrund hereingeschlendert kam. Offensichtlich hatte sie sich nicht besonders beeilt, um mir zu Hilfe zu kommen. Sie gab nicht einmal vor, nicht gehört zu haben, wie ich mich bemüht hatte, meine Last loszuwerden.

»Tag, Miss Wilson. Paß auf, Ella, du nimmst jetzt die Katze und steckst sie in die Schachtel da – nee, nicht die, du Dummkopf – und stellst sie in den Hof. Hast du etwa geglaubt, die Dame würde sie wieder mit zurücknehmen?«

Ich übergab Ella die Katze. Das gräßliche Kind ergriff sie im Genick, was Snowdrop zu Recht dazu veranlaßte, endlich zu kämpfen und zu miauen. So sanft, wie ich eben konnte, sagte ich: »Ella, du tust ihr weh.«

In beleidigtem Tonfall erwiderte sie: »Aber so hält die Katzenmutter sie doch auch, oder?« Offensichtlich hatte sie Snowdrop wirklich böse gekniffen, denn die kleine Katze gab einen furchtbaren Schmerzensschrei von sich, als Ella sie hoch über die Schachtel hielt und hineinfallen ließ. Sie stülpte den Deckel darauf und trug die Schachtel fort.

Linda starrte mich verwundert an und versuchte keineswegs, ihre Belustigung zu verbergen.

»Wie lästig für Sie, sich mit dem blöden Vieh abschleppen zu müssen. Welche Seite wollen Sie, Laden oder Post?«

Inzwischen war ich fest entschlossen, nie wieder hierher zurückzukehren, wie gelegen der Laden der vergeßlichen Hausfrau auch kommen mochte. Auch auf dem Postamt würde ich keinerlei Geschäfte abwikkeln.

»Weder noch, danke schön.«

Ihr schlaffer Mund weitete sich zu einem extra breiten abfälligen Lächeln.

»Wollen Sie etwa sagen, daß Sie nur wegen der Katze gekommen sind? Meine Güte, Sie und meine Tante Maisie scheinen ja 'ne Menge gemeinsam zu haben.«

Es belustigte Charles, als er hörte, wie Linda es mir

gegeben hatte. Mrs. Bates sagte: »Wie man hört, gibt sich das Mädchen in letzter Zeit wirklich Mühe, unhöflich zu den Kunden zu sein. Offensichtlich versucht sie, ihre Eltern auf diese Art und Weise dazu zu bringen, sie nach Dublin gehen zu lassen. Sie will nämlich – ausgerechnet! – Fotomodell werden. Was Linda betrifft, müssen Sie wissen, sind die Sheedys normalerweise sehr nachgiebig, sie haben sie von klein auf verwöhnt. Nur in diesem Punkt haben sie noch nicht nachgegeben. Sie ist ja auch erst sechzehn. Und überhaupt ist die ganze Sache unsinnig, denn sie ist ja nicht mal hübsch.«

Charles sagte leichthin: »Na, das würde ich aber nicht sagen. Mir schien sie doch recht anziehend zu sein«, und mir wurde klar, daß Linda Sheedy, die für mich einfach eine unattraktive Schlampe war, eine jener Frauen sein könnte, deren Anziehungskraft auf Männer in umgekehrtem Verhältnis zu der Unverständlichkeit dieser Attraktion für Frauen steht. Ich wußte, daß zum Erstaunen von uns anderen aus solchen Frauen gelegentlich *femmes fatales* gemacht werden.

Als Charles in die Fabrik zurückgekehrt war, sagte Mrs. Bates ein wenig steif zu mir: »Ich wollte es in Anwesenheit von Mr. Charles nicht sagen, aber Linda Sheedy ist kein besonders *nettes* Mädchen, wenn Sie verstehen, was ich damit sagen will.« Ich verstand genau, was sie damit sagen wollte, und es fiel mir auch nicht besonders schwer, es zu glauben. Gutmütig, wie sie war, fügte sie hinzu: »Aber wie könnte das arme Mädchen auch irgendwie nett sein, bei der Familie? Jedenfalls sind wir jetzt die Katzen los, Miss, und es gibt Gott sei Dank nichts mehr, was irgendeinen der Sheedys hierherbringen könnte.«

In diesem Punkt irrte sie. Wir waren im Eßzimmer

und legten unseren Schlachtplan fest, als ich ein höfliches Räuspern vernahm und Theophilus Sheedy erblickte, der in der Tür stand und sich formvollendet vor uns verneigte.

»Madam! Und wie geht es Ihnen, Mrs. Bates?« Er wirkte zwar ein wenig zittrig, war aber, soweit ich das beurteilen konnte, einigermaßen nüchtern. »Bitte entschuldigen Sie mein Eindringen.«

»Aber das macht doch nichts«, sagte ich und sah Mrs. Bates verzweifelt an. Sie war der Situation vollkommen gewachsen, riß einen ekelhaften, herunterhängenden schmutzfarbenen Streifen Tapete von der Wand und winkte mir damit zu.

»Wie ich schon sagte, Miss, das muß alles erst runter, ehe wir auch nur die geringste Farbe auftragen können. Wie geht es Ihnen, Mr. Sheedy? Ich fürchte, wir stekken im Moment bis zum Hals in Arbeit, wie Sie sehen.«

Theophilus betrachtete die Tapete, die sie jetzt in seine Richtung schwenkte, mit einem schmerzlichen Gesichtsausdruck.

»Obgleich es meinem Bruder Ned zweifellos an ästhetischem Feingefühl gemangelt hat, hoffe ich doch, daß Sie Miss Wilson fairerweise klargemacht haben, daß er für das Dekor dieses Hauses nicht verantwortlich war.«

»Ich würde sagen, es ist allgemein bekannt, daß Ihr Bruder, Gott hab ihn selig, das Haus verließ, wie er es vorfand.«

»Der arme Ned. Man verleumdet ihn, Miss Wilson. Ned, der Geizkragen, heißt es. Als er verschied, glaubte man, wir würden fortan im Geld schwimmen. Verflucht sei er!« sagte Theophilus sanft.

»Mr. Sheedy! So spricht man doch nicht von einem Toten, und schon gar nicht in Gegenwart von Miss Wilson.«

»Ich bitte wirklich um Entschuldigung, Miss Wilson. Es scheint mein Schicksal zu sein, mich andauernd bei Ihnen entschuldigen zu müssen. Das ist nämlich auch der Grund, aus dem ich hier bin. Ich möchte mich aufrichtig bei Ihnen und bei Mr. Charles für jeden etwaigen Anstoß entschuldigen, den ich bei unserem vorherigen Zusammentreffen vielleicht erregt haben mag.«

Ich hätte ihn mit einer banalen Floskel abgespeist, als ich bemerkte, daß er in diesem Moment gar nicht wie ein heruntergekommener Schmierenkomödiant aussah und klang, sondern ehrlich besorgt und bekümmert wirkte.

»Mr. Sheedy, wenn sich irgend jemand entschuldigen muß, so sind Charles und ich es, weil wir Sie auf diese Weise überfallen haben.«

»Sie sind sehr freundlich. Ich hoffe, Sie sind nicht zu freundlich.« Er lächelte ohne Freude. »Ich war außerordentlich betrunken. Ich erinnere mich nicht mehr daran, was geschah.«

»Nichts, außer daß Sie uns Ihre Gastfreundschaft anbieten wollten.«

»Wirklich? Mir fällt ein Stein vom Herzen.« Jetzt war er wieder der Schmierenkomödiant. »Ich hoffe, Sie gestatten mir, das Angebot später zu erneuern. Zur Zeit halte ich mich bei meinem Bruder Joshua auf.«

Mrs. Bates schnappte ungläubig nach Luft.

»Sie wollen sagen, daß Sie in der Post wohnen?«

»Für kurze Zeit. Um mich ein wenig zu erholen, bevor ich nach Dublin zurückkehre. Mit meiner Gesundheit stand es in letzter Zeit nicht zum besten. *Au revoir* also, Miss Wilson, Mrs. Bates!«

Ich sagte: »Leben Sie wohl, Mr. Sheedy.« Wenn es nach mir ging, würde es nämlich mit keinem Mitglied der Familie Sheedy ein Wiedersehen geben, wie geschliffen man es auch formulierte. Er verbeugte sich und verließ uns. Während sie ihm vom Fenster aus nachsah, sagte Mrs. Bates: »Er kann vor Schwäche kaum laufen. Er ist sehr hinfällig.« Sie seufzte. »Sie glauben gar nicht, was für ein aufrechter, feiner Mensch das mal war. Und er hatte einen Charme, mit dem er die Vögel aus den Büschen locken konnte.«

Ich hatte eigentlich gar keine Lust, noch mehr über die Sheedys zu hören, aber Mrs. Bates glitt auf einer Woge von Erinnerungen dahin. Theophilus war immer die Hoffnung der Familie gewesen, man hatte ihn für intelligent genug gehalten, zu höchsten Höhen aufzusteigen. Der Vater war Jurist gewesen, und als Theophilus ein Stipendium für die Universität bekam, sahen alle ihn schon als zukünftigen Richter in würdevoller Amtstracht.

»Aber er hat sein Examen nie gemacht«, erzählte Mrs. Bates. »Er hat sein Studium verbummelt. Danach scheint er eine Zeitlang verschiedene Jobs in Geschäften und Büros gehabt zu haben, aber nichts davon war von Dauer.«

Seit Jahren hatte Theophilus nun schon von dem gelebt, was er von der Sozialhilfe bekam. Er schlief im Freien, wenn er nicht das Geld für eine Unterkunft hatte. Die arme Maisie Sheedy hatte sich immer eine Schwäche für ihn bewahrt, und wenn er vollkommen herunter war, kam er nach Castlebarry und sie versuchte, ihn unterzubringen und durchzufüttern, ohne daß Ned es merkte.

»Aber Josh und Delia Sheedy!« Wieder wurde Mrs. Bates beim Erwähnen dieser Namen zornrot. »Sie würden vorbeigehen und ihn in der Gosse liegenlassen. Jetzt haben sie ihn also aufgenommen, ihn und seine fünfhundert Pfund, und sie werden ihn bei sich behalten, bis der letzte Penny, der nicht im Pub bleibt, in ihrer Kasse verschwunden ist. Wenn er nicht vorher stirbt.«

»O je!« sagte ich. »Was für eine gräßliche Familie.«

»So ist es. Aber Sie brauchen auch nicht mehr Kontakt mit ihnen zu pflegen als jeder andere hier. Die Sheedys sind immer noch Fremde in Castlebarry, und das werden sie auch bleiben.« Sie fügte schnell hinzu: »Es ist keine Frage der Zeit, es sind die Menschen selbst. Sie zum Beispiel, Miss, wären hier nie eine Fremde. Sie werden wie eine gebürtige Barry geachtet.«

Noch in derselben Woche zogen Charles und ich in die Grange ein. Charles war immer noch nicht wieder der alte. Er sagte, es sei die Arbeit. Je mehr er sich darum bemühte, die Angelegenheiten seines Vaters zu ordnen, desto stärker erkannte er, in welch heilloser Unordnung sie sich befanden.

An unserem Einzugstag konnte ich mir vorstellen, wie das Haus aussehen würde, wenn wir mit unserer Renovierung fertig waren. Die Abordnung aus der Fabrik war noch nicht ganz fertig, aber schon glänzten Flure und Treppen und die Hauptwohnräume in frischer Farbe, Sonne strömte durch die offenen Fenster; die alten Möbel, die in dem vollgestopften Barry Manor so düster gewirkt hatten, besaßen neuen Glanz und neue Eleganz. Das Haus war wohnlich geworden.

Ich hatte gerade die strahlenden Farben eines Teppichs aus Barry Manor neu entdeckt, der dort in einem Raum gelegen hatte, in den die Sonne niemals eingedrungen war, als ich Mrs. Delia Sheedy die Auffahrt heraufkommen sah. Ich marschierte hinaus, um mein Haus zu verteidigen.

Delia Sheedy versuchte gar nicht erst, die Schwelle zu übertreten. Ihr Besuch war rein geschäftlich.

»Ich weiß, wie beschäftigt Sie mit dem Einzug sind, Miss Wilson, und weil Sie noch kein Telefon haben, dachte ich, es könnte hilfreich sein, wenn ich das Kind ein paarmal in der Woche herschicken würde, damit es Ihre Liste mit den Bestellungen abholt. Josh bringt die Sachen dann mit dem Lieferwagen. Normalerweise liefern wir nicht ins Haus, aber natürlich würden wir für die Grange gerne eine Ausnahme machen.«

Dieses schamlose Rühren der Reklametrommel verschlug mir fast den Atem.

»Ich danke Ihnen, aber ich komme ganz gut zurecht. Mrs. Bates erledigt meine Einkäufe.«

»Mrs. Bates!« Delia Sheedys Intonation drückte überdeutlich aus, was sie von dieser Person hielt. »Verstehe.«

Ich stürmte zu Mrs. Bates und fragte verzweifelt: »Sollen hier denn in alle Ewigkeit irgendwelche Sheedys herumgeistern?«

»Ich würde sagen, Sie haben die letzte erfolgreich und ein für allemal in die Flucht geschlagen«, sagte Mrs. Bates trocken, »so daß Sie nichts mehr zu befürchten haben. Es sei denn, Ned Sheedy schaltet sich aus dem Jenseits ein.«

In der folgenden Nacht war ich so erschöpft, daß ich mir beinahe vorstellte, Ned Sheedy spuke wirklich in dem alten Haus. Jedes Knacken hätte der verstohlene Schritt des Geizkragens sein können, jedes Rascheln in den Bäumen sein Atem, jedes Huschen in den Ecken sein Schatten, bis ich ihn beinahe leibhaftig umherkriechen sah: groß und mager und gebeugt und so blutleer wie eine Talgkerze. Am nächsten Morgen fragte ich Mrs. Bates, wie Ned Sheedy ausgesehen hatte.

»Der Geizkragen? Oh, er war ein kleiner, tonnenartiger Mann mit einem Kopf wie eine Rübe.«

Ich bekam einen hilflosen Lachanfall. Als ich mir die Augen wischte, sagte ich: »Ich hatte geglaubt, er wäre letzte Nacht zurückgekehrt, um hier zu spuken. Es muß aber der falsche Geist gewesen sein.«

Mrs. Bates sagte bestimmt: »Die Sheedys können einem wirklich auf die Nerven gehen. Aber habe ich Ihnen nicht versprochen, daß keiner je wieder hier auftaucht? Das sollte ihnen schon die Vernunft sagen. Die Barrys sind schließlich himmelweit von den Sheedys entfernt.«

Viertes Kapitel

Die hilfreiche Freundin, die in Fulham für mich die Stellung hielt, rief an, um mir zu sagen, daß Simon und die Zwillinge für vier Wochen zu einem Ferienlager in Cornwall eingeladen seien. Von dort aus sollten sie direkt nach Irland kommen, so daß das Haus in der nächsten Woche an den Nachmieter übergeben werden könne, wenn es uns recht sei und wenn einer von uns komme, um zu entscheiden, was mit den Möbeln geschehen solle.

»Du mußt fahren«, sagte Charles. »Ich kann keine Minute erübrigen.«

Der bislang so unbeschwerte Charles trug jetzt die gesamte Verantwortung für die kaufmännische Seite des Unternehmens, während Tom sich um die Produktion und das Personal kümmerte, wie er es schon immer getan hatte. Charles arbeitete den ganzen Tag und oft bis in die Nacht hinein. Ich war sehr erstaunt gewesen, als ich hörte, daß er den beiden Büroangestellten ihren längst fälligen Urlaub gegeben hatte. Das erschien nicht besonders sinnvoll, wenn die Arbeitsbelastung so hoch war. Charles gab zu, daß die Angestellten zwar loyal wären und ihm die Last nur zögernd überlassen hätten, aber, hatte er hinzugefügt, die Wahrheit sei, daß er alleine schneller arbeiten könne. Er ließ auch die halblaute Bemerkung fallen, daß die Anwesenheit anderer Leute manchmal ein echtes Hindernis sein könne.

»Ich hätte nie geglaubt, daß du dir selbst so viel abverlangen würdest«, sagte ich.

»Aber ich habe dir doch gesagt, daß ich jetzt für Castlebarry arbeite.«

Er sah abgearbeitet, ja fast abgezehrt aus. Obwohl

ich wußte, daß er es haßte, wenn Frauen fluchten, sagte ich: »Dieses verdammte Castlebarry!«

Und sofort, verflucht noch mal! setzte er seinen verletzten, jungenhaften Gesichtsausdruck auf, den er benutzte, um einem den Magen umzudrehen. Die dunklen, finsteren Männer, die ich bewunderte, besaßen eine solche Waffe nicht, mit ihnen konnte ich von gleich zu gleich kämpfen.

»Und ich hatte geglaubt, Castlebarry würde beginnen, dir zu gefallen, Kate.«

»Es würde mir besser gefallen, wenn du es dir nicht in den Kopf gesetzt hättest, dich für die verdammte Fabrik halb totzuarbeiten.«

»Liebe Kate, was bist du doch für ein zänkisches Weib! Kate, meine Gute, es handelt sich doch nur um eine besonders heikle Zeitspanne, die ich hinter mich bringen muß. Aber ich werde einen Weg finden, um darüber hinwegzukommen. Ich werde es schaffen.«

Erst als ich in London ankam, erkannte ich, wie sehr Castlebarry begann, mir zu gefallen. London schien lauter und enger geworden zu sein, und der Prozentsatz gräßlicher Einwohner schien sich beträchtlich erhöht zu haben.

Die Zwillinge waren vor Freude über das Zeltlager ganz aus dem Häuschen. Sie sahen es offensichtlich als eine Art Überlebenstraining an (es war so ein Zurück-zur-Natur-Unternehmen), und man konnte nur hoffen, daß sie es heil überstehen würden. Simon fuhr nur mit, weil Jessamy mitfuhr, und sicherlich würden diese beiden nichts Gefährlicheres tun, als Händchen zu halten und seelenvoll den Mond anzustarren.

Natürlich wollten die Zwillinge alles über das Haus des Geizkragens wissen. Als ich sagte, der Name sei inzwischen völlig überholt, argumentierten sie, daß er viel mehr Klasse hätte als »The Grange«. Und war das

Haus nicht möglicherweise doch ein Spukhaus, wie sie früher geglaubt hatten? Das würde es über das ganz und gar gespenstlose Barry Manor erheben, meinten sie.

Während ich an die gräßliche Sippe der Sheedys dachte, von der ich getreu Mrs. Bates' Versprechen schon eine ganze Weile keine Spur mehr gesehen hatte, sagte ich: »Eine Zeitlang schien es zu spuken, aber das ist zum Glück vorbei. Und es waren auch keine echten Geister.«

»Ach, du meinst vermutlich das Quäken und Quietschen von Ratte und Maus. Das ist normal.«

»Vielleicht Fledermäuse? Das wäre wenigstens etwas. Gibt es Fledermäuse im Haus, Kate?«

»Leider nein, bedaure.«

Die übliche Qual der Wahl, die jeder Umzug verursacht, erhob sich bei der Frage, was nach Irland verschifft und was versteigert werden sollte. Sogar der vernünftige Simon wurde plötzlich sentimental bei dem Gedanken, sich von einem überaus mitgenommenen Teewagen trennen zu müssen; und alles, was besonders schäbig oder lästig war, wurde offensichtlich von den Zwillingen als unabdingbar für ihr künftiges Wohlergehen angesehen. Mir gefiel es auch nicht besonders, so viele Dinge auszusortieren, die Eleanor gehört hatten, aber als die Zwillinge erklärten, daß ihr Leben ohne den altvertrauten hölzernen Küchentisch eine Wüstenei wäre, blieb ich mir und ihnen gegenüber fest und sagte, ich hätte nicht die Absicht, Fracht für etwas zu bezahlen, das nur noch zu Feuerholz taugte.

»Aber Kate!« Jenny setzte den geschlagenen Gesichtsausdruck auf, eine Fähigkeit, die sie von ihrem Vater geerbt hatte. Nur daß es mich bei ihr nicht im mindesten berührte. »Wir sind mit dem Tisch aufgewachsen. Wir haben darauf gemalt. Wir haben mit Knetmasse darauf gespielt.«

»Und das sieht man«, sagte ich. »In der Grange gibt es einen sehr schönen Tisch, und wenn ihr wollt, könnt ihr ihn in denselben Zustand versetzen.«

»Nenn es doch bitte ›das Haus des Geizkragens‹, Kate. Ist sie nun unsensibel oder absichtlich unfreundlich, Johnny?«

»Lediglich seelenlos, würde ich sagen, Jenny.«

»Ich glaube«, sagte Simon ruhig, »daß sich Kate dieser Tage wünschte, sie wäre es.«

Die Zwillinge schauten mich an und dann einander. Johnny stieß mit dem Fuß gegen eines der Tischbeine. Er sagte: »Na ja, es tut nichts zur Sache, solange du Fracht für dich selbst bezahlst, Kate.«

Die Erinnerung bringt die Toten nur in vertrauter Umgebung deutlich zurück. Als ich zum letzten Mal die Tür des leeren Hauses in Fulham hinter mir schloß und fortging, bedeutete das auch, meiner Schwester noch einmal Lebewohl zu sagen. Ich hatte dem gemeinsamen Hintergrund unseres geteilten Lebens den Rücken gekehrt. In Castlebarry würde Eleanor nicht bei mir sein.

Ich fuhr in meinem Mini zurück und nahm mir für die Strecke von Dublin nach Castlebarry viel Zeit. Als ich den Kirchturm des Dorfes über den üppigen Feldern von Tipperary aufragen sah, hatte ich das Gefühl, heimzukehren. Es war ein schönes Gefühl.

Charles war nicht zu Hause. Mrs. Bates hatte etwas zum Essen für mich vorbereitet. Ich war beim Kaffee, als Charles erschien.

»Willkommen, Kate. Nein, ich habe bereits gegessen, danke. Ist bei dir alles zufriedenstellend gelaufen? Gut.« Er umschlich mich unruhig. »Hier ist auch alles erledigt. Darüber muß ich dir eine Menge erzählen. Und ich möchte es gleich hinter mich bringen.«

»Na, setz dich doch und erzähle«, sagte ich und griff nach der Kaffeekanne.

»Nein, nein, ich muß es dir so erzählen, wie ich es geplant habe, damit du es auch wirklich verstehst. Komm nach oben und schau erst einmal aus dem Fenster am Treppenabsatz.«

Ein Thema so umständlich vorzubereiten war eigentlich nicht gerade Charles' Sache. Er wirkte gerötet und erregt. Hätte ich ihn nicht so gut gekannt, hätte ich geglaubt, daß er getrunken hatte, aber Charles gehörte zu den Glücklichen, die vom Alkohol blaß statt rot werden. Er war auch nicht so gelöst wie sonst. Mit einer unbestimmten Vorahnung folgte ich ihm stumm in das obere Stockwerk.

Er stand hinter mir und fragte: »Was siehst du?«

Ich sah die Dächer von Castlebarry unter mir, den Dorfanger und den Fluß; hinter den Bäumen waren Barry Manor und die Fabrik undeutlich zu erkennen, dahinter lag die weite, fruchtbare Ebene, die sich bis zu den verschwommenen blauen Galtee-Bergen hinzog.

»Was soll ich denn sehen?«

»Antworte mir nur, Kate.«

»Ich sehe das Dorf und die Landschaft und die Berge.«

»Und wie sieht das Dorf aus?«

»Hübsch.« Es wurde von der Abendsonne leicht übergoldet, und der Fluß war reines Gold. Aus einigen wenigen Schornsteinen stieg Rauch direkt in den Himmel auf, der von einem schwachen Blau war wie die Berge. »Sehr hübsch. Sehr friedlich.«

»Du weißt doch, daß die Fabrik das Herz dieses hübschen, friedlichen Dorfes ist? Wenn sie zugrunde geht, geht das Dorf zugrunde, genauso wie ein Mensch, dem man das Herz aus dem Leibe reißt.«

»Charles, versuchst du etwa, mir zu eröffnen, daß

die Dinge schlechter stehen, als du geglaubt hast, und daß die Fabrik schließen muß?«

»Ich versuche, dir klarzumachen, daß der Verlust der Fabrik den Tod des Dorfes bedeuten würde. Hast du je ein Geisterdorf gesehen, Kate? Es gibt eines in Louth County, wo eine Gerberei bankrott gemacht hat. Reihen um Reihen leerer, verfallener Häuschen, und hier und da ein paar Rentner, die sich an den Ort klammern, weil sie dort geboren wurden. Nein, die Fabrik in Castlebarry schließt nicht. Das habe ich sichergestellt, während du fort warst. Komm mit und ich sage dir, wie.«

In dem Zimmer, das wir zu Charles' Arbeitszimmer bestimmt hatten, setzten wir uns in abgewetzte, bequeme Ledersessel aus Barry Manor. Auch der Brandy, den wir tranken, stammte aus dem Herrenhaus. Ich hielt mein Glas in der Hand und bewegte sanft den goldenen Inhalt, der mir als Beruhigungsmittel verabreicht worden war, wie ich befürchtete, nicht als angenehme Anregung. Charles runzelte nachdenklich die Stirn. Ich wartete darauf, daß er sprach.

»Ich werde damit beginnen, dir den finanziellen Hintergrund zu erläutern. Es ist ein wenig kompliziert, so daß ich die Sache vereinfachen werde, soweit es vertretbar ist. Also, paß auf. Mit zunehmendem Alter hat Vater ohne Toms Wissen damit begonnen, in großem Stil an der Börse zu spekulieren. Und zwar völlig ungeschickt. Einige der Aktien, die ich gefunden habe, sind praktisch wertlos. Andere sind gefallen und werden das meiner Meinung nach auch weiterhin tun.

Ich habe dir ja schon erzählt, daß die Dinge schwierig werden würden, wenn auch das Unternehmen lebensfähig sei. Der bewußte große japanische Vertrag steht kurz vor seinem Abschluß. Das wird uns innerhalb eines Jahres auf eine solide, sichere Grundlage stellen. Möchtest du vielleicht noch einen Brandy, Kate?«

»Werde ich ihn brauchen?«

»Möglicherweise.«

Er füllte unsere Gläser und setzte sich wieder in seinen Sessel zurück. Jetzt schaute er in sein Glas und sah mich nicht mehr an.

»Jetzt kommt es, Kate! Ich habe entdeckt, daß die Fabrik nicht durch das Geld der Barrys am Leben gehalten wurde, sondern mit dem Geld des Geizkragens Ned.«

Meine Hand zuckte. Ich verschüttete ein wenig Brandy.

»Das ist ein Schlag, nicht wahr, Kate? Bis jetzt hast du dich übrigens hervorragend gehalten. Macht es dir etwas aus, wenn du keine Fragen stellst oder auch nur Bemerkungen machst, bis ich fertig bin?«

»In Ordnung.«

»Ned Sheedy hat seinen Ruf als Geizhals wahrhaftig verdient, aber er hat durchaus nicht sein ganzes Geld in Nischen und Ritzen in seinem Haus versteckt. Nein, er hat vielmehr meinem Vater immer wieder Darlehen gegeben, zu enormen Zinsen, versteht sich. Als Geizkragen scheint er atypisch gewesen zu sein, denn offensichtlich hatte er nicht das Bedürfnis, verzückt irgendwelchen sichtbaren Reichtum zu betrachten, es schien ihm zu genügen, sich an dem Wissen weiden zu können, daß dieser Reichtum existierte. Die geschäftlichen Transaktionen zwischen ihm und meinem Vater waren natürlich streng geheim, und das kam ihnen beiden entgegen. Ned umging damit die Notwendigkeit, von seinem Reichtum irgend etwas an das Finanzamt abgeben zu müssen, und Vater hatte zu diesem Zeitpunkt bereits alle anderen Möglichkeiten von Bankkrediten oder staatlichen Darlehen ausgeschöpft. In der Fabrik stecken hundertundzwanzigtausend

Pfund Sheedysches Geld, und wenn es jetzt herausgenommen wird«, sagte Charles ausdruckslos, »gehen die Fabrik und Castlebarry zusammen unter. Es wird also nicht herausgenommen werden. Die Sheedys werden davon nicht in Kenntnis gesetzt werden. Sie müssen auf ihr Geld warten.«

»Bist du fertig?«

»Nein. Vater hatte die entsprechenden Dokumente weggeschlossen. Sie sind nicht von Zeugen unterschrieben. Offensichtlich war Ned Sheedy trotz all seiner Verschlagenheit so weit von Castlebarry konditioniert, daß er bereit war, der Ehre eines Barry zu trauen. Er hatte andererseits auch keine allzu große Wahl, wenn er seine Geschäfte streng geheimhalten wollte, und wir wissen auch, daß es ihm gleichgültig war, was nach seinem Tod mit seinem Geld geschehen würde. Und sein Vertrauen in meinen Vater war auch vollkommen gerechtfertigt, denn dieser hat die Dokumente nach Neds Tod ja nicht etwa vernichtet, wie er es mit Leichtigkeit hätte tun können. Nein, er beließ die Dokumente im Safe, wo sie nach seinem eigenen Tod gefunden werden würden. Nach ihm die Sintflut! Es wird allerdings keine Sintflut geben. Dafür werde ich sorgen. Die Sheedys bekommen ihr Geld erst, wenn die Fabrik es sich leisten kann, sie auszuzahlen. Während der vergangenen Jahre hatte ich überreichlich Gelegenheit zu beobachten, wie man zweifelhafte finanzielle Transaktionen vertuscht, und ich habe jede Gefahr ausgeschaltet, daß irgend etwas Peinliches ans Licht kommen könnte. Es wird auf gar keinen Fall länger dauern als zwölf Monate, und dann finde ich die bewußten Dokumente. In einem Wirbel von Publicity und zu jedermanns Erstaunen, versteht sich. Natürlich wird man glauben, daß ich selbst nicht weniger erstaunt bin als alle anderen, wenn man die Papiere hinter einer Scheuerleiste oder unter einem Fußbodenbrett oder an einem ähnlichen

Ort in der Grange entdeckt. An einem plausiblen Platz eben, an dem der Geizkragen so etwas versteckt hätte. Das ist alles, Kate.«

Der Gedanke, daß Charles' geliebtes kleines Dorf zum Untergang verurteilt war, daß seine Lebensgrundlage vernichtet werden sollte, war mir fast unerträglich. Wieviel stärker mußten erst seine eigenen Gefühle sein! Einen Augenblick schloß ich die Augen, um sein Gesicht nicht sehen zu müssen.

»O Charles, es tut mir ja so leid, so furchtbar, furchtbar leid. Für dich und für Castlebarry.« Ich machte eine Pause, um meine Gedanken zu ordnen. »Ich kann verstehen, wie du fast zur Verzweiflung getrieben wurdest, bevor du einen solchen Plan auch nur erwägen konntest. Aber du weißt genausogut wie ich, daß es nur ein Fantasiegebilde sein kann.«

»Es ist kein Fantasiegebilde, Kate.«

»Charles, mein Guter, wenn du wirklich die Absicht hättest, den Plan auszuführen, hättest du mich niemals ins Vertrauen gezogen. Du mußt doch vorher gewußt haben, wie ich reagieren würde.«

»Ich wußte, daß der Plan dir nicht gefallen würde. Er gefällt mir ja selber nicht. Aber ich habe dich nicht in die Sache eingeweiht, damit du die Stimme meines Gewissens spielst. Ich wünschte, ich müßte dich nicht damit belasten, aber es ist unvermeidlich. Sieh mal, wenn mir in den kommenden Monaten etwas zustößt, so muß es doch jemanden geben, der informiert ist. Die Sheedys müssen entschädigt werden, wenn ihre Zeit kommt.«

Die unheimliche Ruhe, die er zur Schau stellte, begann mich zu erschrecken. Schärfer, als ich beabsichtigt hatte, sagte ich: »Es ist gräßlich, es ist tragisch, und ich möchte nicht herzlos erscheinen, aber wir müssen vernünftig miteinander reden. Du weißt genausogut wie ich, daß es keinerlei Entschuldigung dafür geben kann, die Sheedys um ihr Erbe zu betrügen, nur um deine Fabrik am Leben zu erhalten.«

»Moralisch gesehen gehört die Fabrik genausogut dem Dorf wie den Barrys. Wenn ein Käufer zu finden wäre, der sie mit allen Aktiva und Passiva übernehmen würde, würde ich sofort verkaufen und den Sheedys ihr Geld aushändigen. Aber in dieser Hinsicht besteht nicht die geringste Hoffnung, nicht so, wie es im Moment aussieht, und nicht mit den Schulden, die an der Fabrik kleben. Die Wahrheit ist, daß es Tom und mir finanziell sogar besser gehen würde, als auf viele kommende Jahre hinaus zu erwarten ist, wenn wir Barry Manor und die Fabrikgebäude jetzt gegen Höchstgebot verkaufen würden. Tom hat etwas Vermögen, und ich bekomme überall eine gut bezahlte Stelle. Wie die Dinge jetzt liegen, werden wir jedoch in absehbarer Zukunft jeden Pfennig, der über das absolut Lebensnotwendige hinausgeht, in die Firma stecken müssen.«

»Es ist eine Sache, dich selbst aufzuopfern, aber eine andere, die Sheedys zu opfern. Du hast dich wohl nicht mit Tom beraten? Nein! Du hattest Angst, weil du weißt, daß er viel zu ehrlich ist, um bei so einer Sache mitzumachen.«

»Möglicherweise. Tom ist ein sehr ehrlicher Mensch. Kate, ich habe dir doch schon gesagt, daß du nicht die Stimme meines Gewissens zu spielen brauchst. Mein Gewissen schreit nämlich von alleine laut genug, aber ich habe entdeckt, daß ich wie jeder andere Mensch auch meinen Preis habe, und mein Preis ist Castlebarry.«

»Mein Gott!« sagte ich. »Ich glaube, du meinst das ernst. Du willst dich also auf Kosten von Leuten bereichern, die du verabscheust, um das behalten zu können, was du haben willst.«

»So ist es. Rein technisch gesehen, beraube ich die Sheedys natürlich nicht. Ich erhalte lediglich für ein

Jahr ohne ihr Wissen ein Darlehen aus ihrer Erbschaft. In Ordnung, du kannst das Sophisterei nennen, und das ist es auch, aber sieh mal, Kate, wir kennen doch die Sheedys gut genug, um zu wissen, wie sie das Geld in diesem einen Jahr anwenden würden. Theophilus Sheedy würde sich nur um so eher zu Tode trinken; Maisie Sheedy würde alles für ihre Katzen opfern; Josh und Delia Sheedy würden das Geld ihrem fettigen Kassenbestand hinzufügen; und was das Waisenkind betrifft – wenn sie ein Jahr warten muß, bevor sie zur Erbin wird, kann das in ihrem Alter nicht soviel ausmachen. Wäge das gegen das Wohlergehen der fünfzehnhundert Seelen Castlebarrys ab, und wie lautet deine Antwort?«

Meine Antwort lautete, daß Charles mit sechs Jahren an einem Weihnachtsmorgen ins Schlafzimmer seiner Eltern wankte, einen Kopfkissenbezug mit seinen Geschenken hinter sich herzerrte, wobei er laut heulend gestand, er habe gelogen, als er gesagt hatte, er glaube an den Weihnachtsmann, und jetzt müsse er alles zurückgeben. Unehrlichkeit war seiner Natur damals so schrecklich wie heute. Wenn ich vor der Wahl stand, ihn oder Castlebarry zu retten, so war es Charles, den ich retten wollte.

Ich blieb bei meiner Meinung. In der Flasche sank die Füllhöhe des Brandys, und proportional dazu schwemmte Charles' eselhaft dickköpfige Haltung meine Geduld davon. Endlich knirschte ich mit den Zähnen und sagte: »Ich wünschte, ich könnte dich dazu überreden, die verrückte Idee freiwillig aufzugeben, aber ich stelle fest, daß mir das nicht gelingt. Also gut, Charles, da du mir die Macht gegeben hast, dich aufzuhalten, werde ich sie benutzen. Und ich sage dir, daß ich genauso entschlossen bin wie du. Wenn du versuchst, den Plan durchzuführen, werde ich den Mund aufmachen und alles sagen, was ich weiß.«

»Selbst das könnte mich nicht an meinem Vorhaben hindern. Aber du wirst nicht den Mund aufmachen. Denk darüber nach. Du könntest dem Unternehmen und mir natürlich durch die Verbreitung eines so häßlichen Gerüchts einen gewissen Schaden zufügen; für die Sheedys allerdings wäre dieser Schaden nicht wieder gutzumachen. Denn natürlich würde ich deine Anschuldigungen einfach als das irre Gerede einer Frau abtun, die nicht ganz bei Verstand ist – tut mir leid, Kate, aber man kennt dich hier in der Gegend nicht allzugut, weißt du. Die Schuldscheine müßte ich dann allerdings vernichten. Dann könnte ich unglücklicherweise den Sheedys nie ihr Geld zurückgeben.«

Mit einer heftigen Bewegung setzte er sein Glas auf dem Tisch ab. Es zersprang. Seine Hand blutete. »Mein Gott, Kate, ich verabscheue das alles genausosehr wie du, aber es gibt keinen anderen Weg. Ich muß zuerst an Castlebarry denken.«

Es war unglaublich, daß Charles und ich uns als Gegner gegenüberstanden. Aber so war es. Ich stand auf. Der Boden schien unter meinen Füßen zu wanken, und das hatte überhaupt nichts mit dem Brandy zu tun.

»Ich werde daran keinen Anteil haben. Ich reise morgen ab. Ich werde auch nicht zurückkehren. Nie.«

Kraftlos betupfte er die verwundete Hand mit dem Taschentuch.

»Ich glaube nicht, daß du das tun wirst, Kate.«

»O doch. Ich werde nicht mit einem Gauner unter einem Dach wohnen.« Eleanor hätte ihn nicht verlassen, dachte ich. Eleanor hätte die Kinder nicht verlassen. »Du blutest ziemlich stark. Du solltest vielleicht etwas dagegen unternehmen.« Eleanor hätte ihm die Hand verbunden, aber er war schließlich in der Lage, sich selbst darum zu kümmern. Und wenn er noch Glassplitter in der Hand hatte, wozu gab es Ärzte?

»Ich gehe morgen für immer nach London zurück.« Die Barrys sind himmelweit von den Sheedys entfernt. Wie stark kann man sich eigentlich irren, Mrs. Bates? »Und nichts kann mich von diesem Entschluß abbringen.«

Obgleich ich Charles' Durchsetzungsvermögen kannte, kann ich nicht glauben, daß er sich absichtlich einen Infekt zuziehen konnte, um mich in Castlebarry zu halten. Aber wie dem auch sei, in jener Nacht wurde er wie auf Bestellung krank. Am nächsten Morgen war er sehr krank. Der Arzt diagnostizierte eine durch einen Virus verursachte Lungenentzündung. Er wollte den Krankenwagen rufen.

Charles protestierte entschieden. Er wollte nicht ins Krankenhaus.

»Ich kann hier bleiben. Kate kann mich pflegen, nicht wahr, Kate? Mrs. Bates wird dir helfen.« Er steigerte sich in einen solchen Zustand der Erregung hinein, daß es selbst mir, die ich ihn nun weiß Gott mit nüchternen Augen betrachtete, alarmierend erschien. »Ich gehe nicht ins Krankenhaus, Doktor, und dabei bleibt es.«

Der alte Dr. Healy sah ebenso kalt auf ihn herab wie ich.

»Ich bemerke, daß Sie fest dazu entschlossen sind, Charles, ebenso lästig zu sein wie vor dreißig Jahren, als Sie die Masern hatten. Ich werde versuchen, so schnell wie möglich eine Krankenschwester zu bekommen, Miss Wilson. Glauben Sie, Sie schaffen es solange allein?«

Wie ein trotziges Kind sagte Charles: »Ich will keine von diesen verdammten herrschsüchtigen Weibern im Haus haben. Ich konnte sie noch nie ausstehen.«

»Wenn es Ihnen besser geht«, sagte Dr. Healy, »werde ich Ihnen sagen, was ich von Ihnen halte. In der

Zwischenzeit möchte ich lediglich Miss Wilson Freude an ihrem Patienten wünschen.«

»Das war schon immer ein anständiger alter Knabe«, sagte Charles, als Dr. Healy gegangen war. »Danke, Kate. Ich wußte, daß du mich an der Schwelle des Todes nicht im Stich lassen würdest.«

»Heutzutage stirbt man nicht mehr an Lungenentzündung. Und auch ich freue mich darauf, dir zu sagen, was ich von dir halte, wenn es dir besser geht.«

»Das hast du doch schon getan, oder?« sagte er mit einem Anflug von Grinsen. »Aber wirklich, Kate, ich fühle mich äußerst merkwürdig im Moment. Als könnte ich jeden Augenblick ins Delirium verfallen, und es ist doch klar, daß ich in diesem Zustand in kein Krankenhaus gehen kann.« Mit himmelschreiender Unaufrichtigkeit fügte er hinzu: »Obwohl das letzte, was ich möchte, natürlich ist, dir und dem alten Doktor irgendwelchen Ärger zu bereiten.«

»Ich glaube, das erste, letzte und einzige, was du willst«, sagte ich, »ist, mich dazu zu zwingen, meine Abreise zu verschieben. Im Moment hast du damit auch Erfolg, aber das ist wirklich nur vorübergehend, verlaß dich drauf.«

»Du wirst mir ja ein schöner hilfreicher Engel werden! Denk mal nach, Kate. Ich kann doch jetzt einfach nicht das Risiko eingehen, vor einem Fremden in irre Reden auszubrechen.«

»Das würde das ganze Problem sehr elegant lösen.«

»Würde es nicht«, sagte Charles, wobei er böse mit den Armen fuchtelte. »Ich würde mir nämlich die Kehle durchschneiden, wenn ich bemerkte, daß ich anfange zu delirieren. Ich weiß, daß dir das nichts ausmachen würde, aber deine kostbaren Sheedys würden ein für allemal leer ausgehen.«

»Laß uns das alles im Augenblick vergessen«, sagte ich. »Du konzentrierst dich darauf, gesund zu werden, und ich konzentriere mich darauf, dich gesund zu machen.«

»Waffenstillstand, meine liebe Kate.« Schwach streckte er eine Hand aus. Ich nahm sie, aber nur, um seinen Puls zu messen. »Du hast ein Herz aus Stein«, sagte Charles.

Das hatte ich nun gerade nicht, und während der nächsten achtundvierzig Stunden gab es Zeiten, in denen es mir nicht einmal gelang, so zu tun, als ob ich es hätte. Aber Dr. Healy ließ sich nicht aus der Ruhe bringen, und viel eher, als ich erwartet hatte, war Charles wieder auf den Beinen, und ich bereitete mich auf die Abreise vor.

Fünftes Kapitel

Dann wurde mir klar, daß ich kaum besser war als Charles, wenn ich versuchte, meine Selbstachtung zu wahren, indem ich meine Hände in Unschuld wusch, Charles und seinen Taten den Rücken kehrte und nach London zurückging.

Mrs. Bates erzählte mir nämlich, daß es Miss Sheedy nicht besonders gut ginge. Sie suchte immer noch nach guten Plätzen für ihre Katzen, den Colonel ausgenommen, aber in ihrer Verzweiflung bot sie jetzt für jede Katze eine Prämie von zehn Pfund an. Natürlich gab es eine Menge Aspiranten, aber bislang keinen, der Miss Sheedys Zustimmung gefunden hätte. Josh und Delia Sheedy konnten ein so verrücktes Verhalten kaum fassen, und Mrs. Bates bemerkte mitleidig, daß man sich natürlich frage, wieso die arme, närrische Kreatur nicht selbst erkannte, daß sie durch ihr Handeln nur den Tag schneller heranbringen würde, an dem sie ohne einen Pfennig aus der Post hinausgeworfen würde und für ihren Lebensunterhalt selbst aufkommen müßte. Aber welcher vernünftige Mensch würde eine Person wie Miss Sheedy einstellen? Nicht, daß sie ihr Unglück lange tragen müßte, meinte Mrs. Bates, denn die Trennung von ihren Katzen würde sie langsam, aber sicher umbringen, und wenn sie dazu gezwungen würde, den Colonel zu verlassen und ins Obdachlosenasyl zu ziehen, würde sie auf der Stelle tot umfallen.

Charles hatte versucht, mir und sich selbst auch einzureden, daß die Sheedys mit Leichtigkeit ein Jahr auf ihr Erbe warten konnten. Hier jedoch hatten wir bereits den ersten Fall, auf den das nicht zutraf. Und wer konnte vorhersagen, wie sich während der kommenden zwölf Monate für die drei anderen die Situation entwickeln würde? Ich konnte den Verdacht nicht loswerden, daß das mir von Charles aufgezwungene Schweigen in gewisser Weise auf eine Duldung seiner Unehrlichkeit hinauslief. Es genügte zumindestens, mir den Sheedys gegenüber eine entschiedene Verpflichtung aufzuerlegen. Deswegen mußte ich in Castlebarry bleiben und für sie tun, was ich konnte. Während der Zeitspanne, in der ihr Erbe für das Wohlergehen des Dorfes und gleichzeitig der Barrys benutzt wurde, mußte ich versuchen, jede mögliche Gefährdung von ihnen abzuwenden.

Charles wußte natürlich nichts von diesen Überlegungen, und ich hegte den starken Verdacht, daß er seine Genesung unangemessen lange hinausschob. Eines Morgens erklärte Dr. Healy jedoch nach einem Besuch bei seinem Patienten, daß dieser jetzt wieder so munter wie ein Fisch im Wasser sei. Charles zog sich in sein Arbeitszimmer zurück und schmollte; er wartete auf meine Abreise. In der letzten Zeit hatten wir nur das Allernötigste miteinander gesprochen, ohne direkt unhöflich zu sein. Jetzt ging ich hinauf zu Charles, um ihm zu sagen, daß ich meine Absicht geändert hätte, und ihm auch die Gründe dafür zu erklären. Mit Rücksicht auf seinen Zustand – seinen seelischen, nicht seinen physischen, denn in Wirklichkeit war er bestimmt schon seit Tagen munter wie ein Fisch im Wasser gewesen – war ich taktvoll. Wahrheitsgemäß sagte ich, ich wisse, daß auch er seine Verpflichtung gegenüber den Sheedys gerne auf jede erdenkliche Weise erfüllen würde (nur daß er ihnen nicht ihr Geld gab, aber das sagte ich nicht) und daß ich das Gefühl habe, meine Hilfe könne in dieser Hinsicht bedeutsam sein. Durch Mrs. Bates und andere würde ich viel eher auf die Bedürfnisse der Sheedys aufmerksam gemacht werden, denn mit Mr. Charles Barry spräche man vielleicht nicht so freimütig, und möglicherweise würde auch das Interesse einer Frau an den Angelegenheiten dieser Familie nur normal erscheinen, während es für Mr. Charles Barry außergewöhnlich wäre.

Auch Charles war taktvoll. Sein Gesicht hatte sich zwar deutlich aufgehellt, als er hörte, daß ich nicht fortgehen würde, aber er vermied es, offen zu triumphieren. Er sagte lediglich, es sei eine große Erleichterung für ihn, wenn ich da wäre, um ihn zu beraten, sollten sich weitere Probleme ergeben. Beim Gedanken an Miss Sheedys mißliche Lage stöhnte er auf. Es war ein ehrliches Stöhnen. Es verbesserte zwar die Situation für die Sheedys nicht, wenn er verabscheute, was er ihnen antat, aber es verbesserte meine Situation ein ganz klein wenig.

»Kate, ich würde wirklich auf Händen und Füßen zu ihnen kriechen, wenn es etwas nützen würde.«

»Vielleicht wirst du es noch müssen«, sagte ich, »aber im Moment würde es Miss Sheedy nicht den geringsten Nutzen bringen.«

Er stöhnte noch einmal. Dieses Mal nicht ganz so ehrlich. Unvorsichtigerweise mußte ich ihn erkannt haben lassen, daß das erste Stöhnen mich beeindruckt hatte.

»Was in aller Welt kann ich für sie tun? Ich kann ihr doch nicht einfach Geld geben, das wirst du verstehen. Wie elegant ich Ned Sheedys Geschäfte auch vertuscht habe, es wäre trotzdem einfach wahnsinnig, etwas dermaßen Außergewöhnliches zu tun und zu riskieren, daß auch nur ein Hauch von Verdacht entsteht, entweder jetzt gleich oder später. Was *kann* ich also für sie tun, Kate?«

»Ich weiß es nicht«, sagte ich, »aber ganz bestimmt muß man folgende Faktoren berücksichtigen.« Ich zählte sie an den Fingern ab. »Erstens: Miss Sheedy ist schon jetzt verrückt genug. Sie muß also ihren Seelenfrieden sofort erlangen, bevor die Grenzlinie überschritten ist. Zweitens bedeutet das: man muß ihr und ihren Katzen ein Gefühl von Sicherheit vermitteln, das möglichst demjenigen nicht nachsteht, das ihr Erbe ihr jetzt gleich geben würde. Drittens: wie auch immer das alles arrangiert wird, es muß einen Anschein von Plausibilität sowohl für sie selbst als auch für die gesamte Öffentlichkeit haben.«

»Außerordentlich prägnant ausgedrückt«, sagte Charles, der sich jetzt, wo er meiner sicher war, einen Anflug von Sarkasmus erlaubte, »aber es bringt uns der Lösung keineswegs näher.«

»Wenn wir mit vereinter Kraft unsere Intelligenz darauf ansetzen, finden wir vielleicht eine.«

Während wir uns mit Miss Sheedys Problemen herumschlugen, fanden wir nach und nach wieder zu unserer alten freundlichen Kameradschaft zurück, wenigstens nach außen hin. Darüber war ich sehr froh. Es war die einzig erträgliche Art und Weise, die kommenden zwölf Monate unter einem Dach mit Charles und den Kindern zu verbringen.

Wir brauchten fast zwei Stunden, um zu einer möglichen Lösung unseres Problems zu gelangen. Es war die einzige, die uns einfiel und die alle Erfordernisse erfüllte. Für uns persönlich hatte sie allerdings einen erschreckenden Aspekt: wir würden Miss Sheedy mitsamt den Katzen in unserem Pförtnerhäuschen aufnehmen.

Meine Aufgabe war es, dieses Angebot für Miss Sheedy annehmbar zu machen. Wenn es soweit war, würde ich improvisieren, aber wir glaubten, auf ihre gute Herkunft Rücksicht nehmen zu müssen – unabhängig von einander hatte sie uns beiden erzählt, daß ihr Vater Jurist gewesen war –, und deshalb sollte es möglichst nicht so aussehen, als wollten wir ihr eine Wohltat erweisen. Am besten wäre es, wenn ihre Zustimmung zu unserem Plan als Gefälligkeit uns gegenüber hingestellt werden könnte. Das Pförtnerhäuschen war ein Schandfleck, den wir unbedingt renovieren mußten; wir wollten es auf gar keinen Fall vermieten, andererseits würde es verfallen, wenn es nicht bewohnt war. Wenn also Miss Sheedy, die wir so gut kannten, gerne in die Nähe ihres alten Zuhauses zurückkehren würde ... Für uns wäre es jedenfalls außerordentlich angenehm, eine vertrauenswürdige Person in der Nähe zu haben, die ein Auge auf die Grange werfen könnte, wenn wir nicht da waren.

Wir hofften zuversichtlich, daß das auch allen anderen plausibel erscheinen würde. Das war ein wichtiger Punkt. Es würde ihnen idiotisch, aber plausibel erscheinen. Sie würden – bitteschön! – folgern, daß wir, die wir eine so unglückliche Kreatur auf gewisse Weise vertrieben hatten, jetzt so blödsinnige Gewissensbisse hätten, daß wir unser überzähliges Dach über ihr Haupt breiteten. Ich würde sicherstellen, daß ich es war – die weichherzige, sentimentale Engländerin –, die als Hauptursache für diese Geschichte bekannt wurde. Wir kamen überein, daß dieser Punkt die ganze Sache für das Dorf unendlich glaubwürdiger machen würde.

Charles sagte mißgelaunt, daß er die Anwesenheit der Frau vielleicht gelegentlich vergessen könne, solange er sie nicht wirklich *sehen* müsse. Ich sagte, daß ich dasselbe hoffe, aber selbst wenn man Miss Sheedy auf taktvolle Weise dazu bringen konnte, sich auf das Gebiet ihres Pförtnerhäuschens zu beschränken, war es wirklich allzu optimistisch zu erwarten, daß sich ihre Katzenhorden auch daran hielten. Charles gab ein weiteres Stöhnen von sich, und dieses Mal drückte es Selbstmitleid aus. Ich sagte, er könne die Nähe der Bewohner des Pförtnerhäuschens als erste Rate des Solds der Sünde ansehen.

Ich ging sofort zur Post, um Miss Sheedy aufzusuchen. Als ich näherkam, sah ich Theophilus Sheedys silberne Löwenmähne im Harp & Shamrock verschwinden. Die kleine Ella, die verschlagener denn je wirkte, war im Laden. Sie schluckte und würgte, als ich eintrat. An ihrem Mund befand sich der Beweis, daß sie sich immer noch heimlich an den Marsriegeln gütlich tat. Sie sagte, Tante Maisie sei im Hof und füttere die Katzen.

Wir schuldeten diesem unliebenswürdigen Waisenkind genausoviel wie allen anderen Familienmitgliedern. Ich zwang mich zu ein paar banalen Freundlichkeiten.

»Kennst du eigentlich meine Nichte und meinen Neffen, Ella, die Zwillinge? Sie sind ungefähr so alt wie du. Sie kommen bald nach Castlebarry.«

»Ach ja?«

»Sie freuen sich schon auf das Schwimmen im Banna. Magst du gern schwimmen?«

»Ich habe keine Zeit dazu.« Auf alarmierende Art und Weise sank sie in sich zusammen und schrumpfte unvermittelt auf das Maß eines eingeschüchterten Aschenputtels. »Für Waisenkinder ist alles anders.«

Umgehend wand ich mich unter der Schuld, die ich gegenüber der unterdrückten, betrogenen kleinen Erbin empfand. Dann entdeckte ich das befriedigte Flattern der hin- und hergleitenden Augen und erinnerte mich daran, daß sie sich nicht einmal so weit einschüchtern ließ, um die Marsriegel in Ruhe zu lassen.

»Wie lange bist du denn schon Waise, Ella?«

Aus einem unvorstellbaren Abgrund von Trostlosigkeit kam die geflüsterte Antwort: »Zwei Jahre.«

»Wirklich? Dann war ich ganze zehn Jahre länger Waise als du«, sagte ich fröhlich, und als ich mich umdrehte, fing ich ein schnelles, gehässiges Glitzern ihrer Schlitzaugen auf.

Im Hof fraßen zweiundzwanzig Katzen (ich zählte

sie) aus zweiundzwanzig Schüsseln. Einundzwanzig davon waren aus Plastik, die zweiundzwanzigste war aus Porzellan und prangte mit einem Rosenmuster. Sie gehörte dem Colonel. So nahe die Not auch lauern mochte, solange Miss Sheedy Geld hatte, würden ihre Katzen gut und erstklassig versorgt.

»Möchten Sie nicht mit mir kommen und in der Grange Tee trinken?« fragte ich.

Ich konnte einfach nicht an diesem schrecklichen, eingeengten Ort mit ihr sprechen, wo vielleicht aus den kleinen, gräßlichen Hinterfenstern überall Sheedys spähten. Ihr fahles Gesicht belebte sich vor Erstaunen und Freude.

»Wie lieb von Ihnen, Miss Wilson. Ich bin entzückt.«

Als das Katzenmahl beendet war, stapelte sie die Schüsseln, schloß bis auf den Colonel alle Katzen in den Schuppen und begann, den Hof zu fegen, wobei sie sich reichlich dafür entschuldigte, daß sie mich aufhielt. Sie durfte ihre Katzen nur im Freien füttern, wenn der Hof und die Schüsseln in makellosem Zustand zurückblieben. Das hatte Delia zur Bedingung gemacht. Ich ignorierte ihre schockierten Proteste und spülte die Schüsseln unter dem Wasserhahn im Hof aus, während Miss Sheedy fegte.

»Jetzt ist alles in Ordnung, denke ich.« Ärgerliches Miauen kam aus dem Schuppen. Ihr Gesicht verzerrte sich. »Meine Miezen können sich einfach nicht daran gewöhnen, eingesperrt zu sein. Aber ich glaube, ich habe einen guten Platz für Snowdrop gefunden. Sie erinnern sich an Snowdrop? Sie geht morgen fort.«

Impulsiv sagte ich: »Aber Miss Sheedy, Sie brauchen Snowdrop nicht wegzugeben. Und auch keine von den anderen.«

Sie hörte mich kaum. Sie lauschte auf das Zischen und Jaulen im Schuppen.

»Sie sind wirklich nicht zanksüchtig, Miss Wilson. Aber alle Kreaturen brauchen Platz. Wußten Sie das? Selbst das allerkleinste Vögelchen!«

Ich entschloß mich zu warten, bis wir beim Tee saßen. Ella stand uns im Weg, als wir durch die Post gingen, und sie ließ Miss Sheedy kaum vorbei. Sie sah ihre Tante mit offener Verachtung an. Miss Sheedy hob den Kopf. Sie sagte stolz: »Wenn deine Tante Delia nach mir fragen sollte, sag ihr, daß ich zum Tee in die Grange eingeladen bin.« Das Kind starrte sie an. Da hat sie es dir aber gegeben, Ella, dachte ich glücklich. Immer noch hoch erhobenen Hauptes ging Miss Sheedy hinaus. Als wir aber mit dem Colonel im Schlepptau auf die Grange zugingen, wurde sie wieder matt und teilnahmslos, und ihre Versuche, Konversation zu machen, wirkten mechanisch.

Das Pförtnerhäuschen war eng und schäbig, aber selbst mir erschien es im Vergleich mit der Post wie ein Palast. Wieviel stärker mußte das für Miss Sheedy der Fall sein. Ich brüstete mich fast, eine gute Fee zu sein, als mir einfiel, daß ich in Wirklichkeit ja die böse Fee war. Ich brachte meine Gäste – Miss Sheedy und den Colonel – im Wohnzimmer unter und ging in die Küche, um zu sehen, was ich zum Tee zaubern konnte. Es war eine Mahlzeit, die wir selten einnahmen.

Mrs. Bates half mir, das Tablett herzurichten, aber sie sagte: »Ich weiß, daß Sie es aus Herzensgüte tun, aber wenn Sie mir erlauben, das zu sagen, es ist trotzdem ein Fehler, Maisie dazu zu ermuntern, hierher zu kommen. Sie wissen ja selbst, was für eine Mühe es macht, sie loszuwerden.«

Das war mein Stichwort. Ich sagte: »Ja, aber man muß doch bedenken, daß hier ihr Zuhause war, bevor wir sie rausgesetzt haben.«

»Sie wäre auf jeden Fall rausgesetzt worden, Miss. Und ich habe sagen hören, daß Mr. Charles den Schlag abgemildert hat, was er ja nicht hätte zu tun brauchen.«

»Trotzdem sind wir nicht glücklich mit der Situation. In Wirklichkeit«, sagte ich kühn, »haben wir schon daran gedacht, etwas für Miss Sheedy zu arrangieren.«

»Gott behüte Sie, Miss, Sie werden doch Vernunft annehmen.«

Ich drängte weiter.

»Aber Sie müssen zugeben, daß man sie nur bedauern kann.«

»Man kann fast jeden bedauern«, sagte Mrs. Bates, »aber deshalb läßt man sich doch nicht gleich von seinen Gefühlen überwältigen.«

Zufrieden stellte ich fest, daß ich den Samen gut und richtig gesät hatte, wenn auch auf steinigem Boden. Ich kehrte ins Wohnzimmer zurück. Der Colonel lag zusammengerollt auf Miss Sheedys Schoß. Sie starrte vor sich hin ins Leere. Sie wirkte, als könne sie jeden Moment in sich zusammensinken und nur ein Bündel aus Knochen und muffigen Kleidern hinterlassen. Ich vergaß alle vorbereitende diplomatische Rücksicht auf ihre Herkunft, die ich mir zurechtgelegt hatte, stellte ohne viel Federlesens das Tablett aus dem Weg und machte ihr das Angebot, im Pförtnerhaus zu wohnen.

Miss Sheedy erhob sich langsam aus ihrem Sessel, wie jemand, der sich aus dem Grab erhebt. Sie beachtete nicht einmal den Colonel, der aus ihrem Schoß fiel und böse mit dem Schwanz auf den Boden schlug.

»Ich hätte erwähnen sollen, daß wir den Schäferhund nun doch nicht bekommen werden«, sagte ich, als ich mich – zu spät – an das mythische Tier erinnerte. »Wir haben uns entschlossen, ihn nicht zu nehmen. Auch keinen anderen Hund.« Miss Sheedy starrte mich an, schweigend und unbeweglich wie im Starrkrampf. Ich befürchtete, sie mit einer ungeschickten Formulierung tödlich beleidigt zu haben, und beeilte mich, es wieder gutzumachen. »Das Pförtnerhäuschen ist natürlich winzig«, plapperte ich und beugte mich hinab, um den Colonel zu streicheln, der sich daraufhin umgehend davonmachte, »und vielleicht sagt Ihnen ja der Gedanke auch überhaupt nicht zu. Aber wir glaubten, daß es Ihnen vielleicht gefallen würde, wenn die Katzen wieder auf heimatlichem Gelände wären.«

Auf dramatische Weise kehrte Miss Sheedy ins Leben zurück. Ihre Wangen waren rosa. Die Augen glänzten. Sie vibrierte vor Leben.

»Oh, Miss Wilson! Oh, Miss Wilson! Sie haben mir ein Stück Himmel auf Erden gezeigt.«

»Das ist schön«, begann ich erleichtert und hielt alarmiert inne, als ihr ebenso plötzlich, wie sie gekommen war, die Farbe wieder aus dem Gesicht wich und das Licht in ihren Augen erlosch. Sie sah kläglicher aus, als ich sie jemals gesehen hatte. Sie machte heftige Mundbewegungen, um ihre zitternden Lippen unter Kontrolle zu bringen.

»Aber es kann nicht sein, Miss Wilson. Ich bin nicht die nützliche Person, die Sie sich vorzustellen scheinen.« Ich versuchte, sie zu unterbrechen, aber sie fuhr fort, ohne auf mich zu hören. »Mein Bruder Ned hat meine Haushaltsführung in Worten beschrieben, die ich hier nicht wiederholen kann. Aber ich habe sie verdient, Miss Wilson, ich habe sie verdient. Ich kann überhaupt nichts«, jammerte Miss Sheedy, und es hörte sich an wie ein klägliches Miauen. »Wenn ich mich Ihnen aufdrängte, würden Sie sehr bald allen Mut zusammennehmen und mich entlassen müssen. Ich würde nichts lieber tun, als Fußböden für Sie zu schrubben«, stieß sie leidenschaftlich hervor, »aber selbst dafür bin ich zu schwach. Es hat also gar keinen Sinn, nicht vollkommen offen zu Ihnen zu sein.« Der Colonel rieb sich an ihrem Fußknöchel. Sie sah ihn unglücklich an. »Danke, Miss Wilson – oh! danke –, um aber unsere angenehme Beziehung vor unweigerlichen Belastungen zu bewahren, muß ich leider ablehnen.«

Bei ihren Worten drehte sich mir der Magen um. Ich wünschte, ich hätte Charles herbeizaubern können, damit er zuhörte. Ich haßte Charles. So ruhig wie möglich sagte ich: »Es ist natürlich mein Fehler, weil ich mich so schlecht ausgedrückt habe, aber Sie haben mich vollkommen mißverstanden. Sie sollen nur im Pförtnerhäuschen wohnen, sonst nichts. Sie hätten doch wissen müssen, daß ich nicht im Traum daran denken würde, jemandem wie Ihnen irgendeinen anderen Vorschlag zu machen.« Ich konnte kaum auf Händen und Füßen zu ihr kriechen, aber daß ich mich hinhockte und vor dem Colonel katzbuckelte, kam dem sehr nahe. Dieses Mal erlaubte er es mir sogar gnädig. »Es ist absolut wichtig für uns, jemand Vertrauenswürdigen dort zu haben. Sie werden also verstehen, wie angenehm es wäre, wenn Sie ständig im Pförtnerhäuschen wohnten.«

Wieder machte Miss Sheedy eine Metamorphose durch. Jahre fielen von ihr ab. Sie war ganz Glück und Stolz.

»Oh, Miss Wilson! Es hätte doch jedem passieren können, daß er eine so großzügige Geste mißversteht. Sie machen mich sprachlos.« Wie eine chinesische Puppe nickend, sagte sie: »Wirklich und wahrhaftig kann ich Ihnen versichern, daß ich Ihr Vertrauen nie enttäuschen werde, wie groß meine sonstigen Mängel auch sein mögen.« Dann lächelte sie – sie lächelte tatsächlich – und beinahe schelmisch, könnte man sagen. »Wenn ich auch sonst nichts kann, aber ein Tor öffnen und schließen, das kann ich.«

»Nein, nein, auf gar keinen Fall«, protestierte ich, aber Miss Sheedy hatte bereits den Colonel ergriffen und murmelte ihm etwas zu, wobei sie ihr Gesicht in seiner wohlgepolsterten Flanke verbarg.

»Ein wie schlechter Menschenkenner kann man eigentlich sein?« fragte ich Charles grimmig. Er wußte, wann ich gefährlich war. Er sagte: »Ich werde mich darum kümmern, daß das Pförtnerhaus umgehend für sie hergerichtet wird. Wenn sie die Elektrizität und die Heizung gratis bekommt, sollte sie das Jahr über mit ihrem Geld auskommen.«

»Plus die Brocken, die vom Tisch des Herrn für ihre Katzen abfallen?«

Er bat mich, meine spitzen Bemerkungen zu unterlassen.

Tom war von unserem Tun natürlich überrascht, aber weil er selber weichherzig war, akzeptierte er unsere vorgeblichen Gründe. Obwohl er von dem gesamten Sheedy-Clan wenig hielt, hatte seine aktive Abneigung vor allem dem Geizhals Ned und den Sheedys von der Post gegolten; von Theophilus und Maisie Sheedy wußte er nur vom Hörensagen, daß sie nutzlose Kreaturen wären. Wenn wir uns besser fühlten, wenn wir die Frau aufnähmen, gut, das war unsere Sache, aber er warnte uns vor dem Risiko, daß sie ihre übrige Verwandtschaft nachziehen würde. Wir argumentierten, daß diese Gefahr sehr gering wäre, da keiner von ihren Verwandten viel mit ihr im Sinn hätte.

Bridie Malone kniff die Lippen fest zusammen, als sie hörte, daß Miss Sheedy ins Pförtnerhäuschen einziehen würde. Dann gestattete sie sich einen einzigen Kommentar, nämlich, daß Mr. Charles niemals von alleine auf diese Idee gekommen wäre, wobei sie es mir überließ, aus dieser Äußerung das zu schließen, was ich nur allzu gerne daraus schloß. Eine weitere Saat war gesät worden.

Mrs. Bates reagierte sehr ähnlich. Auch sie machte eine Bemerkung über Mr. Charles, wobei sie es wiederum mir selbst überließ, meine Schlüsse zu ziehen.

Die Achtung, die man mir entgegenbrachte, wurde überall geringer.

Am nächsten Tag führte eine Mrs. Bates mit verkniffenen Lippen eine Delia Sheedy mit verkniffenen Lippen ins Wohnzimmer. Jetzt ließ sich Delia Sheedy nicht mehr an der Haustür abspeisen; weil ich *eine* Sheedy wollte, mußte ich sie offensichtlich nun bitteschön auch alle nehmen.

Delia Sheedy wirkte steif und feindselig, was mich in Anbetracht unserer letzten Begegnung auch nicht erstaunte. Da mir nur allzu deutlich bewußt war, daß wir ihrem Mann dreißigtausend Pfund schuldeten, war ich die Freundlichkeit in Person.

»Bitte setzen Sie sich doch, Mrs. Sheedy.«

Sie blieb stehen.

»Ich will Sie nicht aufhalten. Ich mußte kommen, weil ich mir Sorgen um Maisie mache. Schon zu ihren besten Zeiten war sie nicht besonders vernünftig, jetzt aber geht ihre Fantasie vollkommen mit ihr durch.« Daß Menschen sich zu ihrer vollen Höhe aufrichten, kann man sehr oft lesen, nicht aber, daß ein Mensch ein paar Zentimeter über diese volle Höhe hinausgeht, wie es Delia Sheedy jetzt zu tun schien. »Sie werden mir kaum glauben, Miss Wilson, aber Maisie hat mir erzählt, daß Sie sie als – es ist einfach zu und zu absurd –«, sie wuchs noch zwei Zentimeter –, »Miss Wilson, meine Schwägerin sagt mir, daß Sie sie als Pförtnerin eingestellt haben.«

Hier manifestierte sich also das Standesbewußtsein, das ich irrtümlich bei Miss Sheedy befürchtet hatte, und von Delia Sheedy kam es mir nun wirklich ganz und gar unerwartet. Vermutlich hätten Josh und Delia in aller Seelenruhe mitansehen können, wie Miss Sheedy in diskretem Abstand verhungerte, undenkbar war allerdings für sie, daß sie sich in ihrer Nähe in untergeordneter Position über Wasser hielt. Ich brannte darauf, der unerträglichen Frau zu sagen, was ich über sie dachte, doch mußte ich mich zusammenreißen. Ich erklärte ihr also höflich die Lage.

Sie sah mich einigermaßen mitleidig an, was weder Mrs. Bates noch Bridie Malone getan hatten. Sie kannte Miss Sheedy nämlich besser.

»Sie wollen sagen, Sie überlassen Maisie und ihren Katzen das Pförtnerhäuschen? Einfach so? Also, Wunder gibt es immer wieder!« Nach und nach war sie zu ihrer normalen Größe zurückgekehrt, jetzt aber schoß sie mit einem Schnauben wieder in die Höhe. »Da gibt es aber etwas, was Maisie klar sein muß. Sie hat Sie also dazu gebracht, sie und ihre schmutzigen Tiere aufzunehmen. Nun gut. Aber sie soll sich nicht einbilden, daß ich sie wieder zurücknehmen werde, wenn Sie feststellen, daß Sie es mit ihr nicht mehr aushalten.«

Ich erkannte, daß es noch einen anderen Grund zur Verärgerung gab. Wir würden Josh und Delia um Miss Sheedys wöchentlichen Beitrag zur Haushaltskasse bringen. Ich wies mit der Hand auf einen Stuhl und begann, mich selbst langsam auf einem anderen niederzulassen.

»Übrigens, Mrs. Sheedy, erinnern Sie sich vielleicht an Ihren freundlichen Vorschlag, Ella wegen unserer Einkaufsliste zu schicken, solange wir kein Telefon haben?« Ihr Gesichtsausdruck verriet, daß sie sich nur allzugut an die bewußte Unterhaltung erinnerte. »Ich frage mich, ob wir ihn in die Tat umsetzen könnten, wenn es wirklich nicht zuviel Mühe macht.« Delia Sheedy begann, sich langsam auf dem Stuhl niederzulassen, auf den ich gezeigt hatte. »Wissen Sie, mir war damals nicht klar gewesen, daß Sie fast alles führen, was wir an Lebensmitteln brauchen.« Ich lachte fröhlich. »Bevor ich nach Castlebarry kam, hatte ich geglaubt, daß ich beständig zum Einkaufen in die Stadt fahren müßte. Ich hatte wirklich nicht die geringste Vorstellung vom Dorfleben.«

Inzwischen hatte Delia Sheedy ihren verdrossenen Hochmut durch eine Liebenswürdigkeit ersetzt, die den neuen, vielversprechenden Umständen angemessen war.

»Oh, das macht überhaupt keine Mühe, Miss Wilson. Wir stehen Ihnen nur allzu gerne auf jede erdenkliche Weise zur Verfügung. Im Dorf gibt es natürlich keine große Nachfrage nach Luxusgütern, aber wir geben gerne jederzeit Bestellungen auf, wenn Sie etwas Spezielles wünschen.«

Wenn man jemanden verabscheut, wie ich Delia Sheedy verabscheute, wird diese Abneigung unweigerlich erwidert, aber trotzdem gingen wir beinahe überschwenglich auseinander. In punkto Heuchelei waren wir uns bestimmt ebenbürtig.

In einem vorgeblichen Anfall von Vernunft sagte ich zu Mrs. Bates, ich hätte erkannt, wie sinnlos es sei, daß mich meine persönliche Meinung über die Sheedys von der Post davon abhalten sollte, einen Laden auszunutzen, der in so angenehmer Nähe lag und darüber hinaus den ganzen Tag geöffnet hatte. Offensichtlich war Mrs. Bates inzwischen von neuen Beweisen meines angeborenen Leichtsinns nicht mehr zu überraschen, denn ihre Bemerkung, wir würden für diese Bequemlichkeit auch das Doppelte zahlen müssen, wurde mit totaler Gleichgültigkeit gemacht.

Charles hatte sich anständig benommen, was Miss Sheedy betraf, aber es wäre dumm gewesen, ihn allzusehr herauszufordern. Obgleich ich inständig hoffte, daß der Fall nie eintreten würde, wäre es durchaus möglich, daß sein Wohlwollen in einer anderen Krise erneut benötigt würde, so daß ich ihm eine diskret bearbeitete Version von Delia Sheedys Besuch gab und ihm dann ungefähr dasselbe sagte wie Mrs. Bates. Er warf mir einen grimmigen Blick zu, sparte sich jedoch jeden Kommentar, und das Thema wurde fallengelassen.

Die Sheedys, und was dazugehörte, waren in der Tat ein Gesprächsthema, das wir möglichst umgingen. Nicht, fürchte ich, um unsere empfindlichen Gefühle zu schonen, sondern weil uns schon beim Klang des Namens wirklich übel wurde.

Sechstes Kapitel

Das Pförtnerhäuschen hatte eine Küche und zwei weitere kleine Räume. Wir ließen noch ein Badezimmer anbauen und Elektrizität legen. Aus den Beständen der früheren Dienstbotenquartiere von Barry Manor möblierten wir das Haus. Diese Möbel wurden schon lange nicht mehr benutzt und standen in der Abstellkammer, und trotzdem beäugte Bridie Malone jeden unansehnlichen, aber nützlichen Gegenstand, den wir für Miss Sheedy davontrugen, so böse, als wäre sein Wert grenzenlos.

Zuerst fuhren wir Miss Sheedy und den Colonel zum Pförtnerhaus – all ihre weltlichen Besitztümer fanden in zwei abgenutzten Pappkoffern Platz – und dann nach und nach die anderen Katzen. Miss Sheedy war begeistert von ihrem neuen Zuhause. Das frisch gestrichene Häuschen sah mit seinen rautenförmigen Fensterscheiben und den verwinkelten Giebeln wirklich hübsch aus, mir aber hätte es überhaupt nicht gefallen, im düsteren Inneren dieser falschen Gotik zu wohnen. Für Miss Sheedy war es allerdings wirklich der Himmel auf Erden. Wer hätte gedacht, daß sich das alte Pförtnerhaus in ein solches Märchenhäuschen verwandeln lassen würde? fragte sie enthusiastisch, wobei sie inmitten ihrer durcheinander laufenden Hausgenossen wie eine verfehlte Hexe dastand.

Die unteren Fenster der Grange mußten fortan geschlossen bleiben, denn die Katzen durchstreiften ihr altes Revier und glaubten natürlich, die Grange gehöre wie früher dazu. Im allgemeinen gelang es uns auch, sie fernzuhalten, den Colonel ausgenommen, der hereinstolziert kam, wann immer die Haustür geöffnet wurde. Keine der anderen Katzen wagte es, an einem Menschen vorbeizugehen, der schrie und mit den Füßen aufstampfte. Zum Glück hatte er wirklich so vorzügliche Manieren, wie Miss Sheedy geprahlt hatte, so daß ihm der Zutritt zum Haus, den er sich ohnehin verschafft hatte, auch offiziell gewährt wurde.

Wenn die Fenster geschlossen werden mußten, um die Katzen draußen zu halten, so mußte das Tor geschlossen werden, damit sie drinnen blieben. Für Fußgänger mochte das angehen, aber Charles und ich hatten wie alle Autofahrer wenig Lust, aus unseren Autos ein- und auszusteigen, um diese lästige Aufgabe zu erfüllen. In den Zeiten vor Miss Sheedy hatte das Tor einfach immer offengestanden, und wir hatten es durch ein in den Boden eingelassenes Schutzgitter ersetzen wollen, sobald der Zustand unserer bislang noch vernachlässigten Rasenflächen es rechtfertigte. Getreu ihrem Versprechen bestand Miss Sheedy aber darauf, die Funktion eines Torhüters zu übernehmen.

»Sie müssen einfach vor dem Tor hupen«, sagte sie, »und Mr. Tom und allen anderen sagen, daß sie das auch tun sollen.«

Uns dazu aufzufordern, das unschuldige Opfer unserer Missetaten auch noch zu unserer Bedienung herbeizurufen, hieß doch nichts anderes, als das Messer in der Wunde zu drehen. Wir öffneten also weiterhin selbst das Tor. Wenn sich jedoch ein Wagen von der Grange her näherte, kam sie stets eilfertig aus ihrem Häuschen heraus und lief zum Tor. Sie mußte sich auch dem Studium unserer Motorengeräusche gewidmet haben, denn es dauerte nicht lange, und auch ein Wagen, der von der Straße her kam, fand das Tor offen vor. Und Miss Sheedy stand da, winkte uns fröhlich durch und bewahrte ihre Katzen davor, in die gefährliche Außenwelt abzuwandern.

Nach einer gewissen Zeit sagte sie klagend und mit einer ganz leisen Spur Tadel in der Stimme: »Ich lausche immer, aber ich habe ständig Angst, Sie einmal nicht zu hören. Ich wäre so viel gelassener, wenn Sie sich doch dazu durchringen könnten zu hupen.«

Wir mußten nachgeben. Und Miss Sheedy wurde, daran gab es keinen Zweifel mehr, zum Torhüter der Grange. Delia Sheedy enthielt sich jeglichen Kommentars zu dieser Degradierung ihrer Schwägerin, obwohl der Status quo alle meine früheren Versicherungen Lügen strafte. Solides Bargeld hatte Vorrang vor der Unantastbarkeit der Familienehre. Wir waren gute Kunden, unsere Familie würde demnächst noch durch drei Mitglieder erweitert werden, und ich, die ich ihre offenkundig überhöhten Preise nie in Frage stellte, mußte eine so schlechte Rechnerin sein, daß es selbst ihre kühnsten Träume überstieg. Außerdem wurde die Tatsache, daß die Familienehre in einer Hinsicht angegriffen wurde, in anderer mehr als wettgemacht. Damit prahlen zu können, einzige Lieferanten der Grange zu sein, was Delia und Josh weidlich ausnutzten, wie ich einer säuerlichen Bemerkung von Mrs. Bates entnahm, kam in Castlebarry dem Status Königlicher Hoflieferanten gleich.

Da die Dinge für die Sheedys einigermaßen fair geregelt waren, wie wir hofften, löste sich unsere unmittelbare Spannung ein wenig, bis aus einem Himmel, den wir für völlig heiter gehalten hatten, das Drama Theophilus Sheedy über uns hereinbrach.

Ich wußte von Mrs. Bates, daß er immer noch in Castlebarry war, seine wachen Stunden im Harp & Shamrock verbrachte und in der Post schlief. Dann erschien Miss Sheedy eines Morgens in einem alarmierend erregten Zustand bei uns. Theophilus war im Pförtnerhäuschen. Er war letzte Nacht direkt aus dem Harp & Shamrock dorthin gekommen.

»Ich sagte ihm, daß er widerrechtlich auf ein Grundstück eindränge, das Sie meiner Obhut anvertraut haben, aber er war über das Stadium hinaus, in dem er vernünftig denken konnte. Sie kennen seine Schwäche. Ich konnte ihn nicht zum Gehen bewegen.« Sie rang die Hände. »Oh, ich schäme mich so, aber hoffentlich entnehmen Sie meiner Erklärung, daß ich mich wirklich nicht eines Vertrauensbruchs schuldig gemacht habe. Ich verspreche Ihnen, daß ich ihn sofort wegschikken werde, sobald der arme Kerl wieder auf den Füßen steht. Und ich werde ihm verbieten, wiederzukommen. Für immer!«

Ihre Augen füllten sich mit Tränen. Tränen für Theophilus? Es war möglich. Charles und ich warfen uns einen Blick zu. Der Sold der Sünde erhöhte sich.

Dieses Mal verspürte selbst ich Widerwillen zu zahlen, aber mit einem zweiten Blick kamen wir überein, unsere Verpflichtung zu erfüllen.

Indem er einen verwirrten Gesichtsausdruck aufsetzte, sagte Charles: »Aber wollen Sie Ihren Bruder wirklich auf eine so tyrannische Art und Weise hinauswerfen?« Eine Träne rollte aus einem blassen Auge über eine blasse Wange. »Ich sehe natürlich ein, daß er vielleicht ein schwieriger Gast ist.«

Tränen flossen wie Regentropfen, als sie den Kopf schüttelte.

»Nie ist ein böses Wort gefallen, nicht zwischen Theophilus und mir. Ich kann nie vergessen, daß er einmal mein kleiner Bruder war. Oh, ich wünschte, Sie hätten ihn gekannt, bevor dieses schreckliche Leiden über ihn kam.«

»Wozu also die Aufregung? Das Pförtnerhaus ist Ihr Zuhause, Miss Sheedy, und Sie können dort tun und lassen, was Sie wollen. Sie können doch Gäste haben, wenn das Ihr Wunsch ist.«

Sie drückte die gefalteten Hände an die magere Brust.

»Sie meinen – Theophilus – kann bleiben?«

»Offen gesagt, es erstaunt mich, daß Sie die Lage so weit mißverstehen, zu glauben, Sie müßten um Erlaubnis bitten. Sie müssen mich jetzt entschuldigen, aber ich muß in die Fabrik. Grüßen Sie bitte Ihren Bruder.«

Er ging – vierzig Minuten vor seiner üblichen Zeit. Er konnte Miss Sheedy nur in sehr kleinen Dosen vertragen. Ich dagegen erhielt eine volle Stunde.

Zunächst machte ich mir Sorgen um sie. Den kleinen Bruder zärtlich zu lieben mochte für den kleinen Bruder gut und schön sein, aber Miss Sheedy war so offensichtlich an Körper und Seele gediehen, seit sie ins Pförtnerhaus gezogen war, daß ich befürchtete, Theophilus würde ihren Seelenfrieden stören. Es schien jedoch, als wäre jetzt erst ihr Glück vollkommen. Theophilus bei sich zu haben gab ihr die Chance, den armen, guten Jungen zu reformieren.

»Sehen Sie, Miss Wilson, ich fürchte, es hat in unserer Familie sehr wenig Zuneigung gegeben, außer zwischen Theophilus und mir. Ich hatte immer das Gefühl, daß ich ihm helfen könnte, seine unglückliche Neigung zu überwinden, wenn wir in einem eigenen Haus zusammenlebten, nur er und ich. Schließlich ist es, wie heutzutage so oft gesagt wird, nur eine Krankheit. Und deshalb«, sagte Miss Sheedy triumphierend, »kann sie geheilt werden.«

Ich wollte den wunden Punkt ihrer Argumentation nicht aufzeigen und lächelte nur. Das nahm sie als Bekräftigung.

»Was seinen Zustand von gestern abend betrifft – nun, die Post ist nicht die Art von Zuhause, die einen Mann davon abhalten würde, auszugehen. Er hat dort nur gewohnt, weil niemand sonst ihn haben wollte und weil es ihm nicht gut genug ging, um nach Dublin zurückzukehren.« Sie strahlte. »Und sehen Sie, wie sich alles zum Guten gewendet hat.« Ich lächelte wieder. Das genügte vollkommen. Sie war in voller Fahrt. »Er kann Delia und Josh nicht ausstehen, besonders Delia. Ich muß zugeben, daß ich sie auch nicht sehr schätze.« Ihre Stimme fiel. »Ich sage das niemand anderem als Ihnen, Miss Wilson, aber Joshua hat unter seinem Stand geheiratet, als er in die Post eingeheiratet hat.«

Ich trug weiterhin nur ein Minimum zu der Unterhaltung bei, aber ich war dennoch erschöpft, als sie ging. Am Nachmittag war sie wieder da. Theophilus hatte sich genügend erholt, um seine besten Empfehlungen zu schicken – »Er ist immer ein vollkommener Gentleman, Miss Wilson, selbst wenn er betrunken ist« –, welche er später in Person zu überbringen hoffte.

»Er hat auch seinem Wunsch Ausdruck gegeben, einmal in der Lage zu sein, Ihre Freundlichkeit erwidern zu können.« Ich zuckte zusammen. Miss Sheedy strahlte und nickte. »Und das hat mich auf eine Idee gebracht, der Sie zustimmen werden, wie ich hoffe. Sie schlägt sozusagen zwei Fliegen mit einer Klappe. Ich habe das Gefühl, daß Theophilus im Moment eine Beschäftigungstherapie braucht und daß Sie – das heißt natürlich nur, bis Sie Ihr Gartenpersonal bekommen –«, sie machte eine ihrer dramatischen Gesten in Richtung auf die Gräser und Unkräuter und Büsche, die in ihrem unkontrollierten Kampf um das Licht in den Himmel kletterten –, »daß sie einen anstelligen Mann mit einer Sense brauchen, der die vorbereitende grobe Arbeit tut.«

Nicht auch noch ein Faktotum namens Sheedy neben der Torhüterin namens Sheedy! Aber ja. Uns blieb nichts erspart. Am nächsten Tag erschien Theophilus, mit einer Sense bewaffnet, um mich zu fragen, ob er vorne beginnen sollte oder dort, wo vor der Zeit des Geizkragens der Küchengarten gewesen war.

»Wo immer Sie mögen, Mr. Sheedy.« Er wirkte nüchtern, so daß seine Reformation zumindest im Gange zu sein schien, aber er sah grauenhaft aus. »Ich hoffe jedoch, Sie wissen, daß das Ganze allein Miss Sheedys Idee ist. Sie wollte auf keinerlei Einwand hören.«

»Und was sollte es dagegen einzuwenden geben, Miss Wilson? Maisie sagt, es tut mir gut, und ich bin nur zu glücklich, wenn ich etwas für Sie tun kann.«

Die zarte Betonung auf dem Wort *Sie* wurde von einem ebenso zarten bewundernden Blick begleitet. Er bewies, daß Theophilus immer noch ein Charmeur war, wenn er die Gelegenheit dazu hatte. Er ergriff die Sense so ungeschickt mit beiden Händen, daß ich daraus schließen mußte, er habe nie zuvor eine in der Hand gehabt, und hieb gegen einen Flecken Hirse. Die lange, gebogene Schneide flog über das Gras auf seine Beine zu. Er schwang im Bogen herum, um ihr zu entgehen.

»Übung, Miss Wilson, macht den Meister.«

Da es außerordentlich wahrscheinlich war, daß er sich zum Krüppel machen würde, ging ich ins Haus, um wenigstens nicht zuschauen zu müssen. Vernünftigerweise entschloß Theophilus sich auch, hinter dem Haus im Küchengarten zu mähen, wo ihn keiner sehen konnte.

Während der nächsten Tage erhaschte ich hin und wieder einen flüchtigen Blick von ihm, wie er mit der Sense über der Schulter zum Küchengarten kam oder fortging – ein personifiziertes Symbol ehrlicher Arbeit. Ich hielt mich von ihm fern. Ich hielt mich auch von Miss Sheedy fern. Es freute mich, daß sich die Dinge gut zu entwickeln schienen, da sie jetzt beide zusammenlebten, aber genau wie Charles wünschte ich so wenig Kontakt mit ihnen wie möglich.

Ein paar Tage später allerdings kamen die bittere

Enttäuschung und der Schock in Gestalt Miss Sheedys, die mir händeringend mitteilte, Theophilus läge besinnungslos im Küchengarten, wohin sie gegangen war, um ihn zum Essen zu rufen. Charles war ganz gefaßt.

Wir gingen mit ihr. Die sehr spärlichen gelichteten Flecken inmitten des chaotischen Wachstums bewiesen, daß sich Theophilus nicht allzusehr strapaziert hatte. Er lag ausgestreckt auf dem Rücken, der Kopf ruhte auf einem Kissen aus Unkraut, die Augen waren geschlossen, der Mund stand offen, und er atmete röchelnd. Auf einer Seite lag die Sense, auf der anderen eine leere Whiskyflasche. Er bot einen schrecklichen Anblick. Selbst der Colonel, der wie immer mit von der Partie war, stand stocksteif.

Miss Sheedy kniete sich weinend neben ihren Bruder.

»Theophilus, so sprich doch! Oh, Mr. Charles, es ist ein Anfall. Theophilus hat einen Anfall gehabt.«

Der Colonel beschnüffelte ihn. Er legte seine Pfote auf die Flasche. Sie rollte hin und her.

»Das glaube ich nicht, Miss Sheedy. Zumindest hoffe ich es nicht. Es ist besser, wenn wir nicht versuchen, ihn fortzubringen. Du bleibst hier, Kate. Ich hole den Arzt.«

Der Colonel fuhr damit fort, die Flasche hin und her zu rollen, während ich Miss Sheedy zu trösten versuchte. Als die Flasche gegen einen Stein klirrte, erschauderte sie und schluchzte: »Theophilus hat es mir versprochen. Er hat es versprochen.« Ich streckte die Hand aus, um das Spiel des Colonels zu beenden, und er schlug mit ausgestreckten Krallen nach mir. Nichts hätte hilfreicher sein können. Miss Sheedys Aufmerksamkeit wurde ein wenig von ihrem unglücklichen Bruder weg und auf den Colonel gelenkt, und sie schimpfte immer noch abwechselnd mit diesem und entschuldigte sich bei mir, während ich an meiner

Wunde saugte und wiederholte, es sei ja nur ein unbedeutender Kratzer, als Charles und Dr. Healy eintrafen.

Bald war der immer noch bewußtlose Theophilus im Krankenwagen unterwegs ins Bezirkshospital. Charles folgte mit Miss Sheedy im Wagen. Als er zurückkehrte, erzählte er mir, Dr. Healys Blitzdiagnose der Volltrunkenheit sei bestätigt worden. Das war eine große Erleichterung; der Gedanke, daß Theophilus sterben könnte, bevor ihm sein Erbe ausgehändigt wurde, war furchtbar gewesen.

»Er ist noch nicht ganz über den Berg«, sagte Charles, »aber im großen und ganzen glauben die Ärzte, daß er gute Chancen hat. Sein allgemeiner Zustand ist natürlich sehr schlecht, denn er hat das Stadium erreicht, in dem schon die kleinste Menge Alkohol Gift für ihn ist. Sein nächster Saufzug bringt ihn mit Sicherheit um.«

»Wenn du gewußt hättest, daß du einen Sheedy möglicherweise nie würdest entschädigen können, hättest du deinen Plan dann trotzdem ausgeführt?«

»Ja, das hätte ich. Aber bei Gott, ich würde alles darum geben, diesen unglücklichen Mann lange genug am Leben erhalten zu können.«

Ich fuhr Miss Sheedy jeden Tag nach Clonmel, damit sie Theophilus besuchen konnte. Wie es ihm ging, war an ihrem Zustand abzulesen, wenn sie aus dem Krankenhaus trat und auf mich zukam. Sie wirkte immer weniger verzweifelt. Eines Tages kam sie strahlend heraus. Theophilus war auf dem besten Wege der Besserung und wollte mich sprechen.

Er saß im Bett, trug einen tiefblauen Pyjama und sah sehr gepflegt aus. Mehrere Gedichtbände und ein philosophisches Werk lagen auffällig verstreut auf seinem Bett. Er selbst war aber nicht weniger beeindruckend als diese Bücher. Als ich ehrlichen Herzens – mehr als er wissen konnte – die übliche Banalität aussprach, wie sehr es mich freue zu sehen, daß es ihm so gut gehe, erwiderte er, es sei eine bedauerliche Tatsache, daß ich ihn nie zuvor vollkommen nüchtern gesehen habe.

»Ich habe Sie und Mr. Charles enttäuscht, Miss Wilson. Ich habe mich danach gesehnt, mich bei Ihnen dafür entschuldigen zu können. Ich habe meine arme Schwester Maisie enttäuscht. Ich habe immer jedermann enttäuscht, der Vertrauen in mich setzte. Aber das wird nie wieder geschehen. Jetzt, da ich zwangsweise wiederhergestellt worden bin – und das war ein ziemlich unangenehmer Prozeß, das kann ich Ihnen versichern –, habe ich den Plan gefaßt, mein schlimmstes Laster ein für allemal aufzugeben.« Er sah sich mit offensichtlichem Mißfallen im Krankensaal um und sagte nachdenklich: »Ich bin fest entschlossen dazu.«

Miss Sheedys kleines Gesicht legte sich in zerknitterte Sorgenfalten, als wäre es aus Seidenpapier. Auf dem Nachhauseweg sagte sie, sie habe das Gefühl, für Theophilus' jüngstes Straucheln mitverantwortlich zu sein. Sie habe den Fehler begangen, die falsche Art von Beschäftigungstherapie für ihn zu wählen.

»Er muß eine Aufgabe haben, das steht außer Frage. Aber Theophilus' Neigungen gingen immer auf das Geistige, nicht auf das Körperliche. Vielleicht haben Sie zufällig die Bücher bemerkt, die er liest? Er hat mich extra gebeten, ihm heute diese Bücher mitzubringen«, sagte sie voller Stolz und vollkommen unschuldig. »Ja, Miss Wilson, mein Bruder braucht einfach eine Beschäftigung, die sein Interesse erregt und seine Geisteskräfte fordert.« Sie gab ihrer Angst mit jenem merkwürdig klagenden Miauen Ausdruck, das für sie charakteristisch war. »Aber wo kann der arme, irregeleitete Mensch hoffen, jetzt noch so etwas zu finden?«

Ich warf ihr einen schnellen Blick zu und las in ihrem

Gesicht eine flehende Bitte. Du hast meine Katzen gerettet, stand da. Oh, kannst du nicht auch meinen Bruder retten?

»Ich bin nicht der liebe Gott«, sagte Charles.

»Ein Barry wird hier in der Gegend als das Nächstbeste angesehen«, sagte ich.

»Das stimmt. Aber sieh den Tatsachen ins Gesicht! Theophilus ist nicht zu retten.«

»Wir versteigen uns schließlich nicht zu der Hoffnung, sein unausweichliches Ableben verhindern zu können, wir wollen es lediglich um – wie lange noch? zehn Monate? – um zehn Monate verschieben.«

»Das ist eine kaltblütige Art und Weise, die Sache auszudrücken.«

»Kannst du es besser?«

»Gelegentlich, Kate, finde ich dich fast *zu* konstruktiv. Nein, ich kann es nicht. Das heißt, nicht ohne zu heucheln.«

»Solche Feinheiten zwischen uns wären unter den Umständen absurd, laß uns also kaltblütig herausfinden, wie unser zweites Sheedy-Problem gelöst werden kann.«

»Zwei und zwei macht vier«, sagte Charles. »Laß uns bloß die Daumen drücken für Josh und das Waisenkind.« Seine Scherzhaftigkeit klang hohl. Ich wußte, daß er wegen Theophilus ebenso verstört war wie ich. In Wirklichkeit hätte er ja noch weitaus verstörter sein müssen als ich, denn die Verantwortung dafür, daß Theophilus am Ende seine dreißigtausend Pfund bekäme, lag ganz allein bei ihm, aber wir hatten so viel miteinander durchgemacht, daß ich oft vergaß, daß wir diese Sache nicht zusammen unternommen hatten. »Um deine Methode anzuwenden: erstens, Theophilus braucht eine Schreibtischarbeit.

Zweitens, wo bekommt er eine her? O nein, Kate, ich könnte es nicht aushalten, ihn im Büro buchhaltern zu sehen.«

»Du wußtest doch, daß das die einzige Lösung ist, bevor wir überhaupt in diese Diskussion eingestiegen sind.«

»Aha, aber mir ist gerade etwas Besseres eingefallen. Liebe Kate«, sagte Charles auf seine allergewinnendste Art und Weise, »was würdest du davon halten, Theophilus als deinen Sekretär zu engagieren? Er würde einen so ehrenvollen Job niemals ablehnen.«

»Ich brauche keinen Sekretär«, sagte ich. »Höchstens für meine Rechtschreibung, und das würde ja wohl kaum sein Interesse erregen und seine Geisteskräfte –«

Ich hielt inne, denn schlagartig hatte ich eine brillante Lösung gefunden. In der Fabrik gab es am Ende des Korridors, an dem auch Charles' Büro lag, eine Schreckenskammer, in die ich einmal einen Blick geworfen hatte. Sie war vom Boden bis zur Decke mit Papieren vollgestopft, die in Schachteln aufbewahrt wurden oder auch nicht; es waren die Aufzeichnungen der Fabrik seit ihrem Entstehen. Offensichtlich wurde nie etwas fortgeworfen, aber andererseits konnte man auch nicht hoffen, in diesem Wirrwarr je irgend etwas erfolgreich wiederzufinden. Diese Kammer wurde hochtrabend das Archiv genannt.

»Das Archiv also«, sagte Charles, der sich von meiner enthusiastischen Schilderung anstecken ließ.

»Die niedlichste kleine Folterkammer der Welt. Charles, die Aufzeichnungen seit Beginn der Fabrik sind gleichzeitig die Aufzeichnungen über Castlebarry seit seinem Beginn. Was liegt also näher, als daß wir eine Chronik Castlebarrys in Auftrag geben wollen und Theophilus engagieren, um zur Vorbereitung jedes einzelne Papier zu katalogisieren? Es gibt mehr als genug, um ihn mit Sortieren und Ablegen zu beschäftigen, bis die Gefahr gebannt ist. Und ehrenvoll ist es auch noch.«

»Kate, was würde ich nur ohne dich tun?«

»Ich vermute, es war dieser Quatsch mit dem Sekretär, der mich inspiriert hat«, sagte ich bescheiden. »Wir müssen Theophilus natürlich ein Gehalt zahlen, damit es echt aussieht, aber daran sollte doch wahrhaftig nichts auszusetzen sein.«

Als wir damit fertig waren, uns zu unserer Genialität zu beglückwünschen, machten wir uns daran, die Details auszuarbeiten. Im Archiv würde Theophilus nicht in Versuchung geführt werden (es sei denn, er brachte das Zeugs mit, aber dagegen waren wir sowieso machtlos). Nur konnte er natürlich nicht vierundzwanzig Stunden am Tag im Archiv eingekerkert bleiben. Charles meinte, er würde ihn morgens am Pförtnerhäuschen abholen und abends dorthin zurückbringen. Charles aß mit Tom in Barry Manor zu Mittag, Theophilus konnte sein Mittagessen auf einem Tablett im Archiv bekommen.

»Das macht die Sache zumindest für acht oder neun Stunden pro Tag sicher, und ich kümmere mich persönlich darum, daß es schwierig für ihn werden wird, in seiner Freizeit an Alkohol zu kommen. Ich werde die Pubs am Ort bitten, ihn nicht zu bedienen. Jawohl, Kate, meine Gute, für den lieben Gott würden sie das nicht tun, aber für mich. Es ist ein Jammer, daß sich mein Einfluß nicht auch auf öffentliche Verkehrsmittel erstreckt, denn es ist ja klar, daß seine ungebundenen Wochenenden das größte Risiko darstellen.«

»Wenn es uns gelingt, daß er an fünf von sieben Tagen nüchtern bleibt, ist das eine solche Verbesserung gegenüber seinen normalen Gewohnheiten, daß er es vielleicht bis zum Frühling durchhält.«

Am Abend besuchten wir Tom in Barry Manor, um

ihm mitzuteilen, daß Theophilus Sheedy wahrscheinlich in Kürze eingestellt werden würde. Mit der ihm eigenen selbstverleugnenden Bewunderung für den größeren geschäftlichen Scharfsinn seines Bruders räumte Tom bereitwillig ein, daß eine gedruckte Chronik Castlebarrys eine hervorragende beständige Reklame für die Fabrik wäre, sollte sie sich als machbar erweisen. Ein wenig zögernder schon akzeptierte er den Gedanken, daß sich Theophilus Sheedy durch seine Bildung und seine Bindung an Castlebarry dafür qualifizierte, die Vorarbeiten zu leisten. Er hätte jedoch Charles nie widersprochen, und schließlich meinte er widerwillig, es könne ja vermutlich nicht schaden, den Menschen einmal auszuprobieren. Als wir dem freundlichen, ehrlichen Tom eine solche Lügengeschichte vorsetzten, fühlten wir uns beide sehr klein.

Am nächsten Tag fragte ich Miss Sheedy auf dem Weg zum Krankenhaus, ob sie wohl glaube, daß ihr Bruder möglicherweise daran interessiert sei, die vorbereitenden Katalogarbeiten für die angeblich geplante Chronik Castlebarrys zu übernehmen. Miss Sheedy brach zunächst einmal in Tränen der Rührung aus. Dann redete sie, und ihr kleines Gesicht beschien mich wie ein nebelverhangener Mond. Sie redete ohne Unterlaß. Sie redete immer noch, als wir in den Krankensaal zu Theophilus kamen.

In einem herrlichen seidenen Morgenmantel saß er in einem Sessel. Er stand auf, um uns zu begrüßen. Miss Sheedy überfiel ihn so aufgeregt und mit einer solchen Flut von Worten, daß er vor Schwäche in den Sessel zurückfiel. Als sie endlich eine Pause machte, um Atem zu holen, konnte ich meine kleine Rede einfließen lassen.

»Miss Sheedy scheint zu glauben, daß es das richtige

für Sie wäre. Für uns wäre es ganz bestimmt das richtige. Wir kennen niemanden in der Gegend, der eine solche Arbeit ausführen könnte, die soviel Genauigkeit erfordert. Und ein Fremder hätte natürlich auch nie das Gespür für Castlebarry, das Sie haben.«

Theophilus' Schultern richteten sich auf, der Löwenkopf erhob sich, die edle Stirn runzelte sich schon im voraus in gelehrter Konzentration.

»Miss Wilson, nichts könnte mir mehr zusagen, als die Gelegenheit zu erhalten, die Annalen Castlebarrys zu erforschen. Es ist eine geradezu faszinierende Aufgabe. Ich danke Ihnen dafür.« Indem er Miss Sheedys ehrfürchtige Andeutung des damit verbundenen Gehaltes ignorierte – ach was! –, erklärte er: »Ich hoffe, ich kann nächsten Montag mit der Arbeit beginnen – natürlich ehrenamtlich.«

Charles fuhr ihn am Sonntag nach Hause und am Montag in die Fabrik. An diesem und an den folgenden Tagen wühlte sich Theophilus fleißig durch die Papiere im Archiv. Am Montag noch reagierte Bridie Malone ausgesprochen verärgert, als sie diesem »Taugenichts« ein Tablett bringen sollte; am Dienstag schon meinte sie, er benähme sich wie ein vollendeter Gentleman, welche Fehler er auch haben mochte; fortan wurde die neue Aufgabe ohne weiteren Kommentar zu einem selbstverständlichen Teil ihrer Pflichten. Tom traf ein einziges Mal mit Theophilus zusammen, danach hielt er auf Distanz.

Das Wochenende nahte. Theophilus machte am Samstag einen langen Spaziergang und einen weiteren am Sonntag. Hellwach und mit glänzenden Augen erwartete er Charles am Montagmorgen am Tor. Ich war bis zu der Kurve in der Auffahrt gegangen, um festzustellen, ob er auf seinem Posten wäre. Als ich ins Haus zurückging, summte ich eine fröhliche kleine Melodie.

Mrs. Bates lag in der Halle auf den Knien und entfernte einigen besonders ekelerregenden Katzendreck. Ich hatte ihr wiederholt gesagt, daß das im Falle eines Falles meine Aufgabe wäre und nicht die ihre. Beschwichtigend wiederholte ich jetzt diese Versicherung.

Sie setzte sich auf ihren Oberschenkeln zurück.

»Miss Wilson, es passiert so oft, daß wir beide ausreichend damit zu tun haben.« Ihre Montagsmorgenstimmung glich der meinen nicht im mindesten. »Das kann ich Ihnen sagen: ich hätte nie geglaubt, daß ich eines Tages Maisie Sheedys Katzendreck aufwischen würde. Und auch nicht, daß die Post über mich triumphiert, weil Sie dort einkaufen. Oder daß diese gräßliche Ella an die Tür kommt und versucht, sich einzuschleichen und hier herumzuspionieren, sobald ich mich umdrehe.« Sie stieß heftig mit ihrer Scheuerbürste auf den Boden. »Ich mußte mir einfach mal Luft machen!«

»Natürlich«, sagte ich, »Sie haben aber Theophilus vergessen.«

Es war ein Risiko, aber es funktionierte. Sie lachte. Nicht ganz ihr übliches fröhliches Lachen, aber es war immerhin ein tröstlicher Laut. Es wäre verheerend für mich gewesen, sie zu verlieren.

»Tut mir leid, wenn ich heute morgen mit dem falschen Bein aufgestanden bin. Aber da gibt es etwas, und ich halte es für richtig, wenn man Sie warnt, Miss. Wenn bestimmte Leute erst einmal Halt gefunden haben, wird man sie nie wieder los. Sie klammern sich an einem fest wie Efeu.«

Und plötzlich stand mir eine gräßliche Vision von kriechenden Sheedy-Ranken vor Augen, die mich erstickten.

Siebentes Kapitel

Am Ende der Woche fuhr ich mit dem Mercedes nach Dublin, um die Familie am Flughafen einzusammeln. Die Zwillinge hüpften vor Aufregung über den Beginn eines neuen Lebensabschnitts auf und nieder, Simon dagegen wirkte niedergeschlagen. Seine erste Frage war, ob es möglich wäre, daß Jessamy bald zu Besuch käme.

»Er und Jessamy haben in Cornwall die ganze Zeit zusammengesteckt und geschmachtet«, sagte Johnny, »genau, wie wir vorausgesagt hatten.«

»Chacun à son goût«, meinte Jenny.

»Kate, Jenny war die beste in Französisch.«

»Und Johnny der drittbeste in Mathe.«

»Simon bildet sich wer weiß was auf seine tollen Noten ein. Wir kommen also mit Ruhm überschüttet nach Hause.«

Ich ließ Simon fahren. Es war die einzige Möglichkeit, seine Gedanken von Jessamy abzulenken. Wenn er etwas mehr anbetete als sie, so war es der Mercedes.

Ich war sehr froh, die drei wieder bei mir zu haben. Das fröhliche Geplapper der Zwillinge und Simons unerschütterliche Ruhe ließen die Anspannung beinahe verschwinden, die manchmal größer, manchmal geringer war, die mich aber nie ganz verlassen hatte, seit Charles mich in die Falle seines Geheimnisses gelockt hatte. Ich beschloß, daß die Heimkehr der Kinder und die kommenden Monate in der Grange nicht von dieser Angelegenheit überschattet werden durften. Die Sache war geschehen, und ich mußte sie verdrängen, bis die Last von uns genommen wurde. Charles würde ich dazu ermutigen, ebenso zu handeln. Die Zwillinge heulten vor Freude auf, als sie in der Ferne Castlebarry erblickten. Simon verringerte die Geschwindigkeit, als wir ins Dorf kamen, und blickte sich schnell nach allen Seiten um. »Das bleibt ewig so«, sagte er, als wäre er das Echo seines Vaters. Fabrikarbeiter kehrten in ihre Häuser entlang der Hauptstraße zurück. Die Zwillinge winkten. »Glaubst du, daß sie sich noch an uns erinnern?« fragte Johnny. »Es ist immerhin zwei Jahre her, daß wir das letzte Mal hier waren«. Jenny sagte: »Natürlich erinnern sie sich an uns. Schau, sie winken uns zurück!« Simon nahm eine Hand vom Steuerrad und winkte auch, ganz der junge Thronfolger, der sein Reich inspiziert.

»Und endlich bekommen wir es jetzt zu sehen«, sagte Jenny, »das gräßliche, das gespenstische Haus des Geizkragens.«

Theophilus stand mit Miss Sheedy am Tor. Zum Glück erkannte ich rechtzeitig, daß die beiden ein Begrüßungskomitee darstellten, und bat Simon, anzuhalten. Miss Sheedy rief: »Herzlich willkommen, alle miteinander.« Theophilus neigte ernsthaft den Kopf und intonierte: »Es ist ein Festtag für Castlebarry, wenn die jungen Sprößlinge des alten Stammes zurückkehren, um in ihrer Heimaterde zu blühen.«

»Ihr kennt mich nicht, aber ich kenne euch«, sagte Miss Sheedy schüchtern. »Ich habe euch aus der Ferne gesehen. Aber Sie sind in der Zwischenzeit erwachsen geworden, Mr. Simon. Und können dieser große Junge und dieses große, große Mädchen wirklich die lieben kleinen Babyzwillinge sein, die in ihrem schönen grünen Kinderwagen so niedlich aussahen?«

»Das hängt ganz davon ab, wie lange es her ist, daß Sie Zwillinge in einem grünen Kinderwagen gesehen haben«, sagte Jenny. »Wir sind jetzt zwölf. Simon ist achtzehn.«

Theophilus sagte: »Tempus fugit.«

Mit einem sanften Tritt gegen sein Schienbein bedeutete ich Simon, weiterzufahren. Eine Wagenlänge – und er hielt erneut an. Der Colonel und eine andere Katze putzten sich mitten auf dem Weg. Miß Sheedy klatschte in die Hände.

»Aus dem Weg, Rosebud!« Sie nahm den Colonel hoch. »Sage der jungen Lady und den beiden Herren guten Tag, Colonel.« Der Colonel fauchte. »Da, seht mal, er kann beinahe sprechen. Er sagt nämlich, daß er weiß, ihr liebt Katzen, und daß ihr und er Freunde werdet.«

»Manche Katzen mögen wir«, sagte Johnny. »Andere nicht.« Jenny sagte: »Genau wie bei Menschen.«

Offensichtlich hatten die Zwillinge eine ihrer sachlichen Phasen. Ich gab Simon einen etwas drängenderen Stoß.

»Sie ist verrückt«, sagte Jenny, als wir weiterfuhren.

»Er auch«, meinte Johnny.

»Verrückte Torhüter in einem gotischen Pförtnerhäuschen. Das läßt sich gut an, Johnny.«

»Ihr dürft Miss Sheedy niemals als Torhüterin bezeichnen«, sagte ich streng. »Denkt daran! Das ist ein echter Befehl. Ich habe euch ja bereits die Sache mit ihr und ihrem Bruder erklärt.«

»Ja, wir wissen Bescheid. Du und Pa, ihr seid weich geworden. Jenny, Jenny, ich sehe das Haus!« Der Wagen umrundete die Kurve und fuhr auf der Auffahrt vor. »Oh, was für eine Enttäuschung nach den verrückten Torhütern und ihrer Höhle. Tut mir leid, Kate. Es ist mir nur so herausgerutscht, aber das passiert nie wieder. Wir versprechen es.«

»Wie immer es auch ausgesehen hat, bevor Vater und Kate es in die Finger bekommen haben, ich fürchte, jetzt ist es ein für allemal ›The Grange‹, Johnny.«

Simon sagte: »Kate, das ist ja das vollkommene Beispiel eines kleinen georgianischen Landsitzes. Jessamy interessiert sich sehr für georgianische Architektur.

Und ihr Schafsköpfe, laßt euch gesagt sein, daß finstere Häuser vielleicht ein romantischer Anblick sind, aber nicht zum Bewohnen geeignet.«

»Zweifellos wahr, trotzdem wurde somit ein weiterer unserer Träume zerschlagen.«

Wir stiegen aus. Die drei standen und schauten sich um.

»Die Szenerie ist ebenfalls vollkommen. Noch sehr wild natürlich«, sagte Simon. »Du sagtest, es gäbe einen Küchengarten? Jessamy interessiert sich sehr für Küchengärten.«

Charles öffnete die Haustür. Die Zwillinge stürmten auf ihn zu und umarmten ihn. Er legte einen Arm um beide und drückte mit der freien Hand Simons Schulter. Mrs. Bates stand zur Begrüßung in der Halle und lächelte; sie und die Familie kamen sofort gut miteinander aus. Dann unternahm Charles mit Simon und den Zwillingen eine gründliche Besichtigung der Grange von innen und außen, bis wir uns an den feierlich mit brennenden Kerzen gedeckten Tisch zu Wein und gebratener Ente setzten, dem Lieblingsessen der Familie für besondere Gelegenheiten.

Ich sagte nicht viel. Ich wollte den Stimmen um mich herum zuhören, den sorglosen, glücklichen Stimmen. Ich wollte mir die Gesichter ansehen, die sorglosen, glücklichen Gesichter. Dazu gehörte an diesem Tag sogar Charles' Gesicht. In der letzten Zeit hatte er ein wenig von seinem jungenhaften Aussehen verloren, jetzt aber war es wieder da. Er war froh, daß wir alle wieder zusammen waren. Mehrmals blickte er mich fragend an; ich nehme an, weil ich so still war, und jedesmal lächelte ich ihm zu, um ihm zu zeigen, daß auch ich glücklich war. In diesem Moment war ich es auch. Unsere kleine Begrüßungsfeier für die Kinder zeigte mir einen Schimmer davon, wie das Haus sein würde, wenn es alle Schatten los war und ganz und gar uns gehörte. Das heißt natürlich: wenn es ihnen gehörte, denn wenn der Schatten, der jetzt darüber lag, fort war, würde auch ich nicht mehr da sein. Aber für den Moment war ich glücklich.

Eine Frau hatte mir einmal erzählt, daß sie erst im Alter, wo man nicht mehr auf das Morgen rechnen konnte, endlich gelernt hatte, froh und dankbar in der Gegenwart zu leben. Ich wollte mich darin üben, das an jedem Tag der vor mir liegenden Monate zu tun.

Mit einer heimlichen zeremoniellen Geste erhob ich mein Glas und brachte einen stummen Toast auf die Gegenwart aus.

Simon ging am nächsten Morgen mit Charles zur Fabrik, und die Zwillinge und ich kamen später nach. Wir sollten alle in Barry Manor zu Mittag essen. Ich ließ die Zwillinge in der Fabrik bei Tom und ging zu Bridie in die Küche.

»Wir sind so viele«, sagte ich. »Es muß etwas geben, wobei ich helfen kann. Ich kann ja schon einmal den Tisch decken.«

»Der ist gedeckt. Alles ist bestens geregelt, Sie können sich also einfach hinsetzen und es sich bequem machen.«

Kühn sagte ich: »Bridie, liebe Bridie, ich wünschte, Sie würden mich nicht immer so von oben herab behandeln.«

Ihr Gesichtsausdruck war mir neu. Ich las darin keine Verärgerung, eher vielleicht einen Anflug von Belustigung.

»Aber was wäre denn das für ein Zustand, in dem jemand wie ich jemanden wie Sie von oben herab behandelte, Miss Wilson?«

»Miss Malone«, sagte ich, »wir wissen beide, wie die Dinge liegen, und wenn Sie es nicht anders wollen, können wir auch alles beim alten belassen. Es tut mir leid, aber ich kann der Versuchung nur schwer widerstehen, dort hineinzustürmen, wo alle anderen sich aufzutreten scheuen.«

»Reden ist Silber, Schweigen ist Gold. Das ist das Beste für alle Betroffenen.« Obgleich ich wie üblich zurückgewiesen worden war, wußte ich, daß die Barriere, die sie so unerschütterlich vor mir aufgebaut hatte, durch diese indirekte Anerkennung der Situation in Barry Manor das erste Mal mit ihrer Erlaubnis durchbrochen worden war. Sie sah anders aus, jünger. Vielleicht, weil sie ihr Haar weniger streng frisierte und statt der üblichen düster bedruckten Kittelschürze eine nekkische kleine Cocktailschürze über dem schwarzseidenen Kleid trug. »Ich habe mich sehr gefreut, Mr. Simon wiederzusehen. Ein feiner junger Mann ist das, ein richtiger Barry, durch und durch.«

»Und was«, fragte ich, »halten Sie von *Miss* Jenny und *Master* Johnny?«

Dieses Mal war ihre Belustigung unverkennbar.

»Ich würde sagen, daß sie vielleicht einen Teil Übermut von der täntlichen Seite der Familie in sich haben.«

Diese Bemerkung signalisierte deutlich das Ende unserer alten formalen Beziehung. Sie nahm ein Tablett von der Anrichte, legte ein weißes Leinentuch mit Spitzenkante und eine dazu passende Serviette darauf, dann das zweitbeste Geschirr und Besteck von Barry Manor, wie ich wußte, ein Glas und einen Krug Wasser. Aus dem Ofen nahm sie eine Kasserrolle und eine gebackene Eierspeise.

»Mr. Sheedy bekommt seinen Lunch extra. Jenny und Johnny haben sich nämlich Steak-und-Nieren-Pastete und zum Nachtisch Apfelknödel gewünscht, und das verträgt sein Magen noch nicht.« Sie stellte einen Salz- und einen Pfefferstreuer aus Silber auf das Tablett. »Das Essen schmeckt besser, wenn es hübsch serviert wird.«

»Sie sind doch dabei, unser Essen vorzubereiten. Würde ich Sie tödlich beleidigen, wenn ich Ihnen anböte, das Tablett zu Mr. Sheedy zu bringen?«

»Ich habe wirklich viel zu tun, und da Sie so verrückt nach Arbeit sind, muß ich Ihnen dieses eine Mal wohl nachgeben. Aber Sie müssen dabeibleiben und aufpassen, daß Mr. Sheedy auch wirklich alles aufißt. Es ist sehr wichtig, daß er sich ordentlich ernährt.«

»Bis jetzt hat er wunderbar standgehalten.«

»Ich mache mir Gedanken, weil er am Wochenende nur seine Schwester hat, auf die er sich stützen kann. Nicht daß er jemals etwas gegen sie sagen würde, dazu ist er viel zu vornehm, aber ich kann Ihnen sagen, daß es niemanden hier überrascht hat zu hören, daß der Geizkragen Ned an Magengeschwüren gestorben war. Und was den Dreck betrifft – also das wissen Sie ja aus eigener Erfahrung am besten. Wenigstens habe ich erreicht, daß er mir seine Wäsche hierherbringt. Ich habe ihn auch dazu gebracht, sich etwas zum Anziehen zu kaufen. Es hilft einem Mann, wenn er stolz auf seine Erscheinung sein kann.«

Als ich daran dachte, wie glanzvoll Theophilus in seinem mitternachtsblauen Pyjama und dem königlichen Morgenmantel aufgetreten war, tat mir Miss Sheedy leid; nur sie konnte ja trotz ihrer mageren Mittel die liebende Spenderin solcher Herrlichkeiten gewesen sein. Aber ich wußte, daß es dumm war zu hoffen, eine Frau wie Bridie würde anerkennen, daß Verwahrlosung und Unfähigkeit durch Zuneigung kompensiert werden konnten.

»Er ist nicht wie der Rest der Familie«, sagte Bridie. »Er hat wahrscheinlich die besseren Erbanlagen erwischt. Natürlich war er auf dem College. Durch und durch ein Gentleman. Er ist es wert, gerettet zu werden.« Sie goß Orangensaft in ein Glas. »Deshalb mache ich mir seinetwegen gern ein wenig Mühe. Wenn ich eine Sache anpacke, dann führe ich sie auch zu Ende.«

»Das sehe ich«, sagte ich. »Theophilus soll gerettet werden, komme, was da wolle!«

Die Zwillinge waren bei Theophilus im Archiv. Er saß auf dem einzigen Stuhl an einem großen alten Schreibtisch, sie saßen zu seinen Füßen auf Bergen von Papier. In einer der beiden Wände, die vom Boden bis zur Decke mit Dokumenten und Schachteln vollgestopft waren, gab es dort, wo auch eine Trittleiter stand, eine erhebliche Lücke, das Zeichen eifriger Arbeit. An den anderen beiden Wänden waren neue Regale angebracht worden, und hier lagen einige Bündel, die nach dem Datum geordnet waren. All das bewies, mit welchem Ernst und welcher Genauigkeit Theophilus seine Aufgabe anpackte, der arme, von uns in die Irre geleitete Mann. Selbst sein Schreibtisch war ordentlich aufgeräumt.

Ich lehnte den mir angebotenen Stuhl ab und machte trotz Bridies Ermahnung den Vorschlag, Mr. Sheedy allein zu lassen, damit er in Ruhe essen könne. Jenny sagte: »Theophilus hat uns noch nicht von den Festlichkeiten zur Erinnerung an die Öffnung des Schleusentors zu Ende erzählt. Wir dürfen ihn ›Theophilus‹ nennen, Kate, das heißt ›Götterfreund‹.« Johnny bot mir seinen Platz an und begann, sich einen neuen aus Papierstapeln anzuhäufen. Theophilus sagte: »Vielleicht könntest du in einem der Zimmer nebenan einen Stuhl für deine Tante holen?« Aus Höflichkeit blieb mir nun gar nichts anderes mehr übrig, als mich auf den Stuhl zu setzen, den Johnny herbeibrachte, und mich im übertragenen Sinne den Zwillingen zu Theophilus' Füßen anzuschließen.

»Kate, Theophilus hat uns hochinteressante Dinge über Castlebarry berichtet.«

»Ganz am Anfang wurden Gutscheine aus Leder statt Geld benutzt.«

»Jeder Arbeiter bekam zu Weihnachten eine Stoffbahn gratis.«

»Fries für die Männer und Serge für die Frauen und Kinder. In der Fabrik arbeiteten wie überall sonst auch Kinder, aber hier wurden sie nicht wie die Sklaven angetrieben, und am Nachmittag hatten sie Unterricht.«

Theophilus sagte feierlich: »Miss Wilson, ich freue mich, sagen zu können, daß ich bislang auf keine Tatsache gestoßen bin, die den Barrys von Castlebarry nicht zur Ehre gereichen würde.«

Ich dachte daran, wie leicht ich ihn hätte desillusionieren können – offensichtlich machten alle Sheedys totsicher irgendeine unschuldige Bemerkung, die mir Gewissensbisse verursachte –, aber ich konnte mich gleichzeitig mit dem Gedanken trösten, wie gut Theophilus jetzt aussah. Er trug Cordhosen und eine rustikale Tweedjacke (Bridie), sein Oberhemd war makellos (Bridie), sein Haar fiel in silbrigen Kaskaden von einer wirklich recht edlen Stirn zurück, und er trug eine riesige Hornbrille. Er war ganz der gelehrte Forscher, vielleicht sogar der Professor, und diese neueste seiner vielen Rollen füllte er ganz offensichtlich mit Herz und Seele aus.

Selbst beim Verzehr des Mittagessens unterbrach er seine Rede nicht, sondern ließ die prächtigen Silben sonor weiterrollen. Häufig benutzte er auch seine Brille: er setzte sie ab, um damit zu gestikulieren, zu betonen, er setzte sie wieder auf, um über einem bestimmten Punkt in den Heften zu brüten, die neben seinem Ellenbogen lagen. Ich gewann die feste Überzeugung, daß die Brille lediglich dazu diente, sein Image zu verstärken, nicht etwa seine Sehkraft, wie man hätte annehmen können. Die Zwillinge folgten eifrig interessiert seiner Darstellung der Familiengeschichte, ich aber verfiel durch den Rhythmus der Stimme, die wie der Wellenschlag am Strand stieg und fiel, nach und nach in eine schläfrige Benommenheit.

»Da geben Sie mir doch sicher recht, Miss Wilson?«

Die Brillengläser richteten sich auf mich.

»Oh, durchaus, durchaus.« Das konnte keineswegs falsch sein.

Theophilus war mit dem Lunch fertig. Ich bewegte meine verkrampften Glieder und stellte mich vorsichtig auf die Füße. »Kaffee? Die Zwillinge werden ihn holen.«

»Nein, vielen Dank. Ich trinke später Kaffee. Zweifellos wird Miss Malone ihn bringen. Sie kennt meine kleinen Angewohnheiten.«

Als wir die Tür hinter uns schlossen, war er bereits wieder demonstrativ in seine Forschungen versunken – Brille auf der Nase, Hand edle Stirn stützend.

»Eher pompös als verrückt, stimmt's, Johnny?« sagte Jenny. »Tut mir leid, daß du dich gelangweilt hast, Kate.« Den Zwillingen gegenüber hatte ich nicht versucht, diese Tatsache zu verbergen. »Wir haben uns ja auch ziemlich gelangweilt, aber die Geschichten über unsere Vorfahren sind das wahrscheinlich wert.«

»Weißt du, Kate, wir sind natürlich klassenlos wie alle anderen heutzutage auch, aber es ist doch interessant zu wissen, worauf wir uns etwas einbilden *könnten.*«

Am Nachmittag durchstreiften die Zwillinge die Gegend. Die Neugier auf den Rest der Geizkragenfamilie zog sie zur Post, wo sie sich ein Schokoladeneis kauften. Es gab ein Riesengetue um sie, und das Schokoladeneis ging sogar auf Rechnung des Hauses.

»Mr. und Mrs. Sheedy *gaben* sich ganz nett«, sagte Jenny. »Die Tochter hat ihre Zeit nicht mit uns verschwendet. Und aus Ella haben wir kein einziges Wort herausholen können.«

Wir hatten in der vorangegangenen Woche endlich Telefon bekommen, so daß mir seither der Anblick Ellas, die an der Haustür nach der Einkaufsliste fragte, erspart geblieben war. Diese Besuche versetzten mir jedesmal einen quälenden Stich und waren für Mrs. Bates ein Anlaß zur Verärgerung gewesen. Ich schämte mich, weil ich damals in der Post die Geduld mit Ella verloren hatte, und wünschte, mir würde etwas einfallen, was ihr das Leben verschönerte, aber sie wich vor all meinen Versuchen in diese Richtung zurück.

»Ella ist –« Ich zögerte. Weder »schüchtern« noch »scheu« waren zutreffende Beschreibungen. Den abwertenden Begriff »verschlagen« mochte ich aber auch nicht benutzen. »Sie ist ein nervöses Kind.«

»Vielleicht beschließen wir, daß wir sie näher kennenlernen wollen.«

Als sie eine Woche später vom Schwimmen im Banna zurückkehrten, sagten sie, sie hätten Ella abgeholt und mitgenommen.

»Sie arbeitete im Laden, als wir kamen, aber Mrs. Sheedy ließ sie gehen. Bestimmt, weil wir Barrys und gute Kunden sind.«

Das gefiel mir gar nicht, denn es klang viel eher nach Ella als nach Jenny. Ich sagte: »Ich wette, sie war froh, daß Ella etwas mit Gleichaltrigen unternommen hat. Ella ist ziemlich einsam. Ich habe sie nie mit den Dorfkindern zusammen gesehen.«

»Sie hat Angst, daß die Leute sie von oben herab behandeln, weil sie eine Waise ist und kein Geld hat. Sie weiß, daß wir nicht so sind.«

Hätte es sich um irgend jemand anderen gehandelt und nicht um dieses Kind, das zu unserem Opfer geworden war, hätte ich diese Bemerkung mit Sicherheit freimütig kommentiert.

Von diesem Tag an war Ella häufig mit den Zwillingen zusammen, wie ich feststellte. Mrs. Bates vermerkte säuerlich, Josh und Delia Sheedy seien außer sich vor Stolz, weil die jungen Barrys sich mit ihrer Ella angefreundet hätten.

»Und ich kann absolut nicht verstehen, was sie an ihr finden. Na ja, man weiß ja nie, auf welche Ideen Kinder kommen, stimmt's?« Sie lachte ihr frohes Lachen. »Es tut ja auch nichts zur Sache, denn sobald Sie und Mr. Charles mehr Kontakt hier haben, werden die Zwillinge Kinder kennenlernen, die besser zu ihnen passen, und sie werden Ella Sheedy bestimmt bald fallenlassen.«

»Hoffentlich nicht.« Nicht, bis das Waisenkind seine dreißigtausend Pfund bekommen hatte und ihnen die kalte Schulter zeigen konnte. Wer hätte je geglaubt, daß ausgerechnet die hochnäsigen Zwillinge ihr bis zu diesem Zeitpunkt das Leben verschönern würden? »Wenn ich je ein Kind gekannt habe, das Freunde braucht, so ist es Ella.«

Mrs. Bates schaute mich neugierig an.

»Ella Sheedy hat Sie doch wohl nicht hinters Licht geführt? Sie können mir glauben, Ella ist wirklich selber schuld, wenn sie keine Freunde hat. Sie wissen ja, daß ich mich nie für Josh oder Delia stark machen würde, aber was wahr ist, muß wahr bleiben: diesem Kind gegenüber haben sie ihre Pflicht erfüllt. Sie geben sogar Geld dafür aus, daß sie eine bessere Schule besuchen kann als die am Ort, die sie nichts kosten würde. Denn das Kind ist nicht dumm, das will ich zugeben. Sie haben sie auch nie geschlagen, obwohl ich mich an ihrer Stelle schwer beherrschen müßte, um nicht auf sie loszugehen, wenn sie eine solche Schau abzieht, als müßte die Jugendbehörde jeden Moment eingeschaltet werden. Sie lieben sie nicht. Aber wer könnte das schon?«

»Ich wußte, daß sie übertreibt, aber trotzdem ist sie aus irgendeinem Grund kein glückliches Kind, Mrs. Bates.«

»Vielleicht ist sie auf ihre Art glücklich. Sie ist verrückt danach, beachtet zu werden. Und sie wird beachtet, wenn sie Zicken macht.« Ihre Stimme senkte sich zu einem warnenden Flüstern. »Die Mütter lassen ihre Kinder nicht mehr mit ihr spielen, weil es jedesmal unweigerlich Ärger gibt.«

»Ich bin ganz sicher, daß die Zwillinge sich gegenüber jedem behaupten können«, sagte ich völlig selbstsicher.

»Vielleicht sind sie echte Stadtkinder, Miss, aber trotzdem kann es passieren, daß Ella Sheedy sie in die Tasche steckt.«

Am nächsten Tag brachten die Zwillinge Ella nach Hause zum Tee mit. Genau wie Jenny und Johnny trug sie T-Shirt und Jeans, die allerdings bei ihr makellos sauber waren, und auch ihre Sandalen waren brandneu. Offensichtlich hatte Delia Sheedy sie für den Anlaß herausgeputzt. Ich beobachtete sie genau. Ihr Gehabe war immer noch dramatisch, die Niedergeschlagenheit war jedoch aus ihrem Verhalten verschwunden; sie war zwar immer noch das unterdrückte Waisenkind, aber jetzt konnte sie den Eindruck vermitteln, tapfer gegen das harte Schicksal anzukämpfen. Ich bewunderte die psychologische Feinfühligkeit, mit der sie erkannt hatte, daß die Zwillinge das total memmenhafte Bild, das sie früher abgegeben hatte, sofort abgelehnt hätten. Ich bewunderte auch, wie leicht sie ein neues Bild von sich entwickelt hatte, und beide Leistungen fand ich außerordentlich beunruhigend.

»Wir trinken im Eßzimmer Tee statt in der Küche!« rief Johnny aus. »Dir zu Ehren, Ella.«

So war es wirklich, aber ich wollte Mrs. Bates nicht

allzusehr verärgern und sagte deshalb: »Deckst du bitte den Tisch, Jenny? Zum Glück hat Mrs. Bates heute morgen gebacken.«

»Wie gut, daß du da bist, Ella! Unser übliches karges Mahl besteht aus Brot und Marmelade.«

»Kriegt ihr etwa *jeden* Tag Marmelade?«

Das arme, darbende Waisenkind! Ich ging in die Küche. Die drei Kinder waren im Eßzimmer, als ich mit dem Kuchen, den Keksen und der Teekanne in die Halle kam. Die Tür stand ein wenig offen. Ich blieb einen Moment stehen, um das Tablett auszubalancieren.

». . . nie gesagt, aber ich hab' von anderen Leuten gehört, daß ich gar nicht so arm bin, wie sie immer behaupten, denn mir gehört der Anteil meines Vaters an den zweitausend Pfund, die Onkel Ned hinterlassen hat. Das heißt ein Viertel.«

Ich blieb dort stehen, wo ich war, und lauschte schamlos.

»Fünfhundert Pfund? Das ist viel Geld, Ella.«

»Ich werde nie einen Pfennig davon zu Gesicht bekommen. Als ich Tante Delia nach dem Geld fragte, sagte sie, es sei für mich angelegt, bis ich erwachsen bin.«

»Ja, aber ich glaube, es stimmt, daß Leute ihr Geld erst bekommen, wenn sie volljährig sind.«

Ellas Lachen war sowohl zynisch als auch beißend.

»Sie werden es für sich verbrauchen, meine Lieben, und wenn ich erwachsen bin, sagen sie einfach, es ist alles für meinen Unterhalt draufgegangen. Sie sprechen schon davon, daß sie einen neuen Teppich für die Treppe kaufen und die Küche kacheln lassen wollen.«

Ich hörte wieder das bewußte Lachen und dann ein hissendes, eingezogenes Atmen.

»Was ist los? Hast du Schmerzen?«

»Ach nichts. Na ja, ich bin leicht verletzt. Aber ich

kann euch das nicht zeigen –« diesmal hörte ich ein Kichern – »nicht vor einem Jungen. Tante Delia wollte in Wirklichkeit ja nicht so fest zuschlagen, glaube ich, aber wenn sie wütend wird, läßt sie sich gehen.« Wieder das Lachen. »Schon komisch, daß sie es immer schaffen, mich irgendwo zu schlagen, wo man es nicht sieht.«

»Ella, auch wenn du es nicht willst, müssen die Leute unbedingt erfahren, wie du behandelt wirst. Wir werden die Wahrheit sagen.«

Verständlicherweise konnte Ella an diesem Punkt ihre stoische Ruhe nicht ganz bewahren und wurde wieder zu dem bösen kleinen Mädchen, das sie in Wirklichkeit war.

»Das würde ich euch nie verzeihen. Ich würde nie wieder mit euch sprechen. Ich würde einfach sagen, daß es eine dreckige, gemeine Lüge ist.« Sie erholte sich. »Ihr meint es gut, meine Lieben, aber ich würde lieber sterben, als mich bemitleiden zu lassen. Macht euch keine Sorgen, ich schaff' das schon. Wie üblich. Und natürlich ist jetzt sowieso alles viel besser, wo ihr meine Freunde seid. Sie sehen sich vor.«

»Das klingt aber nicht so.«

»Ich hab' doch gesagt, daß Tante Delia plötzlich wütend geworden ist. Das kann schließlich jedem passieren. Ach du liebe Zeit, ihr beiden Dummerchen scheint die Menschen ja überhaupt nicht zu kennen. Wahrscheinlich seid ihr fürchterlich behütet worden. Jedenfalls nehmen sie sich euretwegen mächtig in acht, und sogar die gemeine Linda ist nicht so furchtbar wie sonst. Na ja, ihr wißt ja, warum –«, ich fand das Kichern, das diese Worte begleitete, einfach abscheulich –, »es könnte sonst ja dem großen Liebhaber die Augen öffnen.«

Der Colonel kam die Treppe herunter und ging auf die Eßzimmertür zu. Lautlos ging ich ein paar Schritte zurück und trampelte dann hinter dem Kater her, als dieser die Tür mit dem Kopf aufstieß. Ich stellte mein Tablett ab und machte mich davon. Ich konnte nicht ganz entscheiden, ob Ella nun wirklich die unerträglichste aller Sheedys war. Das schien noch jedesmal derjenige zu sein, mit dem ich gerade zu tun hatte.

Simon verbrachte jetzt weniger Zeit in der Fabrik als zu Beginn. Er entwickelte die Neigung, in der Sonne am Fluß spazierenzugehen, in der Dämmerung verträumt ums Haus zu streichen und auf seinem Kassettenrecorder endlos Chopin zu spielen. Es waren vertraute Symptome.

»Für den Augenblick sind wir erst einmal fertig mit der Renovierung des Hauses«, sagte ich. Solange die Fabrik mit unrechtmäßig erworbenem Geld arbeitete, wollten wir alle weiteren Arbeiten aufschieben. Das Grundstück wurde von einem Mann, der einmal in der Woche kam, einigermaßen in Ordnung gehalten. »Jessamy kann also kommen, wenn sie möchte.«

»Ach, Jessamy? Also, was das betrifft, wir haben uns irgendwie ein bißchen aus den Augen verloren.«

Jessamy war also herunter vom Podest, aber offensichtlich hatte bereits ein neues Idol ihren Platz eingenommen. Als Jenny ganz beiläufig erwähnte, daß es Linda Sheedy war, beschlich mich das unheimliche Gefühl, daß es so hatte kommen müssen. Lindas großer Liebhaber! Ebenso beiläufig sagte ich: »Das hätte ich nie gedacht. Sie scheint mir so gar nicht Simons Typ zu sein.«

»Wie recht du hast, Kate! Aber es wird wirklich höchste Zeit, daß er einmal über Jessamy und dergleichen Kindereien hinauskommt. Schließlich wird er bald neunzehn.«

Am selben Tag erfuhr auch Charles durch eine zufällig in der Fabrik aufgeschnappte Bemerkung von der

Verbindung. Er war sehr verärgert. Er sagte, Simon sollte doch genügend Verstand haben, zu wissen, daß sich ein Barry von der lokalen Fauna fernzuhalten habe, ohne daß man ihm das extra sagen mußte.

»Du hast doch selbst gesagt, sie wäre ein attraktives Mädchen.«

»Das ist sie auch. Eine attraktive Hure. Wenn er eine von denen will, muß er ein wenig weiter reisen.«

»Wenn du Simon den Umgang mit Joshua Sheedys Tochter verbietest, Charles, schlägst du den Sheedys öffentlich ins Gesicht.«

Er sagte eisig: »Wie weit man seine Vorstellungskraft auch ausdehnt – die deine offensichtlich ausgenommen –, aus der zeitweiligen widerrechtlichen Verwendung ihrer Mittel folgt doch nicht, daß die Barrys den Sheedys mit Leib und Seele gehören.«

Ich wünschte, ich hätte da ganz sicher sein können. Mich beschlich schon wieder ein alptraumartiges Gefühl. Ich zwang mich zur Vernunft.

»Es wäre auf jeden Fall dumm, weil es nämlich nichts nützen würde. Mir gefällt die ganze Sache auch nicht besser als dir, allerdings nicht wegen dieser völlig überholten sexuellen Tabus, die in Castlebarry –«

»Das Tabu betrifft die Sheedys gar nicht. Sie sind Außenseiter. Verstehst du denn nicht, daß ich einfach nicht möchte, daß der Name meines Sohnes in Verbindung mit einem solchen Mädchen genannt wird?«

»Ich auch nicht, denn ich mag sie nicht. Aber das ist weder meine noch deine Angelegenheit, es betrifft ganz allein Simon.«

Schließlich nahm auch Charles Vernunft an. Er räumte ein, daß ein junger Mann schon sehr lahm sein mußte – was Simon nicht war –, um in Liebesangelegenheiten die Vorschriften seines Vaters zu akzeptieren, und daß es das beste wäre, der Zeit den Abbruch dieser speziellen Affäre zu überlassen; hatte man sich doch immer auf sie verlassen können, was die schnelle Beendigung von Simons Amouren betraf.

»Obwohl ich absolut nicht verstehe, was er in dieser Schlampe sieht.« Charles ließ sein plötzliches Grinsen aufblitzen. »Aber ich, Kate. Und ich glaube, es bedeutet, daß der Junge erwachsen wird.«

Das mochte stimmen, trotzdem war ich sicher, daß Simon darüber hinaus auch wieder frisch verliebt war. Denn seine Träumereien dauerten an, Chopin erfreute sich wachsender Beliebtheit, und bald begann er, in Unterhaltungen Lindas Namen fallenzulassen, wie er das bisher noch bei allen seinen Angebeteten getan hatte. Es gab jetzt nur einen einzigen Unterschied: Lindas Vorgängerinnen schienen alle um zehn Uhr Zapfenstreich gehabt zu haben, während er jetzt nie vor Mitternacht zurückkam und manchmal sogar noch später, wenn er mit seinem Motorrad fortfuhr, um sich mit Linda zu treffen. Möglicherweise jedoch hatten inzwischen auch all jene netten kleinen Jessamys das Alter erreicht, in dem sie länger fortbleiben durften.

Das Gras trug Samen, die Blätter wurden langsam gelb. Ich begann mit der Arbeit an meinem neuen Buch, in dem unkomplizierte junge Menschen aus unkomplizierten Familien bei Sportfesten Preise gewannen, die auch nicht weiter problematisch waren.

Achtes Kapitel

Im September wurden zusätzliche Arbeiter in der Fabrik eingestellt. Der japanische Vertrag war unterzeichnet worden, Charles hatte einen vielversprechenden jungen Designer entdeckt, hatte Verkaufsreisen in Irland und anderswo unternommen und erwog, in der Erwartung kommender Aufträge eine neue Maschine für zarte Gewebe aufzustellen. Generell gesehen mochte das Textilgewerbe einen absoluten Tiefpunkt erreicht haben, Castlebarry jedoch, sagte Charles triumphierend, konnte mit etwas Glück in einigen Jahren einen regelrechten Boom erleben.

Ich würde nicht mehr da sein, um das mitzuerleben. Charles wußte, daß etwas nicht stimmte, aber er wußte nicht, was es war. Er sagte: »Und das bedeutet, daß ich das Sheedysche Geld vielleicht noch früher aus dem Geschäft ziehen kann, als ich gehofft hatte.«

Ich war froh, das zu hören. Natürlich war ich froh. Bedeutete es doch auch, daß ich um soviel früher fortgehen würde, aufhören würde, mit einem Gauner unter einem Dach zu leben. So hatte ich ihn doch genannt, nicht wahr? Und war er das letztendlich nicht auch?

»Kate, ich habe dir einmal gesagt, mein Preis wäre Castlebarry.« Auch er dachte offensichtlich in die Vergangenheit zurück. »Kannst du dich denn nicht dazu bringen, zuzugeben, daß das weit mehr ist, als ich wert bin?«

Die meisten Gauner können ihre Handlungen irgendwie rechtfertigen, aber die Würde eines Mannes ist nicht zu bezahlen. Und Charles wußte immer noch nicht, was mit mir los war. Ich wußte es ja selbst nicht. Ich wußte nur, daß dies einer meiner gräßlichen egozentrischen Tage war. Wir haben sie schließlich alle einmal.

Im Dorf gab es nur eine Grundschule, und die weiterführenden Schulen des Einzugsgebietes waren entweder reine Jungen- oder reine Mädchenschulen. Die Zwillinge zu trennen war undenkbar, und Charles lehnte es ab, sie in diesem ersten wichtigen Jahr, in dem sie in Castlebarry Wurzeln schlagen sollten, in ein Internat zu schicken. Ab September also fuhren sie täglich fünfzehn Meilen mit dem Bus, um dieselbe koedukative Privatschule zu besuchen, auf die auch Ella Sheedy ging.

Die Freundschaft zwischen den Kindern dauerte an. Ich betrachtete sie mit zwiespältigen Gefühlen. Ich glaubte nicht, daß Ella einen guten Einfluß auf die Zwillinge hatte, obgleich ich jetzt kaum mit ihr sprach, entweder, weil die Zwillinge sie für sich behielten, oder weil sie sich von mir fernhielt. Jenny und Johnny fuhren auf ihren Fahrrädern los, um sich mit ihr zu treffen – sie erzählten mir, daß Ella endlich auch ein Fahrrad bekommen hätte –, und wenn sie zur Grange kam, verschwanden die Kinder sofort mit ihr oben in ihren Zimmern. Wenn ich auf dem oberen Treppenabsatz vorbeikam, konnte ich ihre halblauten Stimmen hören, die von Ellas kleinem Kichern unterbrochen wurden. Die Zwillinge waren immer freimütig gewesen, manchmal sogar unverfroren, aber jetzt schien mir, als würden sie unangenehm frech, insbesondere Jenny. Nun, sie wuchsen heran, und wenn das bedeutete, daß sie von mir fortwuchsen, war das nur natürlich. Es würde uns auch die kommende Trennung erleichtern, von der sie noch nichts ahnten.

Daß ich überhaupt glaubte, Ella könnte einen Einfluß auf die Zwillinge ausüben, bewies, wie positiv sich die Freundschaft auf *sie* ausgewirkt hatte. Während der vergangenen Monate war sie auf diese plötzliche Art und Weise aufgeschossen, wie Kinder es manchmal tun, sie sah viel robuster aus und zeigte neues Selbstvertrauen. Um Ellas willen mußte ich froh über diese Freundschaft sein. Also war ich froh.

Als ich eines Spätnachmittags vor dem Tor die Hupe ertönen ließ, blieb es zum ersten Male geschlossen. Statt dessen schollen mir von der anderen Seite Schreie und Gelächter und Hundegebell entgegen. Verwundert öffnete ich das Tor, und in alle vier Himmelsrichtungen stoben Katzen auseinander. Johnny versuchte gerade, einen großen braunen Terrier zu ergreifen, der an Miss Sheedy hochsprang und den Colonel erwischen wollte, der sich an ihren Hals klammerte. Miss Sheedy trat schwach nach dem Hund, und Jenny und Ella standen da und lachten.

Der Hund schnappte nach mir, als ich ihn wegzerrte und vor das Tor sperrte. Ellas Lachen hatte im selben Moment aufgehört, als sie mich erblickte. Sie sagte: »Oh, war das nicht schrecklich, er hätte den Colonel umbringen können.« Jenny kicherte. Ella streckte die Hände aus, um den Colonel zu streicheln. Bleich wie der Tod wich Miss Sheedy vor ihr zurück und nahm den Kater fest in die Arme.

Ich fragte: »Wie ist der Hund hier hereingekommen?«

Niemand antwortete. Die zitternde Miss Sheedy wich immer noch vor Ella zurück. Der Colonel befreite sich aus ihrem Griff und begann, sich zu putzen. Johnny sagte erleichtert: »Es geht ihm gut, Miss Sheedy. Er hat keinen allzu großen Schreck bekommen.« Miss Sheedy stand da und zitterte, ihre Arme hingen schlaff an ihr herunter. Ella sagte: »Der verdammte Bastard, er ist hereingekommen, ohne daß wir es bemerkt haben.« Jenny sagte: »Die Katzen kommen ja auch irgendwie ins Haus, und es gelingt uns nicht immer, sie auszusperren. Du weißt ja, wie das ist, Kate.« Ellas kleine grüne Augen glitten über uns hinweg. Sie sagte: »Ich komme zu spät zum Tee. Ich muß gehen« und verließ uns.

Die Zwillinge wanderten langsam zum Haus. Der Colonel holte sie ein und stolzierte vor ihnen her. Johnny beugte sich nieder, um ihn zu streicheln. Schließlich sprach Miss Sheedy.

»Er ist ein freundlicher Junge.«

»So etwas wird nicht wieder vorkommen. Das lassen Sie meine Sorge sein.«

»Kinder sind unvernünftig, sie denken nur an ihr Vergnügen. Oh, Miss Wilson, ich danke Ihnen, Sie sind ja so tapfer.« Das Zittern hatte fast aufgehört. Miss Sheedy gab ein flatterndes Lächeln von sich. »Der Colonel scheint seine Angst wirklich überwunden zu haben.«

»Er ist auch tapfer.«

»Ja, sehr. Aber es war auch ein Riesenhund. Ich befürchte, meine anderen Kätzchen sind vielleicht zu nervös, um rechtzeitig zum Abendessen aus ihren Verstecken zu kommen.«

Später saß ich im Wohnzimmer und hörte von draußen, wie sie überall nach den Katzen rief, als Jenny hereingeschlichen kam – wirklich und wahrhaftig, sie kam hereinge*schlichen*! Aber sie war einfach nicht so gerissen wie Ella. Sie sagte: »Ich weiß ja nicht, was diese verrückte alte Frau dir erzählt hat, aber wenn sie sagt, daß Ella den Hund mitgebracht hat, hoffe ich nur, daß du nicht so dumm bist, ihr zu glauben.«

»Miss Sheedy hat sich nicht beklagt.«

»Na, das ist gut.«

Dieses eine Mal konnte ich die Tatsache vergessen, daß ich dem Betrug an einem Waisenkind Vorschub leistete.

»Miss Sheedy wirkt so sanft und harmlos, daß ich nie

geglaubt hätte, sie würde Ella Kummer bereiten wollen. Miss Sheedy führt alle hinters Licht, nicht wahr, Jenny? Es ist wirklich ein einzigartiges Pech für die arme Ella, daß alle ihre Verwandten ihr unrecht tun.«

Jenny wurde rot vor Ärger.

»Du glaubst, Ella erzählt Lügengeschichten? Du weißt nicht, was wir wissen. Wir sind nämlich ihre Freunde, und vor uns braucht sie es nicht zu verbergen wie vor allen anderen. Jetzt ist es natürlich besser geworden, weil wir sie beschützen.«

Ich hatte das starke Bedürfnis, meine Nichte gut und gründlich durchzuschütteln, damit ihr närrischer Kopf Vernunft annahm, aber ich mußte vorsichtig sein. In der jetzigen Situation mußte ich vorsichtig sein. Also versuchte ich, Jenny wenigstens innerhalb der Grenzen zu warnen, die die Umstände mir auferlegten.

»Ich glaube wirklich, daß Ella ein bißchen übertreibt, vielleicht um alles etwas spannender zu machen. Damit steht sie nicht einmal alleine da.«

Jenny schlenderte zur Tür. Dort drehte sie sich in einer seltsamen Mischung aus Kühnheit und Triumph um.

»Kate, ist dir jemals aufgefallen, daß deine Situation hier im Haus recht merkwürdig ist?« Natürlich wußte ich das, nur konnte Jenny den Grund nicht kennen. Ich verstand also überhaupt nicht, worauf sie hinauswollte. »Du wohnst doch mit Vater im selben Haus, ohne daß ihr verheiratet seid. Also, Ella macht das nichts aus, sie ist schrecklich modern und tolerant. Und wir wissen ja auch, daß ihr nichts tut, was Ärgernis erregen könnte. Nur daß Mrs. Sheedy eine Andeutung darüber gemacht hat. Jetzt siehst du wohl endlich ein, wie dumm es ist, die Frau auch noch zu verteidigen.«

Sie war verschwunden, bevor ich etwas sagen konnte, aber es gab sowieso nichts, was ich hätte zu ihr sagen können, nichts, das zu sagen ich mir hätte erlauben können. Delia Sheedy mochte eine entsprechende Bemerkung gemacht haben oder auch nicht, aber bestimmt hatte sie es nicht zu den Zwillingen gesagt. Ella konnte es also nur böswillig erfunden oder kolportiert haben, und Jenny hatte es benutzt, um damit zuzuschlagen. Im Laufe der Zeit waren die Zwillinge und ich mal besser, mal schlechter miteinander ausgekommen, niemals zuvor aber hatte einer von uns versucht, einen anderen absichtlich und kaltblütig zu verletzen.

Jenny und Johnny jedenfalls zahlten einen viel zu hohen Preis für Castlebarry. Sobald das Unrecht an Ella Sheedy wieder gutgemacht war, mußte diese Freundschaft unterbunden werden, damit kein bleibender Schaden angerichtet wurde.

Die Zähne des Hundes hatten meine Haut kaum gestreift, aber trotzdem hatte ich einen häßlichen, schwarzgelben Flecken auf dem Handrücken, der viel schlimmer aussah, als er war. Johnny betrachtete ihn besorgt.

»Es ist nichts«, sagte ich. »Ihr müßt euch alle sehr vorsehen und nie wieder einen Hund mit euch hereinkommen lassen.«

Johnny trat verlegen von einem Bein auf das andere. Er murmelte: »So ein Ärger!« Dann schaute er mich auf die charmante Art und Weise der Barrys an. »Kate, Ella hat morgen Geburtstag. Wir möchten sie zu Fisch und Chips und einem Eis in dem Café in der Nähe der Schule einladen, anstatt daß wir Sandwiches mitnehmen. Aber wir sind pleite.« Sein schnelles Lächeln glich dem seines Vaters sehr. »Ob sich da wohl was machen läßt, was glaubst du?«

»Natürlich, das läßt sich machen. Aber warum ladet ihr nicht zusammen mit Ella noch ein paar Freunde aus der Schule ein? Wenn ihr schon welche gefunden habt, heißt das. Dann wird es doch eine richtige Geburtstagsfeier.«

»Danke, aber ich glaube, wir bleiben lieber unter uns. In Wirklichkeit ist Ella mit niemandem besonders befreundet, und wir werden uns wahrscheinlich auch mit niemandem näher befassen. Wir mögen sie schon – wir mögen fast alle Kinder in unserer Klasse –, aber ehrlich, die sind zu unreif für uns.«

»Sei da nur nicht so sicher, du Stadtpflanze. Stille Provinzwasser können sehr tief sein. Ich denke da besonders an Ella.«

»Ella ist ganz anders als alle Kinder, die wir bisher kannten.«

Hier konnte ich mit vollkommener Ehrlichkeit sagen: »Ja, das kann ich mir denken.«

Johnny faßte das als Kompliment auf. Er brach in einen enthusiastischen Wortschwall aus: »Wir hatten ja so ein Glück, sie kennenzulernen. Sie tut uns furchtbar gut. Ich sage dir auch, warum. Bis jetzt waren wir immer etwas weiter als die meisten Gleichaltrigen; ich versuche ja, objektiv zu sein, aber es stimmt einfach. Wir hatten also nur uns selbst, um richtig über die Dinge zu sprechen. Wir konnten uns mit niemandem auseinandersetzen, weil wir fast immer einer Meinung waren. Fast so, als spräche man mit sich selber. Man kann nämlich seine eigenen Ideen nicht so gut an älteren Leuten ausprobieren, weil sie von Erfahrungen beeinflußt sind, die man einfach noch nicht gemacht hat, und selbst wenn man sie gemacht hat, reagiert man vielleicht ganz anders. Zum Glück bist du ja nie besonders tantenhaft – also, fast nie –, sondern behandelst uns gleichberechtigt. Aber wir wissen natürlich, daß wir nicht gleich sind. Ella dagegen steht auf einer Stufe mit uns, und sie ist sehr intelligent und hat ihre eigene Meinung zu allem. Endlich haben wir jemanden, mit dem wir Ideen austauschen können. Es ist auch ganz egal, ob man recht hat oder nicht, es ist so eine Art Ausprobieren und Entwickeln. Ich kann dir sagen, wir genießen das. Es ist das erste Mal.«

»Ja, das kann ich verstehen.«

»Keiner kennt Ella so wie wir. Ja, in der Schule hält man sie für schlau, aber es ist mehr als das. Sie weiß furchtbar viel über die Menschen, wie sie denken und was sie tun, also eben über das Leben. Auf eine bestimmte Art«, sagte Johnny und sah selber ganz erstaunt aus, als er seine Worte hörte, »ist sie reifer als wir.«

So leichthin wie möglich sagte ich: »Ich glaube einfach alles, wenn es ihr gelungen sein sollte, euch ein Mindestmaß an Bescheidenheit zu lehren.«

Ich hatte nicht gewußt, welche Macht über die Zwillinge sie besaß. Es war ein solcher Jammer, daß es an der Schule, die sie besuchten, keine Sportplätze gab und auch keinerlei außerschulische Aktivitäten, die die beständige Verzauberung durch Ella hätten brechen können. Im Bus, in der Klasse, in Castlebarry: überall war Ella.

Im Oktober ging Simon nach Dublin, um dort Wirtschaftswissenschaften zu studieren. Als er fortging, war er immer noch verliebt in Linda Sheedy, und zweifellos würde er Weihnachten zurückkehren und verliebt sein. Aber nicht in Linda Sheedy. In diesem Punkt waren wir uns sicher, Charles und ich. Wären wir uns nicht so sicher gewesen, daß Simons Neigung, sich zu verlieben, nur noch von seiner Unbeständigkeit übertroffen wurde, hätte Charles niemals tatenlos bis Oktober zugesehen, damit eine Affäre zu Ende ging, die bereits lange über das hinaus angedauert hatte, was wir erwartet hatten.

»Der Junge ist ein Dummkopf, Kate. Das Mädchen ist doch für jeden schmierigen Vertreter zu haben, der durchs Dorf kommt, und Gott weiß für wen sonst noch alles. Gut, soll er also seinen Platz in der Schlange einnehmen, wenn er will, aber ich möchte nicht, daß er sich lächerlich macht, indem er sich überall mit der Schlampe sehen läßt und auch noch stolz darauf ist. Verdammt noch mal, er muß doch wissen, was sie ist.«

»Was immer sie ist«, sagte ich, »du kannst Gift darauf nehmen, daß er sie idealisiert. Wie alle seine anderen Mädchen auch. Man könnte ja vielleicht glauben, daß das bei ihr schier unmöglich wäre, und auf die allermeisten Männer trifft das auch sicherlich zu, aber nicht auf Simon.«

Ich behielt für mich, was Simon mir über Linda anvertraut hatte. Ich hatte mich immer bemüht, den Kindern freundlich zuzuhören, und offensichtlich hatte er das Bedürfnis gehabt, sich auszusprechen. Was er mir von seinen Empfindungen erzählte, hatte ich schon oft von ihm gehört, nur gab es da jetzt eine nicht ganz unbedeutende Abweichung. Er wurde nämlich nicht müde, die Weiblichkeit seiner Göttin zu betonen. Linda war durch und durch Frau. Die lebensbejahendste Person, die er je gekannt hatte. Konnte ich daran zweifeln, in welchem Sinne die beiden das Leben bejahten? Nein, kein Zweifel war möglich.

Zweimal brachte er sie voller Stolz zur Grange mit, aber auch voller Trotz, denn er war sich der unausgesprochenen Mißbilligung seines Vaters wohl bewußt. Angeblich wollte er ihr das erste Mal eine Kassette, dann ein Buch leihen, und jedesmal ließ er sie mit mir im Wohnzimmer allein, während er in sein Zimmer ging. Dort hielt er sich unangemessen lange auf, um die bewußte Kassette unter seinen peinlich ordentlich arrangierten Besitztümern zu finden. Er mochte mich, und mir war klar, daß er hoffte, wir würden uns kennenlernen und mögen, seine Göttin und ich.

Linda war kühl und unverschämt wie immer.

»Als ich das letzte Mal in diesem Zimmer war, stank es wie die Pest.« Der Colonel kam hereinspaziert und sprang auf seinen sonnigen Lieblingsfensterplatz. Linda lachte. »Genau wie in alten Zeiten.«

»Er ist stubenrein, Linda.«

»Ach wirklich? Na, es ist natürlich Ihr Haus.«

Das stimmte, und in meinem Haus mußte ich Gästen gegenüber höflich sein. Ich zerbrach mir den Kopf, um ein Gesprächsthema zu finden.

»Wie geht es Ihrer Mutter? Ich habe sie lange nicht gesehen.«

»Es geht ihr gut. Sie ist normalerweise in der Post, wenn Sie Sehnsucht nach ihr haben. Aber Sie kommen nicht allzuoft da vorbei, was?« Sie wußte natürlich, daß ich die Post mied. »Sie ist ganz schön angebunden, wo Ella sich jetzt ständig mit den Zwillingen rumtreibt.« Sie sagte nicht: und wo ich mich ständig mit Simon rumtreibe. Sie lächelte nur, und das genügte.

Obgleich Mrs. Bates mir brühwarm erzählt hatte, daß Josh und Delia außer sich vor Stolz waren, weil die Zwillinge sich mit Ella angefreundet hatten, hatte ich nicht die geringste Ahnung, was sie über Linda und Simon dachten. Mrs. Bates ignorierte die Affäre einfach.

»Es ist so heiß heute. Wie wäre es mit einem schönen kühlen Getränk, Linda? Limonade oder etwas Ähnliches?«

»Danke, nein. Simon braucht 'ne Ewigkeit, was?«

Auch mir kam es wie eine Ewigkeit vor.

»Möchten Sie vielleicht hinaufgehen und nachsehen, was ihn aufhält? Es ist das zweite Zimmer links.« Und dort könnt ihr tun, was ihr wollt. Ihr könnt es nämlich ebensogut hier tun wie überall sonst.

»Was?« Endlich war es mir gelungen, ihr zielloses Herumlungern im Zimmer zu unterbrechen. Es war mir mächtig auf die Nerven gegangen. Sie begriff genau, was ich sagen wollte, und lächelte wieder ihr spöttisches Lächeln. »Ach, lassen wir das. Ich glaube, er kommt jetzt sowieso. Oh, da bist du ja. Was zum Teufel hast du so lange getrieben?«

»Tut mir leid.« Unter ihrem leichten, eng anliegenden Kleid trug sie lediglich einen winzigen, dreieckigen Slip. Simon konnte die Augen nicht von ihr lassen. Er konnte auch nicht davon lassen, ständig ihren nackten Arm, ihre Schulter zu berühren. »Kate, könnten wir vielleicht was Erfrischendes mit perlenden Luftblasen bekommen?«

Linda sagte: »Du meinst was zu trinken? Nein, ich sagte deiner Tante bereits, daß wir keine Zeit haben. Nicht, wenn wir in diese Disco gehen wollen.«

Bei ihrem zweiten Besuch ließ Simon uns nicht allzu lange allein, sondern tat sein Bestes, ein angenehmes Beisammensein zu dritt daraus zu machen. Es war kurz vor seiner Abreise nach Dublin.

»Der Glückliche.« Linda lächelte ihn an. Es war ein liebevolles Lächeln. Es bewirkte, daß ich sie ein wenig weniger ablehnte. »Er darf nach Dublin. Mich lassen sie nicht gehen, nicht bevor ich achtzehn bin.« Sie schnitt ein Gesicht. »Wetten, daß sie dann sagen, ich soll warten, bis ich neunzehn bin?«

Simon sagte: »Linda möchte Fotomodell werden.«

»Meine Eltern glauben, das bedeutet Fotos für ›Playboy‹ oder ›Penthouse‹.«

Genau das glaubte ich allerdings auch – wenn sie es überhaupt schaffte. Ich sagte: »Modell ist heutzutage natürlich ein etwas anrüchiges Wort.«

Linda sah mich an. Ihr schlaffer Mund verzog sich zu einem Lächeln. Es war nicht mehr das liebevolle Lächeln für Simon, sondern das andere, das ich nur allzugut kannte. Simon sagte: »Ich habe dir ja gleich gesagt, was Leute wie deine Eltern darüber denken, Linda. Bestimmt wären sie ganz zufrieden, wenn du einen anderen Job in Dublin annehmen oder auf die Handelsschule gehen würdest. Du könntest ja abends einen Fotomodell-Lehrgang besuchen.«

»Fang bloß nicht wieder damit an! Dann hab' ich es ja hier noch besser. Den ganzen Tag in einem Laden zu sitzen oder zu tippen und zu stenografieren wie in der Schule! Nein, ich will eine richtige ganztätige Ausbildung, wo ich die richtigen Leute kennenlerne. Und danach, wer weiß?«

Ja wirklich, wer wußte es? Sie vergaß uns und blickte in fernste Fernen. In diesem Augenblick konnte ich nicht so hart sein und Abneigung für sie empfinden. Sie hatte schließlich auch ihre Träume, gleichgültig, was sie wert waren; und sie war schrecklich verletzlich wie alle, die jung genug sind, zu glauben, daß Träume in Erfüllung gehen können.

Charles kam in dem Augenblick nach Hause, als sie aufstanden, um zu gehen. Ich hatte keine Angst, daß er unhöflich zu dem Mädchen sein würde, aber als er sie sah, spiegelte sein Gesichtsausdruck ganz kurz den Abscheu, den er empfand. Dann hatte er sich schnell wieder in der Gewalt. Offensichtlich aus reiner Gewohnheit warf Linda ihm einen ihrer schrägen Blicke aus schweren Lidern zu, streckte sich lasziv, so daß sich das Kleid über ihren Brüsten spannte, und berührte die Oberlippe mit der Zungenspitze. Als Simon mit ihr gegangen war, wütete Charles gegen mich, weil er sonst niemanden hatte, an dem er seine Wut auslassen konnte. Bis der Colonel es nicht mehr aushielt und an der Tür ein Zeichen machte, daß er hinauswollte. Auch ich konnte Charles manchmal einfach nicht ertragen, und so schloß ich mich dem Colonel an und verließ das Zimmer.

Simon wollte unbedingt sein Motorrad in Dublin haben, und deshalb machte ich ihm das Angebot, sein

Gepäck in meinem Mini zu transportieren. Das gab mir auch die Gelegenheit, das Einzimmerappartement zu besichtigen, daß wir über eine Zeitungsannonce gemietet hatten. Simon war vor mir da. Es war ein recht nettes Zimmer und nicht weit vom College entfernt. Eine Fotografie von Linda stand bereits auf dem Tisch. Simon war allerdings nie ohne Fotografie des laufenden Mädchens ausgekommen.

»Nur der Himmel weiß, was für einen Geschmack er demnächst noch entwickeln wird«, sagte Charles bei meiner Rückkehr.

»*Wir* werden es jedenfalls nicht wissen, so daß es uns nicht zu bekümmern braucht«, sagte ich.

Zwei Wochen später kam Simon das erste Mal mit seinem Motorrad nach Hause. Er blieb von Sonnabend bis Sonntagabend und verbrachte die meiste Zeit mit Linda. Von da an kam er jedes zweite Wochenende. Ganz offensichtlich hielt Linda diese Tage für ihn frei, ob sie in der Zwischenzeit ihre Gunst nun weiterhin so freigiebig verteilte wie zuvor oder nicht. Es war nicht allzu schwierig, den Frieden zwischen Charles und Simon zu erhalten, weil Simon die Grange eigentlich nur benutzte, um dort zu schlafen. Charles ließ seine Verärgerung darüber natürlich wie üblich an mir aus, obwohl er auch einmal einen halbherzigen Fußtritt gegen den Colonel richtete, aber das war lediglich eine Geste gewesen und verteilte die Last keineswegs gerechter. Auch der Colonel verstand das so, er verzog sich in eine Ecke und schaute verächtlich. Was mich betraf, so wunderte ich mich darüber, mit welcher engelsgleichen Geduld ich Charles ertrug. Wenn ich dazu getrieben wurde, fragte ich im äußersten Fall, wessen Schuld es wohl sei, daß wir uns überhaupt mit den Sheedys abgeben mußten.

Einen Sheedy allerdings gab es, den wir nicht mehr als wandelnden Vorwurf betrachten mußten, und das war Theophilus. Josh und der Waise ging es nicht schlecht, obgleich ihnen das Vergnügen versagt wurde, das das Wissen um ihr Erbe ihnen vermittelt hätte; Miss Sheedy war weiterhin still und – wie sie meinte – nutzbringend glücklich, aber dennoch traf auf sie dieselbe Überlegung zu wie auf die beiden anderen. Was Theophilus betraf, mußte ich dagegen fast unwillig zugeben, daß es vermutlich seine Rettung gewesen war, wenn er seine dreißigtausend Pfund nicht sogleich erhalten hatte. Nicht nur war er jetzt »trocken«, nein, selbst an den Wochenenden mußten wir nicht mehr befürchten, daß er in Versuchung geführt wurde. Auf eigenen Wunsch arbeitete Theophilus nämlich jetzt volle sieben Tage in der Woche im Archiv. Ihn trieb eine unendlich zwingendere Motivation an als nur der Wunsch, das Material für einen anderen zu katalogisieren. Inzwischen stellte er es mit der größtmöglichen Geschwindigkeit für seinen eigenen Gebrauch zusammen. Theophilus Sheedy, kein anderer, war dazu ausersehen, die authentische Geschichte Castlebarrys aufzuzeichnen.

Wie wir Theophilus kannten, mußte der Ehrgeiz, nicht nur zusammenzutragen, sondern auch zu schreiben, natürlich von Anfang an an ihm genagt haben, aber anfangs hatte er geglaubt, der Auftrag wäre bereits vergeben. Als die Zeit verging und als all seine Bemühungen fruchtlos geblieben waren, den Namen des vermeintlichen Autors zu erfahren, begann er zu hoffen, daß noch niemand bestellt worden war. Er weihte Bridie Malone in seinen Ehrgeiz ein, und sie fragte Charles ganz direkt, was Theophilus zuvor indirekt herauszufinden versucht hatte. Als sie hörte, daß – wie Charles sich ausdrückte – noch keine endgültige Entscheidung getroffen worden war, fragte sie, ob ihm wohl je der Gedanke gekommen sei, daß er nicht weiter zu suchen brauche, sondern daß Mr. Sheedy diese Aufgabe ebenfalls glänzend lösen würde. Zufällig wisse sie genau, daß er sie auch übernehmen würde, wenn man ihn nur fragte.

»Dank Bridie sitzt er die noch verbleibenden kritischen Monate dort sicherer denn je, würde ich sagen«, meinte Charles. »Hier ist ein Testkapitel, und er hat darauf bestanden, daß du als Literatin zuallererst das Siegel deiner Zustimmung darauf setzt. Wirklich, Kate, sein grenzenloses Selbstvertrauen nimmt für ihn ein. Es ist bereits getippt. Mit *einem* Finger auf einer geliehenen Schreibmaschine, höre ich.«

»Der arme Mann«, sagte ich.

»Was soll das heißen, Kate? Er ist total euphorisch.« Er schaute mir über die Schulter und las laut vor, als ich einen Blick auf die erste Seite des Manuskripts warf. »›Gerüstet in die prachtvolle Aufmachung der Jagd ... zügelte sein Roß in einem fruchtbaren Tal ... glitzernde Kaskade ließ das ferne Lärmen in Verfolgung Reinekes untergehen ...‹ Scheint sich verlaufen zu haben, bei Gott, Sir!, mein Unternehmervorfahr. ›Und dort erkannte Hugh Barry, Esquire, wie die Natur für den Dienst am Menschen eingespannt werden konnte.‹ Zu schade, daß ein solches Meisterwerk nie das Licht der Welt erblicken wird, möglicherweise wäre es ein *succès fou*.«

»Der arme Mensch.«

»Das spiegelt wohl deine eigenen Ängste, was?« sagte Charles treffend.

Was mir an Charles gefiel, war, daß er nicht völlig unsensibel war.

Theophilus bekam seinen eigenen Schlüssel, damit er auch am Samstag und Sonntag ins Archiv konnte. Er bekam seine eigene Schreibmaschine und ein Lehrbuch, um blind mit zehn Fingern schreiben zu lernen.

Trafen wir uns zufällig einmal, war er die große literarische Gestalt, der hervorragende Historiker, tief in Gedanken versunken, aus denen er sich mit einem Lächeln zurückbrachte, das von mir Verständnis erheischte. War ich doch auch eine, wenn auch geringere Praktikerin der Kunst.

Miss Sheedys Stolz und Freude über ihren Bruder kannte keine Grenzen. Sie hatte sich angewöhnt, auf Zehenspitzen das Pförtnerhäuschen zu verlassen, wenn er da war. Sie erklärte: »Obgleich Theophilus im Moment nicht am Schreibtisch sitzt, *denkt* er möglicherweise, Miss Wilson, wie Sie natürlich als allererste verstehen werden.« Sie legte einen Finger an die Lippen, um eine Katze zum Schweigen zu bringen, die dort zu laut miaute, wo Theophilus möglicherweise dachte.

Nur Tom war unzufrieden. Er kam zu uns und beklagte sich bitter.

»Wußtet ihr, daß dieser Sheedy umhergeht und sagt, das Buch sei sein Lebenswerk? Ich möchte bloß wissen, wie lange ich ihn noch ertragen muß! Er hat ja noch nicht einmal angefangen mit dem verdammten Schinken, er stellt immer noch das Material zusammen.«

Ich hatte den sonst so gutmütigen Tom noch nie dermaßen verärgert erlebt. Charles sagte begütigend: »Halt noch ein paar Monate durch, bis wir andere Arrangements treffen können, mein Lieber, ja? Es tut mir leid, ich wußte nicht, daß er dir lästig ist.«

»Nicht, daß ich ihn je treffe, ich gehe ihm aus dem Weg. Aber er bringt mir Bridie durcheinander. Sonnabends oder sonntags kann ich sie nie finden, wenn ich sie brauche. Sie sagt, sie hilft Mr. Sheedy, die Aufzeichnungen auf den Regalen zu ordnen. Du könntest vielleicht Mr. Theophilus Sheedy gegenüber erwähnen, daß sie meine Haushälterin ist und nicht seine

Sekretärin, Charles. Oder vielleicht solltest du eine Sekretärin für ihn einstellen. Das braucht ein Mann schließlich für sein Lebenswerk. Ich war dumm genug zu glauben, daß es lediglich eine Art Broschüre werden sollte.«

»Ach Tom«, sagte ich, »du kennst Mr. Sheedy doch sicher inzwischen so gut, um zu wissen, daß er immer übertreibt.«

»Kann sein, Kate. Aber ob es nun ein Wälzer von zwei Bänden wird oder nur ein Pamphlet, es macht dir hoffentlich nichts aus, Charles, wenn ich sage, daß es einfach keine gute Idee war«, sagte Tom und ging – immer noch grollend – seiner Wege.

Ich sah Charles an und merkte, daß er sehr deprimiert war. Mir erschien das unangemessen, aber dann wurde mir klar, daß es wahrscheinlich die allererste kritische Beurteilung war, die er von seinem sonst so hingebungsvollen Bruder je hatte einstecken müssen. Das mußte er natürlich jemandem heimzahlen. Dieses eine Mal erkannte er jedoch nicht unmittelbar, wie er denjenigen dafür verantwortlich machen konnte, der sonst bequemerweise immer zur Stelle war, nämlich mich, so daß er lediglich böse sagte: »Diese verdammten Sheedys sind ein Fluch auf allem, was sie anpakken.«

Das konnte ich nicht so einfach durchgehen lassen. Ich sagte: »Tut mir leid, aber es treibt mir durchaus nicht das Wasser in die Augen, wenn Bridie nicht mehr ständig Gewehr bei Fuß steht wie früher. Es bedeutet, daß auch Tom den Preis zu zahlen hat. Ich sehe natürlich ein, daß das für ihn besonders ärgerlich ist, weil er nicht einmal weiß, daß er zahlt, geschweige denn wofür. Und du, mein lieber Charles, treibst mir auch nicht das Wasser in die Augen. Ich finde nämlich, daß die Barrys alles in allem weitaus glimpflicher über die Runden kommen, als sie hätten hoffen dürfen.«

Mit diesem Gedanken ging ich zu Bett, und mich selbst nahm ich von dieser Beurteilung nicht aus. Was in unserer Macht lag, hatten wir getan, um zu verhindern, daß den Sheedys nichtwiedergutzumachender Schaden zugefügt würde, weil ihnen ihr Geld vorenthalten wurde. Anscheinend hatten wir bislang mit diesem Vorgehen auch Erfolg gehabt. Für die allernächste Zukunft waren sie erst einmal abgesichert, und der Zeitpunkt kam näher, zu dem ihr Wohlergehen nicht mehr unsere Sorge war. Am nächsten Morgen erwachte ich mit dem Gefühl, die Welt sei einigermaßen in Ordnung. Während der wenigen Monate, die Charles und ich noch zusammen in der Grange verbringen würden – oder irgendwo sonst, was das betraf –, brauchte ich vielleicht nicht unbedingt mehr in Sack und Asche zu gehen. Dann würden wir uns wenigstens mit angenehmen Erinnerungen trennen.

Charles war ähnlicher Stimmung. Unsere Stimmungen glichen sich überhaupt oft. Er sagte: »Schau, Kate, alles geht glatt für die Sheedys, alles geht glatt für die Fabrik. Überwinde dich doch und gib zu, daß wir jetzt Atem holen und eine Weile damit aufhören können, uns ständig über irgend jemanden oder irgend etwas zu bekümmern. Wir sollten statt dessen unser eigenes Leben weiterleben. Wir sind doch auch Menschen. Ist dir klar, daß wir die ganze Zeit wie Einsiedler gelebt haben, gerade so, als wäre der Geist des Geizkragens über uns gekommen?«

Vielleicht war er das wirklich, jetzt aber schüttelten wir alle Gespenster der Vergangenheit ab. Seit Charles' und Toms Mutter gestorben war, hatte es in Barry Manor keine Gesellschaften mehr gegeben, aber auch während der Londoner Zeit hatte Charles den Kontakt mit einigen alten Freunden in der Grafschaft aufrechterhalten, wenn er zu Besuch in Irland war. Jetzt setzte er sich wieder mit ihnen in Verbindung, und wir machten Besuche und bekamen Besuche in der Grange. Auf dem Lande sind neue Gesichter immer willkommen, und bald hatte ich fast ein so ausgefülltes gesellschaftliches Leben wie in London, wenn auch in einem ganz anderen Stil. Es tauchte sogar ein großer, schlanker, dunkler Mann auf – mein Typ und Junggeselle –, und in London wäre ich bestimmt in eine Affäre mit ihm hineingeschlittert, hier aber hatte ich eine merkwürdig geringe Neigung zu Übungen solcher Art, entweder weil meine Libido nachließ oder weil ich erkannte, wie dumm es wäre, mir in Castlebarry noch weitere Komplikationen aufzuhalsen, wo mein Leben sowieso schon viel zu kompliziert war.

Mrs. Bates war stets bereit, länger zu bleiben und den Babysitter zu spielen, zur großen Verärgerung der Zwillinge, die nur allzu gerne allein zu Hause geblieben wären. Wenn wir Gäste in der Grange hatten, blieb Mrs. Bates auch da, um mir zu helfen. Eines Tages kamen Charles und ich erst gegen drei Uhr morgens nach Hause. Wir hatten die Pferderennen besucht und anschließend eine lange, fröhliche Sitzung mit einigen Mitgliedern unserer Clique in einem Hotel absolviert. Mrs. Bates war viel länger aufgehalten worden, als wir beabsichtigt hatten, und ich versprach ihr, in Zukunft achtgeben und ihre Geduld nie mehr so lange auf die Probe stellen zu wollen.

Sie lächelte mich auf eine sehr mütterliche Art und Weise an.

»Ach, das geht in Ordnung. Ich mag es, wenn Sie ausgehen und sich amüsieren. Nichts gegen Castlebarry, aber es bietet einer jungen Dame wie Ihnen nicht die Gelegenheit, die Art von Menschen kennenzulernen, die sie kennenlernen müßte –«, sie machte eine bedeutungsvolle Pause –, »wenn Sie verstehen, was ich meine.«

Ich verstand, was sie meinte. Sie hatte auf den in

Frage kommenden Junggesellen ausreichend Loblieder gesungen, und es war klar, daß sie ihn für mich auserkoren hatte. Sofort hatte sie sich auch vergewissert, daß er an diesem Abend mit von der Partie gewesen war. Ich wußte, daß sie nur mein Bestes wollte, aber ich hielt die Zeit für gekommen, allen unsinnigen Spekulationen ein Ende zu bereiten.

»Mrs. Bates, ist Ihnen klar, daß ich in nicht weniger als zweiunddreißig Jahren jede Menge Menschen kennengelernt habe?«

Es kann nur die besondere Intimität der frühen Morgenstunde gewesen sein, die sie dazu ermutigte, freimütiger zu antworten, als sie es sonst getan hätte: »Und lohnt es sich etwa nicht zu warten, um endlich doch den Richtigen zu finden?«

»Da ist es bei mir hoffnungslos. Ich bin nämlich eine überzeugte Junggesellin.«

Etwas sehr Ähnliches, wenn auch in viel kälterem Tonfall, sagte ich zu Jenny, als sie in ihrer neuen, ziemlich unangenehmen Art und Weise meinte, sie und Johnny hätten gewettet, wann Bill wohl mit der bewußten Frage rausrücken würde. Jenny kicherte bei diesen Worten. Mir kam langsam der Verdacht, daß ich bereits von der gesamten Öffentlichkeit verheiratet wurde, und man mußte schon so hartgesotten sein wie ich, um die Peinlichkeit dieser Situation nicht unerträglich zu finden. Mein Verdacht wurde zur Gewißheit, als Charles bemerkte: »Ich nehme doch an, daß deine Absichten gegenüber Bill Conway wie üblich streng ehrlos sind?«

»Ich habe keinerlei irgendwie geartete Absichten, aber ich mag Bill, und es ist sehr lästig, ihn immer wieder abwimmeln zu müssen.«

»Abwimmeln? Wieso?«

»Seine Absichten sind streng ehrenhaft.«

»Das wird gemunkelt. Mein Glückwunsch, Kate, du

hast den besten Fang der Gegend an Land gezogen – und das in deinem Alter. Wirklich pure Verschwendung, daß du den Fisch ins Wasser zurückwerfen mußt.«

Gänzlich unlogisch und nur, um Charles wie üblich zu widersprechen, sagte ich: »So? Muß ich das? Ich bin mir aber gar nicht so sicher, was ich tun werde. Er ist –«

»Mein liebes Mädchen, er ist ein so charmanter Mensch, daß es mir fast leid tut, daß er dich nicht haben kann.«

Wenn Bill in diesem Moment dagewesen wäre und mir einen Heiratsantrag gemacht hätte, hätte ich ihn vielleicht angenommen, ohne weiter zu überlegen.

»Mein lieber Charles, möglicherweise ist dein Mitleid mit Bill völlig fehl am Platz.«

Charles sagte: »Rede bitte keinen Unsinn, Kate.«

Manchmal glaubte ich, Bills Hauptattraktion bestände darin, daß er gegenüber Charles eine so angenehme Abwechslung darstellte.

Das waren die guten, schönen Tage, in denen für die Sheedys alles geregelt zu sein schien und in denen Charles und ich eine vernünftige Balance zwischen Ernst und Spiel hielten. Ich lebte jeden dieser Tage voller Freude, und wenn er zu Ende war, versuchte ich, nicht zu denken: Wieder ein Tag vorbei.

Wenn sie alle vorbei wären, sagte ich mir, würden mich ein paar Wochen in London bald von jeder Sehnsucht nach einem kleinen, langweiligen irischen Dorf befreien.

Neuntes Kapitel

Hätte ich diese flüchtigen goldenen Tage nicht ebenso selbstsüchtig genossen, wie Ned, der Geizkragen, in dem Wissen um seine Reichtümer geschwelgt hatte, hätte ich die Warnzeichen vielleicht etwas eher bemerkt. Aber auch wenn Simon immer noch nicht von seiner alten Liebe loskam und eine neue begann, auch wenn die Zwillinge und Ella nach wie vor unzertrennlich waren, auch wenn Tom sich inzwischen in einem Zustand der ständigen Verärgerung befand: Na wenn schon! dachte ich genauso leichthin, wie ich Na wenn schon! dachte, wenn ich wieder einmal eine streunende Katze aus der Grange vertreiben mußte.

Während der Weihnachtsferien kam Charles mit Simon so gut aus, wie man das von jedem Durchschnittsvater mit einem Sohn in diesem Alter erwarten konnte. Die übliche weibliche Aufgabe, den Frieden zwischen Vater und Sohn zu erhalten, fiel natürlicherweise mir zu, und während ich verletzte Egos beruhigte, hätte ich ihre dummen Köpfe statt dessen oft voller Freude gegeneinander geschlagen. Der einzige wirkliche Streit, den sie ausfochten, ging allerdings um Simons verzweifelte Sehnsucht nach einem eigenen Wagen.

Zu mir war er zuerst damit gekommen. Jenny hatte mir schon erzählt, daß sich Linda über das Motorrad mokierte.

»Ella glaubt, daß sie Simon wirklich mögen muß, weil sie sich überhaupt von ihm auf dem Motorrad herumkutschieren läßt. All ihre anderen Freunde haben Autos. Linda hat es einfach satt, auszusehen, als wäre sie durch einen Busch gezogen worden, wenn sie irgendwo ankommt.«

Simon sagte zu mir: »Viele der Jungs im College

haben einen eigenen Wagen. Bis jetzt war das ja auch ganz in Ordnung mit dem Motorrad, aber es ist einfach eine Strapaze, von Dublin hierher zu fahren.« Treuherzig fügte er hinzu: »Und man kann eigentlich niemanden mitnehmen. Zu unbequem. Ich werde Vater die Sache auf jeden Fall vortragen.«

»Ich glaube nicht, daß du einen guten Zeitpunkt wählst. Warte, bis du dein erstes Jahr im College hinter dir hast.«

»Warum? Glaubt er etwa, daß ich zu oft nach Hause komme? Ich bummle doch nicht.«

»Ich hatte sowieso die Absicht, dir zum einundzwanzigsten Geburtstag einen guten Gebrauchtwagen zu schenken. Ich müßte dann nämlich gerade das Honorar für mein nächstes Buch bekommen.«

In seinem Alter bedeutete das einfach, daß die Erfüllung seines Wunsches noch Lichtjahre entfernt war. Er ignorierte also mein Versprechen.

»Du hast meine Frage nicht beantwortet, Kate.«

Wenn ich irgendeinen Einfluß auf Eleanors Kinder hatte, so deshalb, weil ich sie nie mit Unwahrheiten abspeiste. Ich sagte also: »Nein, Simon, ich würde nicht mit deinem Vater sprechen. Du beißt bestimmt auf Granit.«

Es verletzte mich zu sehen, wie er bitter den Mund verzog. Er sagte: »Das ist also deine Antwort.«

Linda hetzte ihn auf. Sie sagte, es wäre einfach lächerlich, daß Mr. Simon Barry ein altes Motorrad fuhr. Ebensogut könnte sie ja mit einem Botenjungen befreundet sein.

Mit dem neuen, abscheulichen Kichern sagte Jenny: »Ein weiterer Nachteil von Motorrädern ist natürlich, daß sie keinen Rücksitz haben.«

Da meine Gedanken völlig auf Technik und Komfort eingestellt waren, bedurfte es eines weiteren Kicherns, bis mir klar wurde, was sie meinte.

Simon brachte seine Bitte mutig beim Frühstück vor. Letzten Endes war er wohl doch nicht so couragiert, denn er hatte offensichtlich das Bedürfnis nach dem Schutz durch die Menge. Charles sagte kurz angebunden: »Das kannst du dir aus dem Kopf schlagen.«

»Nur 'ne alte Kiste natürlich. In Dublin gibt es jede Menge gute Gelegenheiten.«

»Ich sagte, vergiß es.«

»Es ist doch nicht so, daß du es dir nicht leisten könntest. Würdest du denn gerne in dieser Jahreszeit auf einem Motorrad zwischen Dublin und Castlebarry hin- und herfahren?«

»Besteht denn überhaupt die Notwendigkeit, daß du diese Fahrt so oft unternimmst? Wir sehen jedenfalls nicht viel von dir, wenn du kommst.«

Keine Frau sollte mit zwei voll ausgewachsenen Platzhirschen zusammenleben müssen, die sich ein- und dasselbe Revier teilen. Die Geweihe von Charles und Simon waren jetzt jedenfalls fest ineinander verhakt.

»Jetzt haben wir's! Du glaubst, der Soziussitz auf einem Motorrad ist für ein Mädchen wie Linda Sheedy gut genug. Das ist es doch.«

»Zu gut«, sagte Charles.

Simon stand auf.

»Wenn du nicht mein Vater wärest, würde ich dich zusammenschlagen, weil du das Mädchen beleidigt hast, das ich heiraten werde.«

Er knallte die Tür hinter sich zu. Er war hoffnungslos unreif. Und Charles war gräßlich. Jenny feixte, sie würde Ella die Szene zweifellos detailliert schildern. Der arme Johnny war unglücklich. Charles war hochrot im Gesicht, als er verächtlich sagte: »Der verdammte junge Hund könnte mich nicht zusammenschlagen, auch wenn er es wollte.«

»Nein«, sagte ich. »Wir wissen alle, daß du ein großer, starker Mann bist. In diesem Moment würde es mir allerdings die größte Freude machen, wenn ihr zwei Streithähne euch gegenseitig bewußtlos schlagen würdet. Vielleicht könnten wir uns jetzt auch wieder der üblichen harmlosen Konversation zuwenden, die dazu beiträgt, die morgendliche Familienmahlzeit wenigstens einigermaßen erträglich zu gestalten?«

Simon blieb bis in den späten Abend fort. Ich wartete, bis er nach Hause kam.

»Ich bin nur aufgeblieben, um dich daran zu erinnern, daß morgen ein neuer Tag ist, Simon. Tatsächlich hat er schon angefangen.«

»Kate, ich kann nicht länger in diesem Haus leben.«

»Mein lieber Junge, wenn alle einfach nach dem ersten Streit wegliefen, gäbe es nirgendwo mehr eine intakte Familie. Zufällig ist die Erfahrung für dich neu, weil wir bis jetzt abnormal wenig streitsüchtig waren. Aber ich möchte behaupten, daß es höchste Zeit für uns ist, etwas Übung zu bekommen.«

Er lachte zögernd.

»Was würden wir ohne dich tun?« Seine Fäuste ballten sich. »Aber wenn Vater noch *ein* Wort gegen Linda sagt –«

»Wird er nicht.« Charles hatte nämlich alle in Frage kommenden Worte mir gegenüber erwähnt, wobei er seinen Zorn wie üblich freimütig an meiner harmlosen Person ausgelassen hatte. Als er sich beruhigt hatte, war es mir nach und nach gelungen, ihn dazu zu überreden, weiterhin vernünftig zu bleiben. »Bring bloß das Thema nicht wieder auf, bitte, Simon.«

»In Ordnung. Aber ich liebe sie, und ich werde sie heiraten.«

»Hast du sie schon gefragt, ob sie das auch möchte?«

»Sie will sich noch nicht binden.« Nein, das wollte sie nicht, nicht an einen neunzehnjährigen Studenten, der kein Geld hatte, nur einen Vater, der gegen die

Verbindung war. »Wir sind zwar jung, aber wir könnten uns unseren Lebensunterhalt selbst verdienen. Ich würde mir für Linda die Finger wund arbeiten.«

Ich überlegte, wie bedauerlich es war, daß die Liebe den intelligenten Simon dazu brachte, solche abgedroschenen Phrasen zu benutzen, und auch, daß Linda genau wußte, daß gerade das Wundarbeiten der Finger den geringsten Ertrag einbringt. Simon fragte unvermittelt: »Magst du Linda?«

»Bislang haben wir keinerlei Gemeinsamkeiten entdeckt. Du mußt die Tatsache akzeptieren, daß wir noch lange nicht dieselben Menschen mögen müssen, nur weil wir einander mögen.«

Er sagte unglücklich: »Das mit Vater macht mir nicht so viel aus, aber es tut mir leid, daß du sie nicht magst, Kate.«

»Wir haben reichlich Zeit, und alles kann sich ändern«, sagte ich. »Denk daran, daß du deine ganze Zukunft vor dir hast, obwohl ich befürchte, daß man erst viel später erkennt, was für ein beneidenswerter Zustand das ist.«

Auf wundersame Weise befolgten sowohl Charles als auch Simon meinen Ratschlag, und während der Ferien gab es keine offenen Meinungsverschiedenheiten mehr.

Irgend jemand hatte einmal bemerkt, daß Jenny und Johnny geistig auch siamesische Zwillinge hätten sein können. Als Johnny an zwei aufeinanderfolgenden Tagen alleine von der Schule nach Hause kam, hielt ich das für ungewöhnlich. Eine gemurmelte Unterhaltung, die von Kichern akzentuiert wurde, drang aus Jennys Zimmer, als ich am nächsten Tag dort vorbeiging. Johnny saß unten vor dem Fernseher. Am Sonnabend und am Sonntag waren Jenny und Johnny nur bei den Mahlzeiten zusammen. Bei dieser Gelegenheit widersprach Jenny ihm einige Male völlig unnötiger Weise und nannte ihn sogar einen Dummkopf. Das war nun wirklich eine totale Abkehr von dem früheren undurchdringlichen Zusammenhalt der Zwillinge. Anscheinend war Ella gelungen, was alle für unmöglich gehalten hatten, nämlich einen Keil zwischen die beiden zu treiben.

Jenny betrübte das nicht weiter. Sie war blasiert und selbstgefällig; und gegen jeden, der sich anmaßte, nicht mit ihren Ansichten übereinzustimmen, hatte sie eine Waffe entwickelt, die aus Schweigen und einem leichten, überlegenen Lächeln bestand. (Mich irritierte dieses Verhalten viel weniger als Charles, denn ich erinnerte mich daran, daß Eleanor und ich in Jennys Alter ähnliche Taktiken angewandt hatten.) Johnny sah nur noch wie ein halber Mensch aus. Beim Abendessen sagte er: »Vielleicht werde ich dem hiesigen Fußballverein beitreten, Vater. Sie haben eine ganz nette Jugendmannschaft.«

»Das nennt man Sublimierung«, sagte Jenny mit dem unvermeidlichen Kichern. »Nur, daß Johnny noch nichts zu sublimieren hat, oder, Johnny?«

Johnny lief scharlachrot an. Charles' Gesicht wurde bedrohlich dunkel. Ich stieß den Milchkrug um.

Später sagte Charles grimmig zu mir: »Ich hoffe, du bist zufrieden. Das hast du nun davon, daß du Jenny erlaubt hast, sich mit diesem schlecht erzogenen kleinen Mädchen anzufreunden.« Auf meine Erwiderung, daß es sich lediglich um eine Phase handele, die Jenny durchmache, konterte er, daß auffälligerweise alle Personen in seiner Umgebung in letzter Zeit Phasen durchzumachen schienen, aber warum zum Teufel mußten es wohl alles unangenehme Phasen sein?

Tapfer gab Johnny weiterhin vor, nicht unglücklich zu sein. Aber dann trat die Spannung zwischen den drei Kindern offen zutage. Ich überarbeitete gerade ein

Kapitel in meinem Zimmer, als ich Johnny rufen hörte: »Ich will euren stinkenden Dreck nicht haben.« Jenny und Ella lachten und riefen etwas zurück. Ich trat auf den Flur. Die Mädchen standen in der Türöffnung zu Jennys Zimmer, Johnny schleuderte eine Zeitschrift durch die Tür auf den Korridor. Sie öffnete sich und blieb mit dem farbigen Bild in der Heftmitte nach oben liegen. Ich identifizierte sie als eines der drastischsten Herrenmagazine. Die Zwillinge starrten mich entsetzt an, selbst Ella sah ein wenig verlegen aus. Jenny sagte nervös: »Tut mir leid, daß wir dich gestört haben, Kate. Wir dachten, du wärest ausgegangen.«

Ich hob die Zeitschrift auf und betrachtete die bewußte Fotografie.

»Gehört das dir, Jenny?«

Ellas Augen glitten warnend zu ihr hinüber. Jenny log: »Ja.«

Ich klappte die Zeitschrift zusammen und gab sie ihr. Die Mädchen gingen schnell in Jennys Zimmer zurück und schlossen die Tür hinter sich. Johnny flüsterte heiser: »Sie gehört Ella. Jenny ist nicht so.«

Er war weiß und zitterte. Ich ging mit ihm in sein Zimmer.

»Ach, Johnny, das ist doch alles ganz natürlich, besonders wenn man jung ist und neugierig auf die Sexualität. Es ist allerdings sehr schlechtes Benehmen, jemandem Pornographie aufzuzwingen, der sie nicht will. Mir würde dieses Magazin auch nicht gefallen, es ist viel zu derb.«

»Aber Jenny und ich – wir wissen schon alles über Sex – in London hatten wir doch Aufklärungsunterricht; das ist hier in Irland anders. Es schien uns damals ganz normal – also zuerst nicht ganz normal vielleicht, aber na ja, so ist das eben. Nur Ella läßt es irgendwie ekelhaft erscheinen.« In seinem fieberhaften Bemühen, Jenny zu entlasten, verkannte er völlig, daß er Ella belastete, was ihm normalerweise gegen jeden Instinkt gegangen wäre. »Sie wollte sogar, daß ich bestimmte Sachen tue, und als ich mich weigerte, sagten sie, ich könnte es nicht.« Erst durch diesen völligen Zusammenbruch erkannte ich das Ausmaß der Qualen, die er durchlitten haben mußte. »Jenny ist in Wirklichkeit nicht so, Kate. Ich meine nicht nur das Magazin, das ist vermutlich gar nicht so wichtig, obwohl es ihr *nicht* sehr ähnlich sieht. Aber ich meine, unfreundlich zu sein und andere Leute verletzen zu wollen und gemeine Sachen über alle zu sagen.« Er hörte unvermittelt auf. Die Erleichterung, endlich sein Herz ausschütten zu können, hatte ihn so gestärkt, daß er merkte, wie viel er eigentlich über Ella enthüllt hatte. In dem verspäteten Versuch, das zu bemänteln, sagte er mit versuchter Leichtigkeit: »Also, nein, es ist in Wirklichkeit gar nichts, nur daß sie in letzter Zeit irgendwie albern und schwatzhaft geworden sind. Das ist vermutlich normal bei Mädchen. Ich hatte einfach genug von ihnen, und sie haben genug von mir, weil ich genug hatte; wenn du verstehst, was ich meine. Vielleicht hast du es nicht bemerkt, aber wir befinden uns im Moment in einem Zustand des kalten Krieges.«

»Du hast dich etwas chauvinistisch ausgedrückt«, sagte ich, »aber ich muß zugeben, daß sich einige Mädchen, die in die Pubertät kommen, ein bißchen zu viel darauf einbilden, was für begehrenswerte Geschöpfe sie sind. Sie sind ja auch nett, Johnny, aber es kann sehr ermüdend sein. Es ist eine Phase.« (Das arme, überstrapazierte Wort!) »Albern und schwatzhaft zu sein ist anscheinend ein unglücklicher Folgezustand, fürchte ich. Man kann überhaupt nichts dagegen tun. Nur warten, bis es vorbeigeht.«

Jenny hat dich verraten, Johnny, und du hattest geglaubt, das könnte einfach nicht geschehen. Und jetzt mußt du grinsen und so tun, als mache es dir nichts aus. Wenn Ellas Einfluß auf Jenny erst einmal gebrochen war, würde dieser Zustand vorübergehen. Ich war aber traurig, weil ich wußte, daß zwischen den Zwillingen die Dinge nie wieder ganz dieselben sein würden.

Ich wußte, daß Jenny erwartete, ich würde mit ihr über das besonders häßliche Magazin sprechen, aber das tat ich nicht. Einerseits war sie zu alt, andererseits zu jung, als daß ein solches Gespräch irgend etwas hätte nutzen können. Vielleicht war ich aber auch einfach nur feige, und ich argwöhnte inzwischen, daß unsere Mutter und unser Vater Eleanor und mir gegenüber manchmal ebenso feige gewesen waren.

Zu alledem kam noch Tom. Tom, der sich beklagte, es wäre schon schlimm genug gewesen, als Bridie diesem Kerl ständig beim Sortieren der Aufzeichnungen geholfen hätte. Seit er abcr angefangen habe, in gewissen Abständen ein paar Seiten des entstehenden Meisterwerks und einen Teil des Materials, das er bislang ausgegraben hatte, an Bridie weiterzugeben, war die ganze Sache unerträglich geworden.

»Sie liest es mir abends laut vor. Und sie ist beleidigt, wenn ich nicht zuhören will.«

»Oh, Tom!« sagte ich mit ehrlichem Mitgefühl.

Der Colonel stolzierte herein (er tappte nie wie eine normale Katze) und setzte sich direkt vor Tom hin. Er schien immer genau zu wissen, wann er unerwünscht war, und feixte, wenn es ihm gelang, gerade in einem solchen Augenblick dabeizusein.

»Das ist alles schön und gut, aber in erster Linie deine Schuld«, sagte Tom – mein sanfter, herzlicher, liebevoller, brüderlicher Tom! »Sieh dir nur diese Katze an, wie sie dasitzt, als gehöre ihr das Haus. Ich habe dich gewarnt, daß du uns den gesamten Stamm auf den

Hals hetzen würdest, als du diese Frau in das Pförtnerhäuschen einquartiertest. Und so ist es auch gekommen!«

Wie Efeu! Wie gerne hätte ich Tom erzählt, daß wir dieses Kriechgewächs bald mit Stumpf und Stiel ausreißen konnten.

Zehntes Kapitel

Dann jedoch konnte von langsam kriechendem Efeu keine Rede mehr sein, denn plötzlich begann alles lawinenartig über uns zusammenzubrechen, und die Lawine nahm an Größe und Gewicht zu, als sie kam.

Eines Morgens im März rief mich Delia Sheedy an. Sie hätte mir etwas sehr Dringliches und Vertrauliches mitzuteilen. Es wäre besser, wenn ich bitte in der Post vorbeikäme, das würde kein Gerede verursachen. Wenn sie jedoch bei einem Besuch in der Grange gesehen würde . . .

Sie und ihr Mann waren in der Post. Josh begrüßte mich diesmal nicht mit der üblichen Kriecherei. Delia Sheedy führte mich in die gute Stube.

»Es geht um Linda, Miss Wilson.«

Das hatte ich bereits befürchtet, und auch, daß es die alte, alte Geschichte war. Es war zwar nicht ganz so schlimm, aber schlimm genug. Vor vier Tagen war Linda von zu Hause durchgebrannt. Sie hatte einen Brief hinterlassen, in dem sie schrieb, sie würde nach London gehen, um Fotomodell zu werden, sie würde später schreiben, und man solle sich keine Sorgen machen.

»Das ist doch nun wirklich das Dümmste, was sie sagen konnte«, sagte Delia Sheedy tonlos, »denn wir sind natürlich verrückt vor Sorge. Sie hat mitgenommen, was in der Ladenkasse war, aber das reicht höchstens für ein paar Tage, schon gar nicht für die Reise nach London. Noch habe ich die Sache vor allen geheimhalten können, weil ich einfach erzählt habe, Linda sei zu meiner Cousine nach Dublin gefahren, um ein paar Tage Urlaub zu machen. Sogar Ella haben wir an der Nase herumführen können. Sie glaubt, wir hätten Streit gehabt und Linda für ein paar Tage fortgeschickt, damit sich alle erst einmal beruhigen können. Und es ist sogar die Wahrheit, Miss Wilson, Linda ist tatsächlich in Dublin, wir haben es heute herausgefunden. Sie wohnt bei Mr. Simon.«

Vermutlich erwartete man von mir einen Ausruf des Erstaunens oder des Entsetzens. Sicher hätte ich dergleichen von mir geben sollen, aber statt dessen dachte ich dumpf: das ist ja ein schöner Schlamassel.

»Wir haben natürlich ihr Zimmer durchsucht, um etwas zu finden, was uns einen Hinweis auf ihre Absichten geben könnte, aber erst heute morgen fiel uns der Mülleimer im Hof ein. Gerade noch rechtzeitig, bevor die Müllabfuhr kam. Unter dem Abfall war ein zerrissener Brief von Mr. Simon. Wir haben ihn notdürftig geklebt, und da stand, sie solle zu ihm kommen, er würde bald seinen Scheck für die Studiengebühren bekommen, oder aber er könne sein Motorrad und seine Armbanduhr verkaufen.«

Mürrisch und in dieser Situation völlig unangebracht sagte ich: »Müssen Sie von diesem Jungen immer als *Mr.* Simon sprechen?«

»Reine Gewohnheit, Miss Wilson. Josh wollte ja, daß wir sofort hinfahren und sie holen, aber meiner Meinung nach würde das die Sache nur verschlimmern. Wenn sie nicht auf uns hört, Mr. Simon – also gut, Simon, aber wo ist der Unterschied und was macht es aus? –, er jedenfalls steht nach dem, was er geschrieben hat, ganz auf ihrer Seite. Nur Mr. Charles oder Sie haben Einfluß auf Mr. Simon. Ich glaube, Sie werden mir zustimmen, wenn ich sage, daß wir Mr. Charles am besten da raushalten.« Da konnte ich ihr wirklich nur zustimmen. Ich wußte, daß es zum endgültigen Bruch zwischen Vater und Sohn kommen konnte, wenn Charles nach Dublin stürmen würde. »Väter haben keine Geduld«, sagte Delia Sheedy. »Ich mußte jedenfalls ganz schön deutlich werden, um Josh zurückzuhalten. Die Männer würden nur einen Streit vom Zaun brechen, der niemandem guttun und die ganze Sache in die Öffentlichkeit zerren würde, was ganz sicher keiner von uns will.«

Im Gegensatz zu allem, was ich von ihr erwartete, hatte sie bis jetzt niemandem irgendwelche Vorwürfe gemacht. Sie hatte ohne weitere Gefühlsaufwallung gesagt, was gesagt werden mußte. Wie gut, daß ich mich niemals weiter auf das Gebiet der Psychologie vorwagte als bis zu meinen Schulmädchen, die nach Ponys verrückt waren.

»Es tut mir alles sehr leid. Ich kann sofort nach Dublin fahren. Ich bin zwar nicht allzu optimistisch, daß ich etwas erreiche, aber ich will es versuchen.«

»Mr. Simon hält große Stücke auf Sie, und Sie behalten bestimmt einen kühlen Kopf.«

»Da bin ich mir gar nicht so sicher. Simon hat sich scheußlich benommen.« Ich wurde fast so böse auf Delia Sheedy wie auf Simon. »Und warum sagen Sie das nicht frei heraus?« In selbstquälerischer Stimmung hätte ich gerne gehört, wie Simon und alle, die zu ihm gehörten, verflucht wurden. »Haben Sie etwa Angst, mich zu beleidigen? Haben Sie Angst zu sagen, was Sie wirklich von den Barrys denken? Sie waren doch nie besonders unterwürfig.«

»Entschuldigen Sie, aber da kann ich nur lachen. Gott helfe Ihnen, aber unsere Linda könnte Ihren armen Neffen bestimmt um den kleinen Finger wickeln. Glauben Sie etwa, Josh und ich hätten direkt zu Mr. Charles gehen und verlangen sollen, daß sein Sohn eine ehrliche Frau aus unserer Tochter macht? Was glauben Sie wohl, hätte er geantwortet? Er hätte uns ausgelacht, und zu Recht.«

»Hören Sie auf«, sagte ich. »Hören Sie bitte auf, Mrs. Sheedy.«

»Unsere Linda ist ein wildes Mädchen, Miss Wilson. Deshalb haben wir sie ja auch gegen ihren Willen hier festgehalten. Wir wollten nicht, daß sie alleine lebt, bevor sie alt genug ist und genug Vernunft hat, sich nicht mit der Art von Leuten einzulassen, die sie ganz nach unten ziehen würden. Wir wußten ja, daß das hier kein Leben für sie ist. Deshalb wollten wir ja auch mit unserem Anteil am Geld des Geizkragens –«, ihr Mund verzerrte sich, »– es ist wirklich zu komisch! Wir wollten das Geschäft hier verkaufen und nach Dublin ziehen. Dann hätte Linda sich amüsieren können, und wir hätten gleichzeitig doch noch auf sie aufpassen können.« Sie stand auf. »Hat keinen Zweck, darüber zu jammern. Jetzt ist es erst einmal am wichtigsten, diesem Unsinn der jungen Leute ein Ende zu bereiten, bevor alle Welt davon erfährt.«

Ich rief Charles in der Fabrik an und sagte, ich würde nach Dublin fahren, um eine alte Schulfreundin zu treffen, die heute dort zu tun hatte und von London herübergeflogen war. Castlebarry machte mich noch zu einer versierten Lügnerin. Ich mußte mich auf das Autofahren konzentrieren und wurde ruhiger.

Die Tür zu Simons Appartementhaus war nicht abgeschlossen. Die Tür zu seiner Einzimmerwohnung gleich im Parterre stand sogar sperrangelweit offen. Mein erster Blick fiel auf Linda, die sich in einem Sessel räkelte. Bevor ich überhaupt anklopfen konnte, rief sie: »Kommen Sie doch herein, Miss Wilson.« Simon fuhr zusammen und kam auf mich zu. Linda blieb sitzen. Sie trug einen Mantel, als wollte sie gleich ausgehen, ihre Handtasche und ein Koffer standen neben ihrem Sessel. Simon sagte verlegen: »Hallo, Kate.« Er fegte einen Stapel Bücher von dem einzigen anderen Sessel, um Platz für mich zu machen. Spöttisch betrachtete Linda die Szene. »Wenn Simon gewußt hätte, daß Sie kommen, hätte er bestimmt vorher alles weggeräumt, Miss Wilson. Mich eingeschlossen.«

Simon sagte böse: »Ganz schön gemein, so was zu sagen.«

»Na hör mal, du hast schon den ganzen Tag gemeine Sachen zu mir gesagt.«

»Ich versuche ja lediglich, dich zur Vernunft zu bringen, du Dummkopf.«

Vor lauter Zankerei schienen sie meine Anwesenheit ganz zu vergessen. Ich sagte: »Ich bin nicht zufällig vorbeigekommen, Simon. Ich bin gekommen, um Linda nach Hause zu bringen.«

Simon sah mich stirnrunzelnd an. Linda sagte gedehnt: »Und wie sind Sie auf die Idee gekommen, daß ich hier sein könnte, wenn ich mal fragen darf?« Ich erzählte ihr von meinem Besuch in der Post. »Na, als Ausreißerin scheine ich ja nicht sehr talentiert zu sein. Aber wer hätte auch gedacht, daß meine bedauernswerten Eltern in stinkenden Apfelsinenschalen und alten Teeblättern herumschnüffeln würden? Also, Miss Wilson, wenn Sie wieder in Castlebarry sind, können Sie meiner Mutter und meinem Vater wahrheitsgemäß sagen, daß ich in London bin, weil ich es bis dahin nämlich sein werde.«

»Bring sie nach Hause, Kate.«

»Und wie soll sie das wohl anstellen, Mr. Simon Barry, wie soll sie das hinkriegen? Sie können meiner Ma und meinem Pa auch sagen, Miss Wilson, daß ich einen sehr vielversprechenden Job habe.« Sie klapperte schnell mit den Augenlidern. Ihre Wimpern schienen ein wenig feucht zu sein. Mit ganz anderer, beinahe kindlicher Stimme fügte sie hinzu: »Und sagen Sie auch, daß es mir leid tut, es auf diese Weise zu tun. Aber sie haben selber schuld, und wenn sie erst stolz auf mich sein können, werden sie wissen, wie recht ich hatte.«

»Sie will Hosteß im Nachtklub dieser Ratte werden. Das ist der wunderbare Job, von dem diese Idiotin faselt, Kate. Du mußt das einfach verhindern.«

»Diese Ratte, Miss Wilson, ist zufällig Mr. Bernard Lefroy, ein bekannter Impresario.«

»Sagt *er*.«

»Ich arbeite nur vorübergehend im Nachtklub, um mich über Wasser zu halten. Er verschafft mir einen Termin zum Vorsprechen bei der Thames Television.«

»Stell dir bloß vor, daß jemand noch auf diese olle Kamelle reinfällt!«

»Hör endlich auf, Simon, ich hab' genug von dir! Tut mir leid, daß Sie Ihre Reise umsonst gemacht haben, Miss Wilson. War nett, Sie wiederzusehen.« Sie warf einen demonstrativen Blick auf ihre Armbanduhr. »Schade, daß wir so wenig Zeit füreinander haben, aber Bernard will mich jetzt abholen.« Schritte kamen über den Flur. Jemand klopfte an die Tür. »Das ist er, glaube ich.«

»Pünktlich auf die Minute«, sagte ich, stand auf und war vor Linda an der Tür.

Mr. Bernard Lefroy war Mitte Dreißig, er war sehr gepflegt und verströmte Selbstvertrauen. Linda sagte gefühlvoll: »Oh, Bernard!« und ergriff seinen Arm. Er lachte und streichelte ihre Hand. »Hattest wohl schon Angst, du müßtest auf Godot warten, was?« Er hatte einen nordenglischen Akzent. »Tag!« Er nickte kurz mit dem Kopf in meine Richtung, machte eine Pause, als wartete er darauf, vorgestellt zu werden, und machte dann einige Schritte in den Raum hinein, um Lindas Koffer zu holen.

»Alles fertig zur Abreise? Gutes Mädchen.«

Ich schloß die Tür ab und zog den Schlüssel heraus. Wir hatten nämlich keine Zeit, um mit letzter Sicherheit herauszufinden, ob Mr. Lefroy wirklich eine Ratte war oder ob ich Linda um Ruhm und Reichtum brachte. Linda schrie und stürzte sich auf mich. Es gelang mir, Simon den Schlüssel zuzustecken. Daraufhin stürzte sich Linda auf ihn. Er wehrte sie mit einer Hand ab und ließ mit der anderen den Schlüssel in die Hosentasche gleiten. Mr. Lefroy stand da und betrachtete dieses Manöver mit dem allergrößten Erstaunen.

»Was soll das ganze Theater, bitteschön?«

Während sie mit Simon kämpfte und Bernard zu Hilfe rief, verfluchte Linda uns abwechselnd, und zwischendurch gab sie bruchstückhafte Erklärungen für Mr. Lefroy ab, der nachdenklicher geworden war. Als ich hoffen konnte, daß meine Stimme gehört wurde, begann ich: »Sicher wissen Sie nicht, daß dieses Mädchen ausgeris –« Linda schrie mich nieder. Mr. Lefroy sagte scharf: »Halt den Mund, Mädchen. Laß mich hören, was die Frau zu sagen hat. Ich muß nämlich mein Flugzeug erwischen, weißt du.«

»Linda ist von zu Hause weggelaufen. Sie ist noch nicht achtzehn. Ihre Eltern haben mich hergeschickt, damit ich sie zurückhole.«

»Also, hören Sie mal, was soll denn das heißen? Linda ist doch ein großes Mädchen, oder nicht? Die kennt sich aus. Sie hat mit diesem Knaben hier geschlafen. Es geht also keineswegs darum, eine reine Jungfrau vor dem Verderben zu bewahren, oder um dergleichen Schmus.«

Linda ließ von Simon ab. Sie sagte verächtlich: »Ich habe mit vielen geschlafen. Wenn Sie's noch nicht gewußt haben, Miss Samariter, wissen Sie's jetzt. Diese Zicke ist Simons Tante, Bernard. Sie hat überhaupt nichts mit mir zu schaffen. Nur, daß die Familie in unserem Dorf was darstellt, und deshalb glauben sie, sie können sich wer weiß wie aufspielen.«

»Bißchen hinterm Mond da unten bei euch, was, Süße? O. k., wir wollen vernünftig sein, Miss – äh – Wilson. Sicherlich haben Sie ja die besten Absichten, aber ich gebe Ihnen mein Wort, daß es absolut nicht notwendig ist, sich Sorgen um die gute Linda zu machen. Alle jungen Damen in meinen Diensten werden gut versorgt und genauestens kontrolliert. Damit dürfte doch alles zu Ihrer Zufriedenheit geregelt sein, und wir können dieses Drama beenden, wie?« Er streckte die Hand nach dem Schlüssel aus. Simon ignorierte sie. »Hören Sie, Miss Wilson, würden Sie vielleicht Ihrem Neffen erklären, daß ich nicht den ganzen Tag Zeit habe?«

»Das wußte ich nicht«, sagte ich, »aber ich bin froh, es zu hören.«

»So ist das also, wie?« Mr. Lefroy war einer der ganz wenigen, die keine Worte verschwenden, wo sie offensichtlich nutzlos sind. Er schob den unteren Teil des Schiebefensters in die Höhe. »Ist natürlich 'ne schaurige Gegend hier. Aber vermutlich gibt es in diesem gräßlichen Land immer noch so etwas wie eine Polizei. Sie öffnen die Tür da, und zwar presto, presto, Miss Wilson, oder ich ruf' die Polizei. Sie wollen doch nicht in eine unangenehme Szene in der Öffentlichkeit verwickelt werden, wie?«

»O doch«, sagte ich. »Ich bin bereit, überall in der Öffentlichkeit eine unangenehme Szene zu machen. Hier, oder ich komme Ihnen zum Flughafen nach, wenn es sein muß, und mache dort noch eine. Und irgendwie glaube ich, daß Sie die Öffentlichkeit mehr scheuen als ich.«

»Offen gesagt«, sagte Mr. Lefroy, »lege ich großen Wert darauf, ungünstige Publicity zu vermeiden, wenn es nicht ganz und gar unumgänglich ist. Okay, Lady, Sie gewinnen. Ich mache mich also allein auf den Weg zum Flughafen.« Er wich Linda aus, die nach seinem Arm griff. »Halten Sie sie fest, mein Junge. Tut mir leid, Mädchen, aber ich muß einfach dieses Flugzeug kriegen. Am anderen Ende wartet ein Kerl auf mich.« Linda schrie: »Ratte!« Er schüttelte den Kopf. »Du bist ein nettes Mädchen, Süße, aber davon gibt's 'ne Menge.« Ich nahm Simon den Schlüssel ab und öffnete die Tür. Mr. Lefroy schaute mich an und schüttelte noch einmal den Kopf. Leidenschaftslos bemerkte er: »Ihr verdammten Iren!«

»Falsch«, sagte ich. »Ich bin in London geboren und aufgewachsen.«

»Schlechter Umgang verdirbt die Sitten«, sagte Mr. Lefroy mit einem Grinsen. »Das mußte ich vor Urzeiten einmal hundert Mal aufschreiben. Sie wollen wohl nicht als Ersatz mitkommen? Schade. Sie und ich hätten eine nette Zeit miteinander verbracht. Nun denn, auf Wiedersehen, alle miteinander!«

Ich schloß die Tür wieder ab und setzte mich hin, während Linda durch das Zimmer stürmte und wütete. Sie warf einige harte Gegenstände nach Simon, nach mir warf sie lediglich ein Kissen. Sie knallte ein paar unzerbrechliche Dinge zu Boden. Dann setzte sie sich und funkelte uns an.

»Du wirst ja eine furchtbare Ehefrau abgeben«, sagte Simon und rieb sich den Kopf, wo sie ihren einzigen Treffer mit einem Aschenbecher zu verzeichnen hatte.

»Das soll nicht deine Sorge sein.«

»Oh, wer weiß, vielleicht doch. Kate, ich kann dir höchstens ein paar Scheiben kalten Speck und Käse anbieten.«

»Nein danke, Simon. Wir werden unterwegs etwas essen.«

Linda sagte: »Ich werde bei Simon bleiben.«

»Nein, das wirst du nicht«, sagte Simon. »Ich übernehme nicht die Verantwortung für dich, solange du ein solches Spatzenhirn hast, und wenn ich dich auf die Straße setzen muß.«

Linda schlug die Beine übereinander, wippte mit dem einen auf und nieder und betrachtete es selbstgefällig. Lindas Beine waren vollkommen.

»Ich komme schon zurecht auf der Straße, keine Sorge.«

»Höchstwahrscheinlich wirst du zuallererst einmal zusammengeschlagen werden, weil du in einem fremden Revier arbeitest«, sagte ich, »und wie man so hört, ist das Leben auf der Straße nicht besonders beglükkend. Jedenfalls nicht, bis man so weit ist, daß man wählen kann. Du denkst wahrscheinlich, es kann auch nicht schlimmer sein als Castlebarry, und Castlebarry paßt wirklich überhaupt nicht zu dir, so wie ich dich heute kennengelernt habe. Vermutlich können wir uns glücklich schätzen, daß noch alle Fenster im Dorf heil sind.« Sie unterdrückte einen Laut, und mein Optimismus verleitete mich dazu zu glauben, es könnte ein Lachen gewesen sein. Dann funkelte sie uns noch heftiger an als zuvor. »Deine Eltern haben allerdings die Absicht, dir das Leben angenehmer zu gestalten, sobald sie können, und ich verspreche dir, daß sie es tun werden. Ich erzähle dir keine Märchen, es ist eine Tatsache, und deshalb bitte ich dich, nur noch ein klein wenig Geduld zu haben.« Weiter wagte ich nicht zu gehen. »Keiner kann dich zwingen, mit mir nach Hause zu fahren, aber ich hoffe, daß du es tun wirst. Wenn du es nicht tust, wirst du dir alles verderben.« Ich erinnerte mich daran, daß sie Simon einmal einen flüchtigen liebevollen Blick zugeworfen hatte, und riskierte etwas. »Und natürlich wirst du Simon alles verderben, denn wenn diese Geschichte rauskommt, braucht er nicht zu glauben, daß er noch irgend etwas von seinem Vater zu erwarten hat. Ich wage jedoch zu behaupten, daß du dich nicht weiter darum scherst.«

Simon sagte heißspornig: »Zur Hölle damit! Ich kann auf eigenen Füßen stehen.«

»Das könntet ihr bestimmt alle beide, wenn es nötig wäre. Warum aber sollt ihr unnötige Schwierigkeiten haben und gleichzeitig anderen Menschen eine Menge Kummer verursachen?«

Linda stand auf und schlich zur Tür.

»Vermutlich kann ich ebensogut mit Ihnen zurückfahren, aber nur vorübergehend. Wenn ich irgendwelches Geld hätte, würde ich's nicht tun.« Sie drehte sich zu Simon um, der ihren Koffer trug. »Und dich Moralscheißer, dich will ich nie wiedersehen.«

»Ich bin aber immer für dich da. Du bist das aufregendste Mädchen, das ich je gekannt habe.«

»Du!« sagte Linda. »Du bist doch nur zu einem gut, und nicht mal das ist so heiß«, wobei ich glaubte, daß es sich wahrscheinlich um eine ganz und gar nicht gerechtfertigte üble Nachrede handelte.

Während ich mit der grollenden und schweigenden Linda auf dem Beifahrersitz durch die Stadt fuhr, machte ich keinerlei Anstalten, eine Konversation in Gang zu bringen, die sie mit vollem Recht abgelehnt hätte. Ich hielt vor einem guten Hotel in einem Vorort. Mit siebzehn kann eine epikureische Mahlzeit Wunder wirken. Linda meinte verdrossen, daß sie keine Lust habe, essen zu gehen, aber ich blieb fest und behauptete, ich sei am Verhungern. Beim Anblick der Speisekarte konnte sie dann aber ein gesundes Interesse doch nicht verbergen. Ich überließ die Wahl ihr.

Sie bestellte Garnelencocktail, Hummer, junge Ente und Zabaglione. Vermutlich wußte sie nicht, was Zabaglione ist, und war enttäuscht, als es kam, deshalb bestellte ich ihr statt dessen Schokoladenkuchen mit Sahne. Ich gab ihr auch mehrere Gläser Gevrey Chambertin zu trinken und hoffte, daß sie während der Fahrt schläfrig und friedlich wäre.

Der Wein stimmte sie auch wirklich weicher. Beim Kaffee sagte sie abrupt: »Es war ein schönes Essen.

Vielen Dank.« Ein wenig mühsam richtete sie den Blick auf mich. »Sie sind eigentlich gar nicht so, wie ich dachte. Hochnäsig, wissen Sie, so dieser Damentyp. Ich hab' nie verstanden, warum Simon solche Stücke auf Sie hält, aber jetzt ist mir der Grund klar. In Wirklichkeit sind Sie nämlich ganz schön hartgesotten. Wenn 's drauf ankommt, scheren Sie sich nicht die Spur darum, was die anderen von Ihnen denken. Mir geht's genauso. Aber die arme alte Ma und der arme alte Pa sind in diesem Punkt ganz empfindlich. Arme alte Ma, armer alter Pa. Was Sie auch sagen, ich wette, das kleine Biest von Ella hat schon die ganze Geschichte über mich und Simon im Dorf herumgetratscht.« Ich versicherte ihr noch einmal, daß es nicht so war. »Wenn sie's geschafft haben, diese niederträchtige herumspionierende Petze zu täuschen, ist das wirklich ein Wunder. Sie macht andauernd Ärger. Nun, sie mag uns nicht, und wir mögen sie nicht, und alle wissen das. Wenn sie es sich hätten leisten können, hätten sie sie auf ein gutes Internat geschickt, um sie aus dem Weg zu schaffen. Ein wirklich erstklassiges Internat, weil sie nämlich Grips hat, die Ella, das muß man zugeben. Ich meine, ich finde sie abscheulich, aber ich weiß, daß was aus ihr werden könnte, wenn sie die Chance dazu hätte. Na ja, das mit dem Internat ging nicht, und sie hätten sie von Anfang an ins Waisenhaus stecken sollen. Aber sie sind weichherzig, mein Gott! Sie wissen gar nicht, wie weichherzig sie sind.« Sie machte eine Pause. »Ich werde Ihnen sagen, wie weichherzig sie sind, aber Sie müssen mir versprechen, daß Sie es keiner Menschenseele weitersagen.«

Auf keinen Fall wollte ich dank meiner großzügigen Trankopfer irgendwelche Familiengeheimnisse erfahren, und deshalb stand ich auf und sagte, es sei wirklich sehr freundlich von ihren Eltern, Ella ein Zuhause zu geben, und wir hätten eine lange Fahrt vor uns, so daß es besser wäre, jetzt aufzubrechen. Sie hielt mich zurück, indem sie fest nach meiner Hand griff.

»Nein, warten Sie. Hören Sie! Sie müssen knausern und das Geld zusammenkratzen, weil Dad Onkel Sams Schulden abbezahlt. Das ist Ellas Vater, und er war genauso ein Stinktier wie sie. Ein richtiger Halunke, sagt Dad. Es gab da eine schmutzige Geschichte, in die er Dad verwickelt hat, nur daß Dad nicht wußte, daß sie schmutzig war, und er ist sowieso nur klein eingestiegen. Aber es gab 'ne Menge Leute, Rentner und so weiter, die ihre gesamten Ersparnisse dabei verloren haben. Na ja, Onkel Sam war mit seinem Autounfall ja automatisch aus der Sache raus. Dads Name war nirgends verzeichnet, weil Onkel Sam Daddy nämlich genauso reinlegen wollte wie alle anderen, und das war in Wirklichkeit ein Glück für Dad, weil auf diese Art und Weise natürlich verborgen blieb, daß er irgend etwas mit der Sache zu tun hatte. Er hätte keinen einzigen Penny zu geben brauchen, aber seinen eigenen Anteil hat er schon lange bezahlt, und jetzt zahlt er nach und nach zurück, was Onkel Sam diesen armen Leuten abgenommen hat. Wegen der Familienehre.« Sie stierte mich verschwommen an. »Fährt nämlich ganz schön ab auf Familienstolz und dergleichen, dieses Castlebarry. Mit den allmächtigen Barrys und den Sheedys, die nichts sind. Da muß irgend etwas in der Luft liegen.«

Irgendwann hatte ich mich bei diesen weitschweifigen Enthüllungen wieder hingesetzt. Meine Knie fühlten sich an, als ob ich nie wieder auf Füßen würde stehen können.

»Manchmal«, sagte Linda, »wenn ich die kleine Jammersuse meckern höre, daß ihre läppischen fünfhundert Eier auf der Sparkasse liegen, statt daß sie sie als Taschengeld bekommt, muß ich mich schwer beherrschen, daß ich ihr nicht ein Licht aufstecke wegen Onkel Sam. Nur kann man eigentlich nicht mal einem so furchtbaren Kind wie ihr so etwas über den eigenen Vater erzählen, oder?«

»Es gibt Leute, die es tun würden. Komm jetzt mit nach Hause, liebe Linda.«

Kurz nachdem wir losgefahren waren, schlief sie ein und überließ mich meinen eigenen, nicht besonders tröstlichen Gedanken. Ich weckte sie, als wir nach Castlebarry kamen.

»Öhhh!« sagte sie angeekelt. »Sehen Sie sich bloß mal diese Öde an.«

»Es ist ein außergewöhnlich hübsches Dorf. Sollte jemand beobachten, wie ich dich nach Hause bringe, sagst du, ich habe dich im Vorbeifahren an der Bushaltestelle gesehen, angehalten und dich mitgenommen.«

»Das wird man für sehr herablassend halten, Miss Wilson.«

»Lediglich die übliche Herablassung der Edelleute gegenüber den Dorftrampeln, Miss Sheedy.«

Sie lachte ein klares, klingendes Lachen. Es war Musik in meinen Ohren.

»Es macht Spaß, mit Ihnen zu reden. Es ist so eine Art Spiel. Hier kann keiner so reden. Deshalb bin ich ja auch so gerne mit Simon zusammen.« Sie erinnerte sich und setzte wieder ihren finsteren Gesichtsausdruck auf. »Ich meine, bevor ich herausfand, was für ein Scheißkerl er ist.« Wir fuhren vor der Post vor. »Meine Güte, wenn man wieder in diesem Loch ist, kann man kaum glauben, daß es da draußen eine ganze, große Welt gibt, die nur auf einen wartet und sagt: Komm und nimm mich!«

»Laß sie nur noch ein wenig länger warten. Sie läuft nicht weg.«

Charles fragte mich, ob ich einen angenehmen Tag gehabt hätte. Ich sagte, er wäre interessant gewesen, was ja auch stimmte. Ich wünschte, ich hätte ihm sagen können, wie überaus lehrreich dieser Tag gewesen war. Diese Information wäre ihm bestimmt im Halse stekkengeblieben.

Elftes Kapitel

Ein paar Tage später kam Tom um zehn Uhr abends wutentbrannt zur Grange. Bridie Malone und Theophilus Sheedy wollten heiraten. Die Verlobung war noch geheim, aber Bridie hatte schließlich erklären müssen, warum sie nicht mehr mit Tom in einem Bett schlafen konnte, auch wenn sie gewillt war, weiterhin an seinem Tisch zu sitzen, bis er nämlich eine neue Haushälterin gefunden hatte.

»Ich mußte das Haus verlassen, sonst wäre ich auf diesen Kerl losgegangen und hätte ihn umgebracht.« Tom ballte immer wieder seine großen, ungeschickten Fäuste. »Du hast schuld, Charles. Und du auch, Kate.«

Einen Moment lang waren wir einfach sprachlos. Charles kam als erster zu sich.

»Aber Tom, das ist doch einfach lächerlich.«

»Es ist mehr als lächerlich, es ist Ehebruch, und das habe ich ihr auch in aller Deutlichkeit gesagt.«

Ich sagte: »Das Problem ist doch gerade, daß es kein Ehebruch ist, Tom.« Sein Erstaunen und seine Verzweiflung waren herzzerreißend, aber meiner Meinung nach bedeutete die ganze Geschichte einfach, daß sich der getretene Wurm – das heißt Bridie – endlich krümmte. »Ich weiß, daß es gegen Castlebarrys ungeschriebene Gesetze verstößt, aber wenn du Bridie wirklich behalten willst, bleibt dir wahrscheinlich nichts anderes übrig, als sie selber zu heiraten.«

So wild, daß ich aufsprang, brüllte er: »Sie will mich aber nicht haben. Ich glaubte ja auch, daß sie nur darauf hinauswollte, obgleich mir nach all dieser Zeit der Grund schleierhaft war. Ich habe ihr das jedenfalls sofort angeboten. Aber nein. Sie mag diesen ... diesen ...« In meiner Gegenwart nahm er selbst in seiner

Qual davon Abstand, den angemessenen Begriff für Theophilus zu verwenden. Er verzog bitter das Gesicht. »Sie dankte mir und hatte die Frechheit zu sagen, wenn sie mich jetzt noch heiraten würde, würde das nur den Verdacht der Leute bezüglich unserer Beziehung während all dieser Jahre bestätigen, und das könnte sie nie durchstehen, selbst wenn sie zehnmal Mrs. Thomas Barry von Barry Manor wäre.« Er sagte traurig: »Ich hätte sie doch längst geheiratet, wenn ich gewußt hätte, daß auch nur die geringste Gefahr besteht, sie zu verlieren. Ich hätte Castlebarry zum Teufel gejagt! Aber ich glaubte, alles wäre in Ordnung, so wie es war. Gehst du und sprichst mit ihr, Kate? Ich habe die Beherrschung verloren; eine andere Frau kann sie vielleicht eher zur Vernunft bringen.«

Wenn Bridie wirklich lieber Theophilus als Tom haben wollte, war sie natürlich über alle Vernunft hinaus, aber das glaubte ich nicht. Nachdem sie ihn erfolgreich dazu gebracht hatte, der Legalisierung ihrer Verbindung zuzustimmen (daß sie den armen Theophilus für ihre Zwecke benutzt hatte, war unentschuldbar und stimmte ganz und gar nicht mit meiner positiven Einschätzung ihres Charakters überein, aber es bewies, wie verzweifelt sie sich all die Jahre danach gesehnt hatte), bestrafte sie ihn jetzt wahrscheinlich für seine Säumigkeit, indem sie die Unerreichbare spielte. Ich unterbreitete Tom diesen zwar abfälligen, aber tröstlichen Gedankengang, aber er schüttelte traurig den Kopf und bat mich noch einmal, sofort zu Bridie zu gehen. Aus Mitleid mit ihm und in Anbetracht seiner verwirrten Gemütsverfassung willigte ich schließlich ein, ihm den Gefallen zu tun, und machte mich widerwillig auf, einen weiteren unangenehmen Auftrag auszuführen.

Bridie öffnete mir die Tür; wie üblich war sie wie aus dem Ei gepellt. Sie sagte: »Ich fürchte, Mr. Tom ist nicht zu Hause, Miss Wilson.«

»Ich weiß. Er ist in der Grange. Er ist in sehr schlechter Verfassung dort angekommen, Bridie.«

»Oh, ich bin erleichtert, daß er zur Grange gegangen ist. Er ist wie ein Verrückter fortgelaufen. Sind Sie deshalb gekommen?«

»Ja. Und ich hoffe, Sie nehmen es mir nicht übel. Ich wollte mich nicht einmischen, aber Tom bestand darauf, daß ich zu Ihnen ging. Er tat mir so leid, ich konnte es ihm nicht abschlagen.«

»Der arme Mr. Tom. Männer tun sich so schwer, irgendwelche Unannehmlichkeiten zu ertragen, die sie nicht selbst verursacht haben. Vielleicht ist es gut, daß Sie gekommen sind. Er braucht nämlich jemanden, der ihn zur Vernunft bringt.« Sie lächelte ein wenig. »Vermutlich sollen Sie ja bei mir nichts anderes bewirken.«

Ich verhinderte, daß ich in dem düsteren Wohnzimmer höflich kaltgestellt wurde – was mit Sicherheit geschehen wäre –, indem ich schnell an ihr vorbei und in die Küche ging. Die Küche von Barry Manor war groß und altmodisch; an den weißen Wänden hingen bunte, viktorianische Reproduktionen und eine Kuckucksuhr, es gab eine Anrichte aus Kiefer voller Geschirr mit Zwiebelmuster; sie wurde von zwei Porzellanhunden gekrönt. Auf dem Fußboden aus roten Fliesen lagen helle Läufer, und überall blinkten und blitzten Kupfer und Zinn. Die einzige sichtbare Konzession an unsere Zeit war ein verhältnismäßig moderner Herd, zu dessen beiden Seiten wir auf bequemen Stühlen mit Lederpolster saßen. Der Wasserkessel sang, und auf dem riesigen, frisch gescheuerten Tisch stand ein Tablett, das für eine Person mit Teegeschirr, Sandwiches und einer Scheibe von Bridies berühmtem Kirschkuchen gedeckt war.

»Dies ist bei weitem der schönste Raum im ganzen Haus«, sagte ich.

Bridie warf einen wehmütigen Blick auf ihr Reich und sagte: »Ja, es ist hübsch hier.«

»Bridie, ich möchte auch aus eigenem Antrieb mit Ihnen sprechen. Hoffentlich halten Sie mich nicht für unverschämt, das ist nämlich das Allerletzte, was ich im Sinn habe. Ich habe immer großen Respekt für Sie empfunden. Ich sehe Sie als Familienmitglied an, als Charles' Schwägerin.«

»Sie waren immer überaus freundlich, aber das kann nichts an der Tatsache ändern, was ich wirklich bin.«

»Mehrere Paare, die ich kenne, leben ohne Trauschein zusammen, und niemand denkt deswegen schlechter von ihnen. Aber ich sehe natürlich ein, daß das in einem kleinen irischen Dorf anders ist. Ich befürchte, Tom hat nicht verstanden, wie ernst Sie die Sache genommen haben. Jetzt aber will er alles wiedergutmachen, wenn auch verspätet. Könnten Sie denn nicht großzügig sein und ihn nicht länger auf die Folter spannen? Er ist sehr unglücklich, Bridie.«

»Ich weiß nicht, was er Ihnen erzählt hat, Miss Wilson, aber Sie haben alles gründlich mißverstanden.« Sie verlor etwas von ihrer Ruhe. »Ich bin doch kein dummer Backfisch, der einen Mann zum Spaß zappeln läßt. Ich habe nein gesagt, und das habe ich auch so gemeint.«

»Ich mache ihm keinen Vorwurf daraus, daß er das nicht akzeptieren kann, ich kann es nämlich auch nicht. Wie lange haben Sie wie Mann und Frau gelebt? Es müssen doch ungefähr zwanzig Jahre sein. Bestimmt bedeutet Ihnen diese Beziehung doch genausoviel wie Tom?«

»Ich habe Mr. Tom natürlich sehr gern, und ich wünschte, ich müßte mich nicht gegen ihn stellen, aber es ist nun einmal geschehen.«

Völlig entnervt fragte ich: »Was denn? Hatten Sie etwa einen Streit?«

»Ach du liebe Zeit, nein. Mr. Tom und ich streiten

uns nie. Ich meine –« Ihre Augen glänzten, ihre Wangen wurden sehr rosig, sie lächelte verträumt. Verschämt sagte sie: »Ich meine die Sache mit Theophilus.«

Ich sah sie an. Ich sagte verzagt: »Ich habe ja wirklich alles mißverstanden, verzeihen Sie. Es tut mir leid. Ich wußte nicht Bescheid.«

»Ich gebe ja zu, daß es in meinem Alter und nach all dieser Zeit eine Überraschung ist. Es hat mich einfach umgeworfen. Ist Ihnen das schon mal passiert? Nein? Wenn es passiert, dann wissen Sie genau, was es ist. Nichts anderes zählt dann mehr.« Das Wasser kochte. »Darf ich Ihnen eine Tasse Tee anbieten?«

Ich sagte »Nein danke« und zeigte benommen auf das Tablett. »Aber essen Sie doch Ihr Abendbrot.«

»Das ist für Theophilus.« Ihre Stimme wurde weich. Sie wurde immer weich, wenn sie seinen Namen aussprach. »Er weiß noch nicht, daß ich Mr. Tom von uns erzählt habe. Ich wollte ihn nicht stören. Er bleibt oft lange, um zu arbeiten, und ich mache ihm immer einen Imbiß, bevor er zu seiner konfusen Schwester nach Hause geht. Sie taugt nur zum Katzenfüttern. Geistesarbeit kostet einen Menschen viel Kraft, wie Sie ja am besten wissen müssen. Nur vielleicht – Sie werden verzeihen –, daß Theophilus' Arbeit noch ein bißchen anstrengender ist als das Geschichtenschreiben.«

Um Toms willen und auch um Bridies willen unternahm ich einen letzten Versuch.

»Sie waren doch immer so vernünftig, Bridie. Bitte, seien Sie jetzt auch vernünftig. Unternehmen Sie nichts Entscheidendes, bevor Sie sich nicht viel Zeit genommen haben, alles zu überdenken.«

»Möglicherweise halten Sie nicht allzuviel von Theophilus. Die Leute wissen nämlich nicht, wie er wirklich ist. Das weiß nur ich. Er ist ein feiner Mensch, Miss Wilson, er wird sich noch einen Namen machen.« Sie zeigte die ersten Anzeichen von Unbehagen. »Es wäre zu traurig, wenn er bei der Arbeit an seinem Buch unterbrochen würde. Wir wollten schweigen, bis das Buch fertig ist, aber aus einem bestimmten Grund mußte ich Mr. Tom in unser Geheimnis einweihen. Nachdem Theophilus und ich jetzt verlobt sind, kann es doch zwischen Mr. Tom und mir – ach, Sie wissen schon, was ich meine. Theophilus ist natürlich über die Beziehung informiert, aber er ist bereit, zu vergeben und zu vergessen.« Hier kostete es mich einige Anstrengung, mich eines Kommentars zu enthalten. »Weil er so belesen ist, weiß er unendlich viel über die menschliche Seele. Er hat mir von dem *droit de seigneur* erzählt –«

Jetzt konnte mich nichts mehr zurückhalten.

»Aber Bridie, das hat doch nicht das geringste mit Ihnen und Tom zu tun!«

»Nein. Ich mochte Mr. Tom natürlich sehr gern, und ich war auch stolz und es schmeichelte mir, als er mich zur Kenntnis nahm, aber Theophilus hat gesagt –«, sie machte eine Pause, um sich an seine genauen Worte zu erinnern – »er hat gesagt, es falle unter das weitere, allgemeine Konzept dieser Vorstellung.« Sie lächelte ein neues, verträumtes Lächeln. »Ich glaube, das hat mich zuallererst zu Theophilus hingezogen, daß er mich nämlich von Anfang an wie eine Dame behandelt hat.«

Diese Redseligkeit war bei ihr ganz neu, aber verständlich. Es war ihre erste Gelegenheit, den universellen, unwiderstehlichen Drang zu befriedigen, von dem Geliebten zu sprechen. Im Gegensatz dazu mußte ich mein hoffnungsloses Nachhutgefecht für den armen Tom weiterkämpfen, je mehr mir dieser unerträgliche Theophilus angepriesen wurde.

»Es würde mich wirklich erstaunen, wenn Tom Sie je anders behandelt hätte denn als Dame. Aus eigener Erfahrung muß ich sagen, daß Sie jegliche Begrenzung Ihrer Stellung selbst bestimmt haben.«

»Mr. Tom hätte nicht freundlicher zu mir sein können, aber da er selbst nie öffentlich auf mich Anspruch erhoben hat, wollte ich nicht Sie oder irgend jemand anderen diesen Anspruch für mich stellen lassen. Jetzt ist ja alles gut, es ist vorbei und erledigt, denn es gibt keinen Außenstehenden, der berechtigterweise mit dem Finger auf mich zeigen könnte, weil ich etwas anderes bin als die Haushälterin von Barry Manor.« Wieder sah sie ein wenig beunruhigt aus, diesmal war Tom die Ursache. »Ich hoffe, daß Mr. Tom mich hier wohnen läßt, bis ich eine neue Haushälterin in alle Besonderheiten von Barry Manor eingearbeitet habe. Er soll es nicht schlechter haben, wenn ich fortgehe.« Sie überlegte einen Augenblick. »Heute abend war er sehr wütend, aber wenn er mich fortschickt, nur weil ich heiraten will, würde doch das ganze Dorf Bescheid wissen, und unsere Bemühungen um Anstand während all dieser Jahre wären zunichte gemacht. Er sollte mir Zeit geben, ihn anständig zu versorgen, bevor ich gehe.«

»Sie glauben doch bestimmt nicht, daß Tom etwas Kleinliches oder Gemeines tun würde?«

Sie seufzte.

»Gott möge mir vergeben, aber vermutlich denke ich nicht ganz klar. Natürlich weiß ich, daß Mr. Tom geduldig und gut zu mir sein wird, wenn er erst einmal über seinen ersten Zorn hinweg ist.« Sie seufzte noch einmal. »Wenn wir verheiratet sind, werden Theophilus und ich in Castlebarry bleiben müssen, bis er die Chronik beendet hat. Ich hoffe, Mr. Tom macht das nichts aus. Theophilus braucht –«, wieder machte sie eine Pause, um die sakrosankten Worte zu finden – »das Ambiente.« Sie wurde tüchtig und praktisch. »Ich habe alles schon geplant. Wenn wir heiraten, können wir zwei Zimmer bei der Witwe Halpin in der Hauptstraße mieten, und wir haben Theophilus' Gehalt, solange er an der Chronik arbeitet. Dann ziehen wir nach

Dublin. Dort kann Theophilus die Nationalbibliothek benutzen, und ich arbeite als Hausangestellte, um uns zu ernähren, während Theophilus sein Leben der Literatur widmet. Haushaltsgehilfen sind dort sehr gesucht.« Ein solcher Lebensplan konnte Theophilus wohl gefallen! Und die arme, verliebte Bridie würde gnadenlos den Laufpaß bekommen, sollte Theophilus finanziell unabhängig werden, bevor die Verbindung geknüpft war. »Ich werde natürlich nur vorübergehend das Geld für uns verdienen, bis er sich einen Namen gemacht hat. Selbst das behagt ihm überhaupt nicht. Er ist sehr stolz.« Bedauernd sagte sie: »Es wäre schön, wenn ich eine Mitgift hätte. Sie denken bestimmt, ich hätte viel sparen können, aber wie die Dinge lagen, kam ja zwischen Mr. Tom und mir ein Gehalt nicht in Frage. Er hat mir jeweils so viel Geld gegeben, wie ich brauchte, und nichts weiter.« Mit einem belustigten Zucken des Mundes sagte sie: »Man könnte vermutlich sagen, daß es mir in diesem Punkt wirklich wie einer Ehefrau erging. Aber wir fanden es beide besser so. Wenn er mir Lohn gezahlt hätte, wäre es gewesen, als hätte er mich bezahlt für – für das, was ich eben war. Er wollte mich natürlich in seinem Testament absichern.«

Sollte es wirklich dazu kommen, daß sie Theophilus' dreißigtausend Pfund teilte, würde es nicht viel ausmachen, aber um Toms willen sagte ich: »Ich glaube allerdings, daß Tom Ihnen jetzt Ihren Lohn nachträglich zahlen wird.«

Melancholisch sagte sie: »Das sähe Tom ähnlich. Aber Theophilus würde mir nie erlauben, es anzunehmen. Seit wir verlobt sind, erlaubt er mir nicht einmal mehr, einen Pfennig von Mr. Tom für meine persönlichen Belange zu nehmen. Sehen Sie das Tablett da? Alles, was darauf steht, wird von Theophilus' Gehalt bezahlt, sogar das Geschirr hat er gekauft. Er würde dieses Haus auch gar nicht mehr betreten, wenn nicht die Hälfte Mr. Charles gehörte, so daß er das Gefühl haben kann, sich immer gerade in Mr. Charles' Teil aufzuhalten, nicht wahr? Sie machen sich keine Vorstellung davon, wie stolz Theophilus ist. Aber was habe ich bloß für Manieren, so mit Ihnen über ihn zu sprechen; es muß Sie ja krank machen, wo doch natürlicherweise Ihre Gedanken bei Mr. Tom sind.«

»Nicht alle.« Tom tat mir sehr leid. Aber auch Bridie tat mir sehr leid. »Ich hoffe, Sie werden glücklich«, sagte ich und dachte, was für eine verzweifelte Hoffnung das doch war. Sollte sie überhaupt je mit Theophilus vor den Traualtar gelangen.

Der zweifelnde Ton in meiner Stimme mußte ihr aufgefallen sein, denn sie sagte: »Wenn Sie glauben, daß Theophilus wieder seinem alten Laster erliegen könnte, brauchen Sie keine Angst zu haben. Die Gefahr ist gebannt. Er hat seine Bestimmung gefunden.« Ihr Gesicht sagte: Und er hat *mich* gefunden.

Ich konnte es kaum aushalten, sie anzuschauen, diese rundliche Frau in mittleren Jahren, die voller Liebe und Vertrauen war wie ein junges Mädchen. Ihre wachsamen Ohren hörten lange vor mir den ersehnten Schritt, der sich der Hintertür näherte. Ich wollte sie nicht absichtlich kränken, indem ich unvermittelt in demselben Moment abrupt aufbrach, in dem Theophilus eintraf.

Unmöglich konnte er ein noch größerer Scharlatan geworden sein, aber im Kontrast zu dem einfachen, freundlichen Tom wirkte er so. Als Bridie ihm erzählte, daß ihre Verlobung bekannt sei, konnte er eine gewisse Beunruhigung nicht verbergen, aber er bekam seine Gesichtszüge schnell unter Kontrolle, setzte ernsthaften Edelmut auf und ergriff ihre Hand.

»Ich bin froh, daß ich mich endlich offen zu meiner Anverlobten bekennen darf, Miss Wilson. Ich kann mich einen glücklichen Mann nennen, denn nach vielen Wechselfällen und manchem Hindernis, über das ich gestrauchelt bin, habe ich schließlich das Ziel meines Weges erreicht. Ich weiß natürlich, daß man über Familienbande nicht hinwegsehen kann, aber dennoch baue ich darauf, daß Sie ein großes Herz haben und uns Glück wünschen.«

»Ich könnte niemandem etwas anderes wünschen, Mr. Sheedy.«

»Das denke ich mir, und als Schriftstellerkollegin«, sagte Theophilus mit einem erneuten Anflug der ursprünglichen Beunruhigung, »weiß ich, daß Sie alles in Ihrer Macht Stehende tun werden, um sicherzustellen, daß mein Werk an der Chronik nicht zur Unzeit abgebrochen wird. Ja, ja, meine Liebste, ich verstehe voll und ganz, daß die Umstände dich dazu zwangen, Mr. Tom die Wahrheit zu enthüllen. Nicht um alle Chroniken in allen Bibliotheken der Welt hätte ich gewollt, daß du anders gehandelt hättest.«

Ich dachte nicht an seine Chronik von Castlebarry, sondern an die Tausende von Pfund, die auf ihn zukamen, als ich sagte: »Ich bin vollkommen sicher, daß Sie keinerlei Anlaß zur Sorge haben.«

»Ich danke Ihnen. Ich werde darauf achten, daß Mr. Tom mich nie zu Gesicht bekommt, und ich habe auch Verständnis dafür, wenn er seinen Anteil an meinem Gehalt vielleicht nicht mehr zahlen möchte. Ich verlange überhaupt kein Gehalt«, sagte Theophilus leidenschaftlich. »Sollte man mir das Archiv verbieten, verlange ich nur die Erlaubnis, das notwendige Material anderswo hinbringen zu können, um mein Werk zu vollenden. Das zu verbieten, hieße die Menschheit berauben.«

Während sie den Tee zubereitete, sagte Bridie leise zu sich selbst: »Ich verursache mehr Ärger, als ich wert bin.«

»Das ist die erste dumme Bemerkung, die ich dich je habe aussprechen hören«, sagte Theophilus recht scharf. »Du weißt ganz genau, daß ich ohne dich überhaupt nichts erreichen würde.«

Sie wandte sich ihm mit einem so strahlenden Lächeln zu, daß ich um sie hätte weinen mögen. Aber dann bemerkte ich, wie er sie anschaute. Selbst dieser alte Schmierenkomödiant hätte einen solchen Ausdruck voll liebender Zärtlichkeit nicht fingieren können. Dann kamen sie aus ihrer privaten Welt zu mir zurück.

Als ich sie verließ, wußte ich genau, daß ich weder um Bridie noch um Theophilus fürchten mußte. Niemals zuvor in seiner verpfuschten Existenz war Theophilus so uneingeschränkt respektiert, bewundert und angebetet worden. Bridie war der Spiegel, der ihm versicherte, daß die Idealvorstellung, die er von sich hatte, Wirklichkeit war; er würde niemals riskieren, diesen Spiegel zu zerbrechen. Obgleich es höchst unwahrscheinlich war, daß es ihm je gelingen würde, ein Buch zu produzieren, das man veröffentlichen konnte, würde ihn das nicht davon abhalten, fröhlich weiterzumachen. Beide würden sie fest davon überzeugt sein, daß die unvermeidlichen Ablehnungsschreiben allein dem gegenwärtigen falschen Kulturverständnis entsprängen. Theophilus war geradezu dafür prädestiniert, zur Beute von Verlegern zu werden, die seine Eitelkeit ausnutzen würden. Das Bargeld würde im selben Maße schwinden, wie seine auf Selbstkosten gedruckten Bände sich auf dem Bücherregal zu seiner ganz privaten Ehre und zu seinem ganz privaten Ruhm häufen würden. Dort würden sie auf das aufgeklärtere Urteil der Nachwelt harren. Auf jede erdenkliche Weise, selbst indem sie eine kleine heilige Handlung daraus machte, seinen Tee auszuschenken, behandelte Bridie ihn wie einen Gott; mit jeder kleinen Höflichkeit behandelte er sie wie eine Königin. Aber mehr als all mein Theoretisieren zählte, daß jedes ihrer Worte, jede Handlung bewies, daß sie einander von Herzen liebten.

Das sagte ich zu Charles, als ich zur Grange zurückkehrte. Ich sagte, Tom habe verloren und man könne nichts dagegen unternehmen.

Tom hatte seinen Kummer in Cognac ertränkt, und Charles war gerade von oben gekommen, wo er ihn für diese Nacht im Gästezimmer untergebracht hatte. Er betrachtete mich angeekelt.

»Was ist das für ein elender Unsinn! Dieses Paar! Dieser aufgeblasene Ochsenfrosch und diese –«, er brauchte eine Weile, um sich eine passende Beschreibung für Bridie auszudenken – »dieser undankbare mittelalterliche Einfaltspinsel!«

Voller gründlichem Abscheu vor ihm sagte ich: »Wie dem auch sei, ich kann dir wirklich nur versichern, daß sie zusammen nur wenig niedriger denn Engel stehen.«

»Ich nehme an, daß dieses abgedroschene Zitat ein bewußter Versuch ist, mich zu reizen.«

»Ja«, sagte ich. »Deinetwegen bin ich nämlich wie ein Federball hin- und hergeschlagen worden, seit ich in Castlebarry bin.«

»Du selbst hast die Spielregeln festgelegt, erinnere dich doch.« Er sagte nachdenklich: »Ich werde morgen früh mit Tom sprechen. Im Augenblick wird es das Beste sein, wenn er nach Barry Manor zurückkehrt und nach außen hin alles so weiterlaufen läßt wie bisher. Außer uns und dem betroffenen Paar braucht niemand Bescheid zu wissen. Es wird nicht leicht für Tom sein, aber es würde niemandem irgend etwas nützen, käme die Affäre wegen irgendeiner Kurzschlußhandlung an die Öffentlichkeit. Wenn die beiden immer noch an ihrer Absicht festhalten, kann man es ja später so hinstellen, als hätten Bridie und Tom sich mit der Zeit auseinandergelebt.«

»Wie ein Winkeladvokat gesprochen«, sagte ich, »oder ein Barry. Ich habe mir übrigens schon gedacht, daß es so beschlossen werden würde. Castlebarry darf doch auf keinen Fall erfahren, daß ein Sheedy einem Barry die Frau wegschnappen kann, stimmt's? Aber ein Sheedy kann natürlich die abgelegte Braut eines Barry übernehmen. Wolltest du das nicht mit deinem letzten Satz sagen?«

Er schaute mich aus zusammengekniffenen Augen an.

»Nein, das bist du nicht. Das klingt nicht nach dir, Kate.«

»In der letzten Zeit überrasche ich mich manchmal selbst.« Er griff nach der Cognacflasche, die er mit Tom bearbeitet hatte, und goß mir ein. Ich konnte es brauchen. Ich wollte nicht immerzu an den armen Tom dort oben denken müssen. Es gab eine Pause, in der niemand sprach. Charles schien tief in Gedanken versunken. Ich trank in relativ kurzer Zeit eine ganze Menge Cognac. Auch ich mußte nachdenken und wollte meine trüben Gedanken verscheuchen. Es gab nämlich zu viel, woran ich denken mußte, und zu viele. Zu viele.

Charles tauchte aus seiner Versunkenheit auf, und was immer er gedacht haben mochte, es hatte ihn jedenfalls nicht so deprimiert, wie meine Überlegungen mich deprimierten. Er stellte mein Glas außer Reichweite und fragte: »Dein Alkoholkonsum ist rein medizinisch, nehme ich an?«

»Wie aller Cognac, der heute Nacht in diesem Haus schon getrunken wurde.«

»Das stimmt. Diese Sheedys sind eine Art sich ausbreitender Fäulnis, und es gibt keinen unter uns, der nicht davon betroffen ist. Ich habe alles durchgerechnet und festgestellt, daß es machbar ist, sie jetzt auszuzahlen. Eine etwas längere Frist würde alles viel einfacher machen, aber nach Lage der Dinge kann die Fabrik es jetzt schon verkraften, selbst wenn man berücksichtigt, daß man Zinsen für das Kapital von uns erwartet. Wir werden uns also ohne weitere Verzögerung von den Sheedys befreien.«

Es gab ja so viel, was mich in London erwartete! Das Theater, Ausstellungen, neue Bücher in Läden und Bibliotheken, interessante und geistreiche Menschen, Unterhaltungen einer Art, wie ich sie hier nicht bekommen konnte, vielleicht ein neuer Mann. Oh, solche endlosen Genüsse, daß ich weder Zeit noch Lust haben würde, an Castlebarry zu denken. Und sollte ich anfangs noch – vielleicht in den stillen Stunden der Nacht – ein sentimentales Heimweh empfinden, so würde die Sache mit ein paar Schlaftabletten erledigt werden.

»Etwa eine Woche, um die finanziellen Details zu regeln, Kate, und dann, auf geht's! Dann zaubere ich das Kaninchen aus -- ja, woraus zaubere ich es eigentlich hervor? Nun, vielleicht wird eine lockere Diele im Fußboden meine Aufmerksamkeit erregen. Aber das ist letzten Endes eine unbedeutende Einzelheit.« Meine Hand lag schlaff auf dem Tisch. Er legte seine darauf. »Wir machen einen neuen Anfang, wollen wir?«

Castlebarry wäre gerettet, und die Sheedys hätten ihr Recht. Wenn die Zwillinge im September ins Internat gingen, war ich hier nicht mehr nötig. Ich hatte das Versprechen gehalten, das ich Eleanor gegeben hatte. Ich würde frei wie ein Vogel sein. Ich antwortete: »Ja«, weil es ja wirklich ebenso ein neuer Anfang war wie ein Ende.

Zwölftes Kapitel

Das große Finale, wie Charles es bitter nannte, sollte stattfinden, nachdem wir von einem Essen der Handelskammer in Cork zurückkehrten, aber alles verlief ganz anders als erwartet. Unvermittelt erwartete uns ein neuerlicher Schock.

Dieses Essen war eine sehr wichtige Angelegenheit. Charles war dazu eingeladen worden, einen Toast auf den Ehrengast auszubringen, den Finanzminister. Vermutlich war es das letzte Mal, daß wir zusammen ausgingen, bevor die Grange von den Sheedys befreit werden würde – und von mir. Vor dem Mittagessen versuchte ich, ein wenig an meinem Buch zu arbeiten. Es gelang mir, eine Seite zu füllen, und dann zerriß ich sie. Miss Sheedy huschte draußen herum und rief halblaut nach irgendeiner Katze. Ich würde besser mit dem Buch vorankommen, wenn ich erst einmal von allen Ablenkungen in Castlebarry fort war.

Charles kam früh aus der Fabrik nach Hause, und wir zogen uns um. Als ich in die Halle hinunterkam, stand er schon an der offenen Haustür. Miss Sheedy sammelte gerade den Colonel von der Eichenkommode, um ihm seine Nachmittagsmilch zu geben, Mrs. Bates legte den Telefonhörer auf. Aufgeregt wandte sie sich zu mir.

»Das war eine Nachricht von der Post in Ballyporeen; sie sagen, daß es meiner Mutter wieder einmal schlecht geht und daß sie nach mir fragt. Angeblich besteht keine Gefahr mehr, aber sie ist natürlich alt und wird leicht nervös, und ich fürchte, ich werde hinfahren müssen. Es ist nicht gerade der passendste Moment, aber Sie brechen jetzt auf, und ich bleibe hier, bis ich jemand Verläßlichen gefunden habe, der mich vertreten kann, bis Sie zurückkommen.«

Miss Sheedy sagte eifrig: »Ich wäre entzückt, wenn ich Ihnen aus der Verlegenheit helfen könnte.« Ich wollte Mrs. Bates und Charles nicht aufhalten, und es war sowieso sehr spät, aber selbst wenn ich alle Zeit der Welt gehabt hätte, um einen neuen Babysitter zu finden, war das jetzt unmöglich, ohne Miss Sheedy direkt zu beleidigen. Mrs. Bates sah mich zweifelnd an, aber ich wußte, daß sie genauso dachte wie ich.

»Und wenn es Sie beruhigen würde, Miss Wilson, Theophilus kann jeweils zur vollen Stunde einen Rundgang auf dem Gelände machen.«

Hier wechselten Mrs. Bates und ich einen zweiten Blick, der an Verzweiflung grenzte. Ich hörte ein ersticktes Kichern und sah, daß Jenny und Ella an der Treppe standen und miteinander flüsterten.

»Das ist absolut nicht notwendig«, sagte ich. »Wir lassen nur das Haus nachts nicht gern ohne einen Erwachsenen zurück.«

Es blieb mir nichts anderes übrig, als Miss Sheedys Angebot anzunehmen. Mrs. Bates ging also ihren Mantel holen, Miss Sheedy trottete mit dem Colonel in Richtung Tor, während Charles beim Wagen schäumte und funkelte, aber trotz des Zeitdrucks verweilte ich, um die Mädchen davor zu warnen, Miss Sheedy irgendwelchen Ärger zu machen.

»Wenn ihr das tut, werde ich daraus schließen müssen, daß ihr einen schlechten Einfluß aufeinander habt und getrennt werden müßt.«

Eine schwache Drohung, schwächer noch, als sie wissen konnten, weil der Sheedy-Spuk ja sowieso bald vorüber war. Es war jedoch alles, was mir so auf die Schnelle einfiel. Ella sah wie ein Frettchen aus, das Angst hat, anzugreifen. Wieder einmal wünschte ich leidenschaftlich, Charles würde ihr keine dreißigtausend Pfund schulden. Jenny sagte verdrossen: »Wer braucht denn mit fast dreizehn noch einen Babysitter, um Gottes willen? Wenn überhaupt, kann Miss Sheedy einen gebrauchen, nicht wir.« Ella gab ihr einen heimlichen Stoß. Jennys mürrisches Gesicht verwandelte sich augenblicklich unter dem gewinnenden Lächeln der Barrys. In einem atemlosen Redeschwall sagte sie: »Oh, Kate, du weißt doch, daß kaum je Kinder aus dem Dorf auf dem Gelände der Grange waren, und gerade habe ich ein paar getroffen, als wir aus dem Bus stiegen. Sie sind mächtig neugierig, ich meine, all die Geschichten um das Haus des Geizkragens und so. Ich sagte, sie könnten ja heute vorbeikommen und sich umschauen. Sagst du bitte Miss Sheedy, daß es in Ordnung ist, wenn sie kommen?« Sie lachte ein gewinnendes Lachen. »Also, ich weiß, daß ich deswegen nicht um Erlaubnis fragen muß, aber Miss Sheedy ist so altmodisch und übergewissenhaft und stellt sich vielleicht vor, daß wir deine Abwesenheit irgendwie ausnutzen.« Mit dem Anschein umwerfender Tugendhaftigkeit fügte sie hinzu: »Ich möchte nicht, daß sie sich Sorgen macht.«

Grimmig sagte ich: »Ich möchte euch auch raten, daß sie sich keine zu machen braucht« und eilte zum Wagen, wo Charles ärgerlich den Motor auf Touren brachte.

»Du scheinst vergessen zu haben, daß ich einen wichtigen Termin habe, Kate.«

»Wie könnte ich das wohl vergessen?« Ich war es gewesen, der er seine Rede probeweise vorgetragen hatte. »Mein lieber Mann, ich könnte sogar ohne Notizen für dich einspringen. Halt!« schrie ich, als wir auf Miss Sheedys Höhe beim Tor waren, aber Charles verlangsamte sein Tempo nur gerade so weit, daß ich ihr zurufen konnte, Jenny würde einige Kinder zu Besuch bekommen.

»Daß wir es doch noch geschafft haben, loszukommen«, sagte er heftig. »Selbst die einfachsten, alltäglichsten Handlungen werden durch Sheedys kompliziert. Unser Haus wieder für uns alleine zu haben, wird sein, wie aus dem Nebel zu kommen. Nein, das ist viel zu harmlos. Wie aus einem Minenfeld.«

»Du kannst dich doch immer mit dem Anblick deines wohlhabenden, hübschen, friedlichen Dorfes trösten.«

»Das tu ich auch. Wenn wir uns den ganzen Weg über streiten wollen, wäre es vielleicht besser gewesen, du wärst zu Hause geblieben.«

»Und hätte ein teures neues Kleid verschwendet? Nebenbei, nicht den ganzen Weg über. Ich muß doch dafür sorgen, daß du einigermaßen ruhig bist, wenn wir ankommen.«

»Du könntest gleich damit anfangen. Übrigens, dein Kleid gefällt mir.«

»Danke. Und du hast deinen Schlips besonders hübsch gebunden.«

»Würdest du sagen, daß wir im ganzen ein vornehm aussehendes Paar sind?«

»Lediglich korrekt gekleidet.«

Charles und ich hatten öfter mal solche idiotischen Wortgeplänkel, zu denen wir mit der allergrößten Leichtigkeit aus ernsthaften Unterhaltungen überwechseln konnten. Das Sprechen zwischen uns war mühelos, es schien, als hätten wir nie genug Zeit für alles, was wir zu sagen hatten, und niemals mußten wir uns unsere Worte vorher überlegen, aus Angst, dumm zu klingen. Es machte nichts aus, wenn wir dumm klangen. Es war eine erholsame Gemeinschaft. Das heißt, sie war es gewesen, bevor ich entdeckt hatte, daß er nicht der Mann war, für den ich ihn gehalten hatte, sondern einer, der kaltblütig und kriminell unehrlich sein konnte. Ich versuchte, diese und andere deprimierende Überlegungen zu verscheuchen, und unternahm einen meiner entschlossenen Versuche, in der Gegenwart zu leben. Bald würde sie Vergangenheit sein.

Nachdem Charles seine Rede gehalten hatte und alles wunderbar gelaufen war, konnte ich mich entspannen. Es war ein schönes Fest, das Essen und die Weine waren gut, und es gab keine Fachsimpeleien, wie ich befürchtet hatte.

»Das war ja munterer, als ich gehofft hatte«, meinte Charles auf dem Heimweg, »aber ich hatte sowieso keine Gewissensbisse, dich mitzunehmen. Ich wußte, daß wir uns auf jeden Fall amüsieren würden. Wir beide amüsieren uns immer, selbst wenn wir uns nur hinterher über die Veranstaltung lustig machen.«

Ungefähr gegen zwei Uhr in der Frühe kamen wir in Castlebarry an, und es bedeutete, daß unsere letzte gemeinsame Unternehmung vorüber war. In einem wolkenlosen Himmel hing ein voller Mond, und unter ihm sah das stille, schlafende Dorf wie in Pech und Silber geätzt aus. Ich wünschte, die letzten Tage, die mir noch in der Grange blieben, wären voll von Verabredungen. Es hätte mir gefallen, in einem Autokonvoi über Land zu sausen, die ganze Nacht mit Unmengen anderer Leute zu trinken, zu tanzen und zu reden, um jeden Moment anzufüllen und nicht nachdenken zu müssen.

»Nächste Woche können wir dann endlich ein Schutzgitter in den Boden einbauen lassen«, sagte Charles, als er ausstieg, um das Tor zu öffnen, und mir ein Zeichen machte, daß ich durchfahren sollte. »Ein Segen unter vielen anderen.« Er setzte sich auf den Beifahrersitz, und als eine Katze auf das unbeleuchtete Pförtnerhäuschen zuschoß, bemerkte er: »Und fortan werden die Grange und ihr Grund und Boden zu einem strikten Heiligtum für Mäuse werden.«

Als ich die Kurve der Auffahrt umrundete und die Grange in Sicht kam, klammerten sich meine Hände vor Schreck so krampfhaft an das Lenkrad, daß die Scheinwerfer heftig über die starrenden, glaslosen Fenster im Parterre und den verschmutzten, von Reifenspuren aufgeweichten Boden schlingerten. Der erstikkende Geruch von Rauch und von nassem, verkohltem Holz griff Nase und Kehle an, als ich den Mercedes in einer Schleuderbewegung neben Toms Wagen zum Stehen brachte. Dieser rannte uns schon aus dem Haus entgegen, als wir ausstiegen, und rief uns zu: »Den Zwillingen geht es gut, alles ist in Ordnung. Es ist nicht so schlimm, wie es aussieht; es sind nur die beiden vorderen Zimmer und die Halle. Wir haben nicht in Cork angerufen, weil wirklich keinerlei Veranlassung dazu bestand, euch einen unnötigen Schrecken einzujagen.« Er stellte sich vor uns hin und versperrte uns den Weg. »Bevor du hereingehst, möchte ich dich bitten, nicht allzu streng mit den Zwillingen umzugehen, Charles. Sie sind nämlich schon gestraft genug. Denk daran, daß wir in ihrem Alter auch keine Engel waren.«

»Nein, vielleicht keine Engel. Aber vor Brandstiftung machten wir gerade noch eben halt, wenn du mir zu eröffnen versuchst, daß all dies ihr Werk ist.«

»Nicht direkt, aber sie haben eine Party gegeben. Sieh der Sache ins Gesicht! Miss Sheedy war nicht unbedingt die geeignetste Person, um die Verantwortung für das Haus zu übernehmen.«

»Nein«, sagte Charles, in den Leben kam und der mich anfunkelte. »Ich nehme an, wir dürfen uns glücklich schätzen, daß es ihr nicht gelungen ist, das Haus vollkommen niederzubrennen. Ich werde diesem Durcheinander sofort ein Ende machen, Kate. Gleich morgen, fast ist es schon zu spät. Ach, geh mir doch aus dem Weg, Tom! Vermutlich werde ich mich ja beherrschen können und von dem Mord an meinen eigenen Kindern gerade noch Abstand nehmen.«

Er stürmte mit einem Gesichtsausdruck ins Haus, der an seiner letzten Aussage gewisse Zweifel aufkommen ließ. Ich eilte ihm nach. Die Zwillinge konnten alles vertragen, was er ihnen geben würde – und nach meiner Einschätzung der Lage würde er niemanden verschonen! –, aber bei der armen, unglücklichen Miss Sheedy lag die Sache natürlich anders.

»Ein großes Unglück«, sagte Tom, der hinter mir ging, »aber ich denke, wir sollten dankbar sein, daß es nicht schlimmer gekommen ist. Ich fürchte, die Frau hat einige leichte Verbrennungen, Kate, und die kleine Sheedy auch.« Ich drehte mich so unvermittelt um, daß wir zusammenstießen. »Also, Kate, du brauchst nicht so zu gucken. Dr. Healy hat die beiden mitgenommen und versorgt, und er hat mir versichert, daß wirklich gar kein Grund zur Beunruhigung besteht. Das Kind wird nicht einmal Narben davontragen.«

Die Elektrizität funktionierte nicht mehr. Eine Kerze beleuchtete die Halle, die schmutzig und triefend naß war. Auch was man vom Wohnzimmer und vom Eßzimmer sehen konnte, bot ein Bild der Verwüstung. Im Arbeitszimmer stand eine kleine Öllampe. Bridie Malone war da, stand schützend über den Zwillingen, als Charles auf diese losstürmte. Sie saßen nebeneinander. Johnny hielt den Colonel fest an sich gepreßt.

Charles schrie: »Laß die verdammte Katze runter!«

»Nee. Gehört mir.« Johnnys Stimme war heiser und er sprach undeutlich lallend. »Die Katzen gehören alle mir, wenn'se stirbt. Hat'se gesagt.«

Bridie sagte böse: »Hör doch endlich mit diesem Unsinn auf. Ich habe dir doch schon so oft gesagt, daß Miss Sheedy ganz bestimmt nicht sterben wird.«

»Un' ich, ich hab' dir gesagt, sie stirbt doch. Weil sie's nämlich will. Hat'se selber gesagt. Wegen dem, was Ella gesagt hat, das gemeine Biest.« Johnny begann, laut zu schluchzen. »Hat Miss Sheedy erzählt, daß sie nur aus Mildtätigkeit im Pförtnerhaus wohnen darf, daß wir sie gar nich hier haben wolln. Daß wir ihre Katzen verabscheuen und am liebsten 'nen Bodenrost hätten, damit sie nich immerzu dieses blöde Tor auf- und zumacht. Nur, daß wir nich wissen, wie wir sie loswerden solln. Und alle wissen das, nur sie nicht; und das ganze Dorf macht sich über sie lustig. Und über uns auch, weil wir sie auf'm Hals haben.« Jetzt begann auch Jenny, laut zu schluchzen. »Ella ist ein dreckiges, gemeines Biest, stimmt's, Jenny?«

Selbst Charles war beim Anblick der Zwillinge einfach sprachlos geworden. Ihre Gesichter wirkten teigig und verschwitzt, die blutunterlaufenen Augen saßen tief in angeschwollenen Höhlen, sie schaukelten und schwankten und flennten, wobei sie ziellos mit dem Handrücken über ihre laufenden Nasen wischten. Ich hätte nie geglaubt, daß es irgend etwas so Schreckliches geben konnte, was die tapferen, zähen Zwillinge in solche schniefenden Wechselbälger verwandelte. Es war gräßlich. Ich schaute von ihnen weg und sagte: »Laß sie in Ruhe, Charles. Siehst du nicht, daß sie unter Schockeinwirkung stehen?«

Charles stieß ein häßliches Lachen aus.

»Sie sind betrunken.«

»Nun ja, ich fürchte, das sind sie, Kate«, sagte Tom unglücklich.

Bridie sah Charles trotzig ins Gesicht.

»Und wenn das so ist, Mr. Charles, ein Grund mehr, daß sie sofort zu Bett gehen und zur Ruhe kommen.«

In seinem sanftesten, allergefährlichsten Tonfall sagte Charles: »Jenny und Johnny werden hierbleiben, bis ich die ganze Geschichte von ihnen erfahren habe.«

Es gelang uns schließlich, aus den unzusammenhängenden Erzählungen der Zwillinge den groben Verlauf des Geschehens zu erschließen. Anscheinend hatten Jenny und Ella schon lange geplant, eine gemeinsame Teenager-Party zu geben, sobald sie das Haus einmal für sich allein hatten. Die hauptsächlichste Motivation dafür war, Ellas Verleumdern unwiderruflich zu beweisen, in welcher Achtung sie bei den Barrys stand. Als Ella gehört hatte, daß ihre Tante Maisie das Haus beaufsichtigen würde – eine Person, die man einfach ignorieren konnte –, hatte sie die glänzende Gelegenheit beim Schopf ergriffen. Sie hatte Jenny den Weg gewiesen, mich hinters Licht zu führen, und ihr auch gezeigt, wie sie mich dazu bringen konnte, Miss Sheedy hinters Licht zu führen. Denn es handelte sich durchaus nicht darum, daß die Dorfkinder endlich einmal Gelegenheit hatten, das geheimnisvolle Haus des Geizkragens zu besichtigen. Sobald Charles und ich außer Sichtweite waren, gingen die beiden Mädchen los und verteilten Einladungen zu ihrer Party. Es gab nicht eine einzige Absage. Natürlich nicht, hatte Ella vermerkt, nicht, wenn in der Grange eine Party gegeben wurde.

Sie gaben sich große Mühe, in aller Schnelligkeit den passenden Rahmen zu schaffen: in den beiden vorderen Zimmern gab es nur Kerzenlicht, und alle im Haus verfügbaren Kissen wurden auf dem Boden verteilt. Zwei Gäste brachten die Gitarren ihrer älteren Brüder mit, und Ella und Jenny schleppten Simons Hi-Fi-Gerät aus seinem Zimmer nach unten. Schalen mit Kartoffelchips, Erdnüssen, Oliven und Sardinen und ein reichlicher Vorrat an Limonade, Coca Cola und einigen großen Flaschen Apfelmost standen bereit. Johnny war natürlich ein wenig überrascht gewesen über die unvermittelt improvisierte Party, und Miss Sheedy ebenfalls, aber beide glaubten, ich hätte meine Zustimmung zu dem Ganzen gegeben.

Ella und Jenny empfingen die Gäste als gemeinsame Gastgeberinnen. Das mußte süße Rache für Ella gewesen sein, denn aus der großen Masse ihrer Feinde hatten nur die am meisten gehaßten Einladungen erhalten, um sie gebührend zu beeindrucken; die anderen waren ausgelassen worden und konnten darüber brüten, warum man sie wohl geschnitten hatte.

Für die Dorfkinder war es ein ganz neuer Typ Party, und Jenny sagte, sie wären auch zunächst ein wenig schwerfällig gewesen, dann aber hatten das schummerige Licht, das Lagern auf dem Fußboden, die Stereo-Anlage, die auf vollen Touren lief, und die Gitarrenmusik das ihre getan.

»Es war eine so schöne Party«, jammerte Jenny. »Wir haben nichts Unrechtes getan. Ich meine, kein Rauschgift oder so. Wo hätten wir es auch herbekommen sollen? Und kein *echter* Sex. Es ist auch nichts kaputtgegangen, nur ein paar Gläser sind umgekippt. Wir hätten am Schluß alles wieder bestens in Ordnung gebracht.« Wie ein Wolf in der Falle heulte sie laut auf.

Miss Sheedy hatte sich anscheinend Sorgen um die Kerzen gemacht, die in geschmolzenem Wachs auf Untertassen standen, einige sogar auf dem Fußboden, aber Johnny hatte ihr versichert, daß er wie ein Luchs aufpassen wolle, daß kein Wachs auf die Teppiche tropfen würde. An dieser Stelle heulte auch Johnny laut auf. Ich glaubte, die Leiden der Zwillinge nicht länger aushalten zu können, und sah Charles flehentlich an, aber dieser blieb hart.

Und dann geriet die Party aus den Fugen. Alles in allem waren zwanzig Kinder da gewesen, und auf so viele verteilt konnte der Most eigentlich kaum Wirkung zeigen. Johnny zufolge hatte ein Junge jedoch eine Flasche ganz für sich alleine geleert und dann im Barfach im Eßzimmer den Peach Brandy entdeckt. Natürlich hatte er Appetit auf etwas dermaßen Leckeres bekommen.

Von der Peach-Brandy-Flasche blieb nichts übrig, so daß diejenigen, die nichts davon abbekommen hatten, Gin und Wodka probierten. Er schmeckte ihnen gräßlich, aber Jenny erklärte, solche Getränke müsse man mit Limonade oder Cola mischen.

»Eigentlich wollten wir wirklich nur ein Schlückchen probieren.« Jenny gab lediglich eine Tatsache wieder, sie war weit davon entfernt, sich etwa entschuldigen zu wollen. »Nur so aus Spaß. Es sollte doch eine Party mit – mit Klasse werden.«

Johnny sagte: »Wir haben alles durchprobiert. War 'ne Menge da.«

Sie erinnerten sich nicht mehr ganz genau daran, was dann passierte, bis sie bemerkten, daß Miss Sheedy unter ihnen umherlief, das Licht anmachte und versuchte, die Kerzen auszublasen, wobei sie rief, jetzt sei es aber wirklich spät und alle müßten nach Hause gehen. Die Gäste ignorierten sie, machten das Licht wieder aus, lachten und sangen, und einigen wurde schlecht.

»Und dann«, sagte Johnny mit einer völlig leblosen Stimme, wobei er offensichtlich auch gar nicht uns sah, sondern die Szene vor Augen hatte, von der er sprach, »dann hackte Ella auf ihre Tante ein und fragte, wie sie es wagen könne, uns herumzukommandieren. Ella lachte und lachte und hörte gar nicht wieder auf. Sie sagte all das, weswegen Miss Sheedy sterben will. Miss Sheedy sah aus, als wollte sie auf der Stelle sterben. Sie klammerte sich an einen Vorhang, der am Saum an einer Kerze Feuer fing. Sie versuchte, es zu löschen, und zog am Vorhang, aber das Feuer flammte auf und der Vorhang kam ganz herunter. Er fiel auf sie drauf, und alles brannte, auch Miss Sheedy. Genau wie diese Leute, die sich selbst für die Freiheit oder irgendwas sonst verbrennen. Wir guckten alle nur zu, irgendwie war es gar nicht wirklich.« Man sah Johnny jedoch an, wie schrecklich real die Szene für ihn im Rückblick geworden war. »Nur Ella reagierte. Sie sprang auf Miss Sheedy zu und riß sie zu Boden und legte sich mit dem

Kaminvorleger auf sie drauf.« Er senkte den Kopf und weinte in das Fell des Colonel hinein. »Der Colonel müßte an ihrem Totenbett sein.«

Der Colonel zischte und befreite sich kratzend aus Johnnys Umarmung. Tom räusperte sich.

»Und dann hat Johnny sich erfreulich vernünftig benommen, Charles. Miss Sheedy war ohnmächtig geworden, und er bat – ähem – also, er bat im Pförtnerhaus um Hilfe, damit sie aus dem Haus geschafft werden konnte. Als alle das Haus verließen, blieb er zurück und rief die Feuerwehr und mich an. Gerade noch rechtzeitig, bevor die Leitungen versagten. Nur Johnnys Geistesgegenwart ist es zu danken, daß die Feuerwehr rechtzeitig hier eintraf und verhindern konnte, daß das ganze Haus wie Zunder hochging.«

»Ein zweites Casabianca«, sagte Charles giftig.

Bridie sagte ruhig zu mir: »Theophilus hat Maisie im Krankenwagen begleitet. Das arme Ding war ein wenig verloren.«

Johnny stöhnte auf. Jenny sagte: »Ich muß mich übergeben«, und das tat sie.

»Wenn deine sadistischen Instinkte für den Augenblick ausreichend befriedigt sind, Charles«, sagte ich, »erlaubst du den Kindern vielleicht jetzt, zu Bett zu gehen.«

Er sagte müde: »Ja. In Ordnung, Kinder, lauft. Die Grillparty ist vorbei, schlaft also gut – wenn ihr könnt.« Und endlich ließ er eine Spur Mitleid aufscheinen; selbst das härteste Herz hätte es diesen beiden nassen und schmutzigen Übeltätern nicht versagen können. »Ich warne euch: ihr werdet einen fürchterlichen Kater haben, wenn ihr morgen aufwacht.«

Die Zwillinge kamen wacklig auf die Beine. Bridie stützte sie und brachte sie zur Tür. Dort blieb Jenny stehen.

»Johnny kann überhaupt nichts dafür. Es war alles meine Schuld.«

»Jenny, du weißt, daß die Hälfte der Schuld bei mir liegt. Du hast doch selbst gesagt, wie toll ich euch geholfen habe, die Sache in Schwung zu bringen. Es war keine schlechte Party, fast eine Orgie, echt gut.« Johnny stolperte beinahe über den Colonel, der wie üblich im Weg lag, und die Trauer überkam ihn wieder. »Dieses verfluchte, dreckige –«

»Ella hat Miss Sheedy das Leben gerettet, Johnny. Ella ist eine Heldin.«

»Ja«, gab Johnny widerstrebend zu. »Das ist sie. Es ist komisch.«

»Ihr braucht euch keine Sorgen um Miss Sheedy zu machen«, sagte ich. »Ich werde sofort ins Krankenhaus fahren und ihr sagen, wie sehr wir alle darauf warten, daß sie schnell ins Pförtnerhaus zurückkehrt. Sie ist viel zu rücksichtsvoll, als daß sie uns durch ihren Tod enttäuschen würde, wenn sie das einmal weiß.«

Johnny gab ein komisches kleines Lachen von sich, das zu einem Schluckauf wurde, und sagte: »Du bist ein Segen, Kate.« Bridie expedierte die beiden hinaus, bevor Jenny sich noch einmal übergeben konnte.

»Wie gut, Kate«, sagte Tom. »Dir scheint es gelungen zu sein, dem armen Jungen das Herz etwas zu erleichtern.«

»Mein eigenes muß auch erleichtert werden. Diese arme Frau darf nicht da liegen und über Ellas Spott grübeln.«

»Wirklich keine angenehme Vorstellung, aber du wirst sie am Morgen schon aufheitern können.«

»Es *ist* Morgen. Ich fahre jetzt zu ihr hin.«

Charles sagte gedehnt: »Deine Besessenheit für diese Sheedys erreicht wirklich langsam den Punkt der Abnormität, Kate. Man wird dich um diese Zeit gar nicht ins Krankenhaus lassen.«

»Ich komm' schon rein.«

»Die Frage ist sowieso rein theoretisch. Du bist nämlich total fertig, meine liebe Kate, und ich erlaube dir einfach nicht, um diese Zeit noch zwanzig Meilen mit dem Auto zu fahren.«

Der Colonel rieb sich an meinen Fußgelenken. Wir drehten uns beide um und marschierten in die Halle. Tom und Charles kamen uns nach. Wenn Charles es wagte, mich anzufassen – ! Er sah aus, als wäre er nahe daran. Tom sagte: »Ruhig, Charles. Kate, wenn du wirklich darauf bestehst, dann fahre ich dich hin.«

»Eine Spritztour mit Kate in ihrer gegenwärtigen Verfassung! Du hast ja keine Ahnung, worauf du dich da einläßt, Bruderherz. In Ordnung, Kate! Da du nun einmal entschlossen zu sein scheinst, so verdammt lästig zu fallen, werde ich dich fahren.«

»Mir ist es wirklich vollkommen egal, wie ich zu Miss Sheedy komme, solange ich hinkomme.«

Ich bahnte mir schmeichelnd und drohend meinen Weg zu Miss Sheedy. Theophilus war eine Stunde zuvor gegangen, und sie lag allein in einem Zweibettzimmer. Arme und Stirn waren verbunden, ihr Haar war angesengt und kräuselte sich. Ich wußte, daß sie auch am Körper Brandverletzungen hatte, aber dem nüchternen Krankenhausjargon zufolge ging es ihr gut. Als ich eintrat, starrte sie an die Decke. Ihre Augen füllten sich mit Tränen, als sie mich sah.

»Ich habe nicht gut auf Ihr Haus aufgepaßt. Nicht einmal das ist mir gelungen.«

»Man wird mich hier hinauswerfen, wenn Sie weinen«, sagte ich. »Man hat mich nur hereingelassen, weil ich sie davon überzeugt habe, es würde Ihnen guttun.«

Sie flüsterte: »Bitte, seien Sie nicht so freundlich zu mir. Ich kann das nicht ertragen.«

»Weil Sie glauben, es wäre geheuchelt? Weil Sie alles glauben, was Ella gesagt hat? Ja, ich weiß genau, was sie gesagt hat. Wenn Sie ihr geglaubt haben, müssen Sie eine sehr schlechte Meinung von Charles und mir haben.«

Ihr wächsernes kleines Gesicht legte sich in bekümmerte Falten.

»O nein, nein, wie könnte ich das. So großzügig, so mildtätig –«

»Ich bin gekommen, um Ihnen die Wahrheit zu sagen. Zunächst einmal und für Sie vermutlich am wichtigsten: wir haben Ihnen das Pförtnerhaus ganz bestimmt nicht aus Gründen der Mildtätigkeit oder auch nur Großzügigkeit angeboten. Das kann ich Ihnen feierlich schwören.« Die bleichen Eulenaugen drehten sich hierhin und dorthin, und dann richteten sie sich schwankend auf mich. »Es ist wahr, daß wir Ihre Katzen verfluchen, wenn sie stehlen oder in der Grange Dreck machen, aber wir wollen nicht, daß Sie eine einzige von ihnen verlieren. Es ist wahr, daß wir die Absicht hatten, einen Bodenrost anzuschaffen, um das Tor nicht ständig öffnen und schließen zu müssen. Sie haben jedoch dafür gesorgt, daß wir das Tor nicht ständig öffnen und schließen müssen. Ich fürchte, ich verfüge über keinerlei Möglichkeit, zu erfahren, ob man sich wirklich im Dorf über Sie und über uns lustig macht. Ich weiß allerdings auch keinen Grund, aus dem diese Äußerung nicht ebenso falsch sein soll wie alles andere. Und endlich: daß wir Sie nicht in der Grange haben wollen – guter Gott!« rief ich aus und war selbst am heftigsten erschüttert von meiner plötzlichen erstaunlichen Entdeckung, »Miss Sheedy, *ich mag Sie leiden*!«

Gleich darauf steckte eine Schwester den Kopf ins Zimmer, um mir zu sagen, daß ich die Patientin nicht ermüden solle, aber nach einem überraschten Blick auf die lebhafte (so weit sie das je sein konnte) und lächelnde Miss Sheedy wurde mir gestattet, noch ein wenig länger zu bleiben.

»Ich bin froh, daß Sie noch nicht gehen müssen«, sagte Miss Sheedy, »weil ich mit Ihnen über Ella reden möchte.«

Man hatte ihr bereits versichert, daß es Ella gutging, aber sie wollte in diesem Punkt noch einmal von mir beruhigt werden. Dr. Healy hatte uns bestätigt, daß Ella mit bemerkenswert geringen Verletzungen davongekommen war; er hatte ihre Verbrennungen in seiner Praxis verbunden und sie nach Hause ins Bett geschickt. In der Post hatten keine Lichter gebrannt, als wir vorbeigefahren waren, und daraus hatten wir geschlossen, daß dort alle friedlich schliefen.

Niemals hatte Miss Sheedy durch Worte oder Blicke je ihre verächtliche, gräßliche Nichte kritisiert, und auch jetzt war sie nur voller Dankbarkeit und Lob. Dann legte sie ihr Gesicht in Falten, was bei ihr immer ein Zeichen dafür war, daß sie sich mitten in einem schwierigen Denkprozeß befand, und sagte: »Die arme Ella. Ich hege die große Hoffnung, daß sich ihr Heroismus als dauernde Wohltat für sie erweisen wird.« Sie zögerte. »Ich muß offen sein. Ich fürchte – ich *weiß*, daß Sie sie nicht mögen.«

»Nein, aber ich werde sie von heute an für ihren Mut bewundern.«

»Ich *muß* offen sein«, sagte Miss Sheedy. »Vermutlich hat Ella keine Sekunde vor dem Risiko gezögert, als sie ihre Chance sah, endlich zur Heldin zu werden.« Sie ist verrückt nach Beachtung, hatte Mrs. Bates gesagt. Ja, es machte Sinn, aber ich sah Miss Sheedy trotzdem verwundert und, fürchte ich, ein wenig schockiert an. Daß sie ihre Nichte für dermaßen berechnend hielt! »Ich bin einfach *offen*«, sagte Miss

Sheedy, »und zwar nicht, um Ellas Verdienst zu schmälern, sondern weil ich sie gut verstehe, wissen Sie, Miss Wilson. Um mich wenigstens ein bißchen dafür zu revanchieren, daß sie mir das Leben gerettet hat, würde ich Ihnen gerne helfen, Ella besser zu verstehen. Vielleicht verabscheuen Sie sie dann etwas weniger.« Sie legte ihr Gesicht in noch strengere Falten. »Aber es fällt mir so schwer, mich deutlich auszudrükken.«

Von meinen unwürdigen Gedanken beschämt, sagte ich: »Dann sparen Sie es sich doch für später auf. Ich verspreche, daß ich mich in der Zwischenzeit mit jedem Urteil über Ella zurückhalte.«

»Ich muß es *jetzt* erklären«, sagte Miss Sheedy mit ungewöhnlicher Hartnäckigkeit. »Das schulde ich dem Kind.« Sie schloß nachdenklich die Augen. »Ella kann es nicht ertragen, unbedeutend zu sein. Aber das ist sie natürlich normalerweise in ihrer Situation als Waisenkind.« Sie öffnete die Augen, heftete den Blick an die Decke und fuhr monoton fort, als ob sie von dort oben ihren Text abläse. »Wäre sie ein dankbares, ausgeglichenes, höfliches Waisenkind, würde man das lediglich als angemessen empfinden. Sie hat also beschlossen, daß sie die genau entgegengesetzte Haltung einnehmen muß, wenn sie sich behaupten will. Das«, sagte Miss Sheedy traurig, indem sie von der Decke zu mir zurückkehrte, »hat sie auch getan. Und es hat bestens funktioniert.«

Ich stimmte ihr zu. Ella war es zweifellos gelungen, sich zu einer Persönlichkeit zu machen, mit der man im Dorf rechnen mußte.

»Eine unbeliebte Persönlichkeit, das arme Kind. Ich bin auch weiterhin offen, Miss Wilson. Aber jetzt – «, ihr Gesicht hellte sich auf – »jetzt, wo sie eine Heldin ist – also! vielleicht kommt sie ja sogar in die Zeitung« – (um unseretwillen hoffte ich leidenschaftlich auf das Gegenteil) – »jetzt, wo es ihr gelungen ist, zu einer *hervorragenden* Persönlichkeit zu werden, glauben Sie nicht, daß sie vielleicht beschließen könnte, dieser Persönlichkeit in Zukunft gerecht zu werden?«

Ich konnte zugeben, daß Ella ungeahnte Qualitäten gezeigt hatte, trotzdem hielt ich sie im Grunde für einen unheilvollen kleinen Teufel, der zu einer unheilvollen Frau heranwachsen würde. Ich beantwortete Miss Sheedys stummes Flehen mit einem so nützlichen unverbindlichen Lächeln. Offensichtlich genügte es auch jetzt wieder, denn sie seufzte zufrieden.

»Ich kann Ella nämlich so gut verstehen, Miss Wilson, weil wir *beide* bedeutungslos sind. Nur war *ich* niemals eine Kämpfernatur.«

Als ich zum Wagen kam, weckte ich Charles und erzählte ihm, daß Miss Sheedy entschlossen war, so bald wie möglich ins Pförtnerhäuschen zurückzukehren.

»Natürlich. Du wärest in der Lage, einem Hundertjährigen das Sterben auszureden, Kate. Ich selbst erwarte in deiner entschlossenen Gesellschaft eine erheblich verlängerte Lebensspanne.«

Morgen würde ich ihm sagen müssen, daß er ohne meine Hilfe steinalt werden mußte.

Er machte eine merkwürdige kleine Grimasse, als wir in Castlebarry einfuhren.

»Dieses friedliche, wohlhabende, hübsche Dorf enthält im Moment einen beunruhigend hohen Anteil von Eltern, deren Sprößlinge total blau aus der Grange nach Hause kamen. Und sie hatten sogar Glück, daß ihre Kinder nicht als blaue Asche heimkehrten. Du allerdings hältst es vielleicht nur für gerecht, wenn es den Sheedys schließlich gelungen ist, unseren Namen in Castlebarry in den Dreck zu ziehen.«

»Poetische Gerechtigkeit nennt man das. Der Name Barry ist nämlich dreckiger, als sie wissen können.«

»Wie du es genießt, den Pfeil in der Wunde herumzudrehen. Aber morgen«, sagte Charles, der anscheinend unangemessen fröhlich geworden war, »morgen, mein liebes Mädchen, werden wir uns reiner waschen als der weißeste Schnee, auch wenn nur wir allein das wissen.«

Als wir an der Post vorbeikamen, wo immer noch tröstliche Dunkelheit herrschte, nickte er dem Gebäude zu.

»Also, das Mädchen hat mich wirklich überrascht.«

»Miss Sheedy war nicht überrascht. Sie glaubt, wir haben einfach die Kehrseite der Medaille gesehen. Nein, Charles, ich kann das jetzt nicht in allen Einzelheiten erläutern, es ist viel zu kompliziert. Aber wäre es nicht schön, wenn Ella zu einem wirklich entzückenden Kind werden würde, wenn sie erst einmal ein gut betuchtes Waisenkind ist, das auf jedermann pfeifen kann, wenn es will?«

Wir verfielen in ein ganz und gar albernes Kichern. Inzwischen waren wir sehr müde, fast am Ende unserer Kräfte. Charles sagte: »Du glaubst wahrscheinlich daran. Du glaubst, das Geld wird bei allen Sheedys Wunder wirken, nicht wahr?«

Ich war da vollkommen sicher. Es war mein einziger Trost. Wenn ich einen Trost gebraucht hätte.

Dreizehntes Kapitel

Wie sich herausstellte, war der nächste Tag gar nicht der große Tag, sondern es dauerte fast eine ganze Woche, bis Charles die Dokumente über das Darlehen, das der Geizkragen dem alten Mr. Barry gewährt hatte, in der Grange deponierte.

Als ich nach ein paar Stunden Schlaf am Morgen nach dem Feuer hinunterkam, um die Verwüstungen bei Tageslicht zu betrachten, war Charles schon ganz vergnügt dabei, dasselbe zu tun. Ein ganz mieses Feuer wäre es gewesen, meinte er, es hätte nicht besonders gut gebrannt, dafür aber würde es für ein vollkommen narrensicheres Happy-End der Sheedy-Geschichte sorgen.

»Dir ist ja sicher bereits klar, welche Gunst des Schicksals am Werk war. Keinerlei Erstaunen wird sich erheben, wenn das Feuer das Versteck des Geizkragens enthüllt hat. Ich frage mich allerdings, ob du die Sache noch ein wenig weiter durchdacht hast? Nein? Normalerweise bist du ja nicht besonders langsam, aber nach den Ereignissen der letzten vierundzwanzig Stunden bist du natürlich ziemlich müde. Erkennst du denn nicht, Kate, daß es mir das perfekte Alibi verschafft? Nicht ich werde beim Auffinden der Schuldscheine vor Erstaunen umfallen. Wir können die Sache jetzt so drehen, daß ein vollkommen unbeteiligter Fremder diese Rolle für mich übernimmt.«

Er machte eine Pause. Damit ich seine Worte würdigen konnte, nehme ich an. Ich schaute mich in all der Verwüstung um, die im klaren, kalten Morgenlicht noch unendlich viel deprimierender aussah. Mrs. Bates und ich hatten viele Stunden harter Arbeit auf das Wohnzimmer und auf das Eßzimmer verwendet. Neben anderen Makeln entsprachen unsere Malkünste sicher nicht professionellen Standards, aber trotzdem hatte ich mein Herz an diese beiden Zimmer gehängt.

»Die Elektriker, denke ich«, sagte Charles abwägend. »Wir können sie sofort bestellen, wenn der Schadenssachverständige von der Versicherung da war.«

Die Versicherung würde für eine fachmännische Renovierung und Dekorierung aufkommen, und das würde diesen hübschen Räumen mehr entsprechen als meine dilettantischen Bemühungen. Schade nur, daß ich sie nie in dem Glanz sehen würde, den sie verdienten. Ich würde mich so an sie erinnern, wie sie gewesen waren. Oder vielleicht so, wie sie jetzt waren.

»Kate, wach auf! Ich glaube, du hast nicht ein Wort von dem gehört, was ich gesagt habe.«

»O doch, das habe ich. Ich stimme dir ja zu, daß in dieser besten aller möglichen Welten alles zum Besten geschieht.«

Mein Gesichtsausdruck war hart und nüchtern wie meine Stimme. Er sagte: »Oh, hör auf, giftig zu sein, Kate. Wenn du dich gegen meinen Plan sträubst, weil er eine kleine zusätzliche Verzögerung bedeutet, ist das wirklich zu absurd.«

Schon seit geraumer Zeit hatte ich mir selbst mehr oder weniger eingestanden, daß es eine Qual für mich bedeutete, von Castlebarry fortgehen zu müssen. Aber wie lange hatte ich eigentlich schon versucht, mich selbst zu täuschen und nicht zuzugeben, daß es eine noch viel größere Qual war, in Castlebarry zu bleiben? Betrachtete ich Charles im Unterbewußten immer noch als Eleanors Mann? Wenn er nicht diese verdammte Lungenentzündung bekommen hätte, wäre ich vielleicht noch rechtzeitig mit heiler Haut davongekommen. Bevor ich wußte, daß ich ganz hilflos, ganz hoffnungslos in ihn verliebt war.

»Was, mein lieber Charles, läßt dich glauben, daß ich

vor der Mücke zurückschrecke, nachdem ich zwangsweise mit dem Kamel gefüttert wurde?«

»Vielleicht bist du nach dem Frühstück in liebenswürdigerer Stimmung. Das hoffe ich jedenfalls.«

Wir vernagelten den Bogengang von der Halle ins obere Stockwerk mit Brettern, um Katzen und Zugluft vom Rest des Hauses fernzuhalten. Wir benutzten die Hintertür und kochten Notmahlzeiten mit Hilfe von Gasflaschen. Nachts wanderten wir mit Öllampen umher. Ein Lebensstil, der dem Geizkragen Ned gefallen hätte, und mir sagte er auch zu, weil er der Grange eine Atmosphäre von Unbeständigkeit verlieh, die mir das Gefühl gab, daß ich dem Haus bereits jetzt beinahe schmerzlos entglitt.

Ich besuchte Miss Sheedy jeden Tag. Ich fütterte ihre Katzen. Ich schmuggelte den Colonel in einer Reisetasche zu einem kurzen Wiedersehen in ihr Zimmer. Eine Todsünde gegen die Krankenhaushygiene, aber der Colonel und ich kamen damit durch.

Ich machte einen Besuch in der Post und brachte der kleinen Heldin eine Flasche Eau de Cologne, und zwar das teuerste, das ich finden konnte. Ella war nicht in die großen überregionalen Tageszeitungen gekommen, aber in dem Wochenblatt ›Clonmel Nationalist‹ waren ein zweispaltiges Interview mit ihr und ihr Foto erschienen. Auf dem Bild wirkte sie ausgesprochen süß und bescheiden. Meiner Meinung nach war es mit dem Weichzeichner bearbeitet worden. Nach dem Schock, den sie erlitten hatte, lag sie zu Bett, und das Zeitungsfoto stand in einem Rahmen neben ihr auf dem Nachttisch. Sie sah immer noch süß und bescheiden aus. Angenommen, daß Miss Sheedy sie richtig eingeschätzt hatte, und angenommen, daß sie süß und bescheiden blieb, bis die Elektriker zu uns kamen, bestand vielleicht die Hoffnung, daß sie nie zu ihrer wahren Natur zurückkehren würde, das heißt, sie bekäme vielleicht eine neue wahre Natur. Zumindest würde sie als Erbin keinen Grund mehr haben, weiterhin so abscheulich zu sein wie zuvor.

Ich sprach mit Josh und Delia und mit Linda. Wir sprachen zwar nicht aus, was am besten in Schweigen gehüllt blieb, aber wir waren uns alle der Tatsache bewußt, daß wir einander etwas weniger gräßlich fanden.

Ich traf Theophilus, Historiker und Liebhaber. Der Historiker sagte, er nähere sich nun der Vollendung seiner Katalogisierungsarbeiten und brenne darauf, seinen Wälzer zu beginnen; der Liebhaber sagte ah! eine ganze neue Welt der Glückseligkeit öffne sich für ihn.

Ich klammerte mich an das Wissen, daß sich allen von ihnen eine ganz neue Welt öffnen würde, wenn erst einmal die Elektriker da waren. Von jetzt an würde mich ihr Tun und Lassen immer interessieren, aber ich konnte den Kontakt natürlich auch aus der Ferne aufrechterhalten. Meine Wohnung in London hatte Platz für Simon oder die Zwillinge.

Der Sachverständige von der Versicherung kam und ging, und Charles machte sich in die Fabrik auf. Ich hielt es für gut, schon einmal mit dem Sortieren meiner Habseligkeiten zu beginnen.

Ich saß auf dem Fußboden in meinem Zimmer und war von Bergen von Sachen umgeben, die sich wie immer auf außergewöhnliche Art und Weise vermehrt hatten, als sie aus Schränken und Schubladen geholt wurden. In diesem Moment kam Charles die Stufen heraufgesprungen und rief: »Kate, Kate! Ich brauche dich. Wo bist du?«

»Ich bin hier«, sagte ich und blieb sitzen.

Er blieb auf der Schwelle stehen.

»Was tust du da?«

»Ich bereite mich aufs Packen vor.« Ich wartete auf seinen Wutausbruch. Er mochte mich, und natürlich vermißt man eine Person, an deren Anwesenheit man gewöhnt ist. Ich wußte, daß er schreien und poltern und versuchen würde, mich einzuschüchtern; kurz gesagt, er würde so unliebenswürdig wie möglich sein. Es würde mir jedenfalls sehr helfen.

Ich mußte eine Enttäuschung hinnehmen. Anstatt die erwarteten Verhaltensweisen an den Tag zu legen, sah Charles lediglich auf sehr herablassende Art und Weise auf mich herab, ganz der Mann von Welt, der sich über die Schwächen der kleinen Frau amüsiert. Das half mir sogar noch mehr! Denn es machte mich einfach wütend. »Solltest du einem weiteren Anfall von Lungenentzündung zum Opfer fallen, bedeutet das dieses Mal unweigerlich, daß du ins Krankenhaus mußt, Charles.«

»Das möge Gott verhüten«, sagte er fromm. Er bahnte sich seinen Weg durch die Haufen auf dem Boden und lehnte sich gegen die Wand. Neben ihm stand ein Stuhl. Es war sehr ärgerlich, daß er sich nicht setzen wollte, denn das Stehen gab ihm einen Vorteil mir gegenüber. Ich erhob mich jedoch trotzdem nicht. Es würde aussehen, als sei ich dazu bereit, in eine Diskussion einzusteigen. Ich begann, eine Bluse zusammenzulegen. Charles sagte: »Offensichtlich packst du nicht besonders methodisch.«

»Oh, das ist methodisch. Meine Methode.«

»Du wirst einen Möbelwagen brauchen, Mädchen. Du hast deinen Plan also all diese Monate über vor mir verheimlicht, was? Normalerweise kann ich ja deine Gedanken lesen, aber dieses Mal war ich mir nicht sicher.«

»Ich habe dir überhaupt nichts verheimlicht. Ganz zu Anfang habe ich dir gesagt, warum ich bleiben würde und wie lange. Es bestand kein Anlaß, immer wieder darauf zurückzukommen.«

»Du bist von bewundernswerter Beständigkeit. Nachdem du einmal Hand an den Pflug gelegt hast, bleibst du vermutlich bei der Sache, bis die letzte Furche gezogen ist! Ich habe mich mit dieser Firma in Clonmel in Verbindung gesetzt. Sie schicken ihre Elektriker übermorgen.«

Er versuchte nicht, mich dazu zu bewegen, meinen Entschluß aufzugeben. Ich hätte ihn sowieso nicht aufgegeben, aber er machte diesbezüglich auch keinerlei Anstalten. Er schien sehr selbstsicher zu sein. Er schien sich meiner sehr sicher zu sein. Aber da lag er falsch. So lässig an die Wand gelehnt, sah er einfach wundervoll aus. Wie gerne hätte ich meine Hand ausgestreckt und ihn berührt, nur berührt. Es war ganz und gar absurd und zum Verrücktwerden, aber ich war zum ersten Mal verliebt, und das in meinem Alter! Es war furchtbar. Ich beabsichtigte nicht, in Charles' Bett hineinzufallen und ebenso schnell wieder heraus, selbst wenn er es gewollt hätte. Ganz abgesehen von der Tatsache, daß es unsere Erinnerung an Eleanor beflecken und die Beziehung zwischen uns und Eleanors Kindern belasten würde. Ich wollte viel, viel mehr als das. Ich wollte ihn und nur ihn – für immer. Ich wollte, daß er mich wollte und nur mich – für immer. Anders wäre es für mich unerträglich gewesen, Tag für Tag im selben Haus mit ihm zu leben. Ich, die ich den Sex immer als eine der angenehmeren Gaben des Lebens angesehen hatte, war aus Liebe zur sexuell verklemmtesten Frau der Welt geworden. Ich war völlig durcheinander. Ich legte noch eine Bluse zusammen und sagte albern: »Ja, das wär's also.«

»Scheint so, Kate.«

In seiner Stimme lag Resignation, in seinen Augen jedoch entdeckte ich das Glitzern, das mir sagte, ich solle doch besser auf der Hut sein. Im Moment machte er zwar kein Theater, aber das würde er später nachholen, wann und wo er wollte. Nur daß ihm das gar nichts, aber auch gar nichts bringen würde! Mit übertriebener Vorsicht ging er zur Tür zurück (der Fußboden war längst nicht so gefährlich unordentlich, wie er tat), womit er vornehm andeutete, daß das Thema meiner Abreise als abgeschlossen betrachtet werden konnte. Aber da gab es einen offenkundigen und zum Himmel schreienden Bruch in seiner Rüstung aus vorgeblicher Unerschütterlichkeit. Mit einem strahlenden kleinen Lächeln sagte ich: »Aber Charles, du hast ganz vergessen, mir zu sagen, wozu du mich brauchtest.«

»Ach, ich wollte dir nur etwas zeigen, das Theophilus im Archiv ausgegraben hat. In bestimmter Hinsicht ist es ganz amüsant, aber vermutlich«, sagte er mit einem unehrlichen Seufzer, »sind wir beide im Moment überhaupt nicht zu irgendwelchen Scherzen aufgelegt.« Durch den Türspalt hindurch betrachtete er den mit meinen Besitztümern übersäten Boden. »Dein plötzlicher unerklärlicher Abzug wird übrigens der Familie außerordentlich merkwürdig erscheinen. Aber für dich ist das natürlich nicht von Bedeutung.«

»Ich habe den Kindern schon angedeutet, daß ich meinen Agenten sprechen muß, weil ich möglicherweise ein Drehbuch schreiben soll.«

»Glückwunsch, Kate.«

»Sicher ist dir klar, daß es sich dabei lediglich um einen Vorwand handelt. Aber dieser ist so gut wie jeder andere.« Vielleicht hieß es doch, die Sache ein wenig zu übertreiben, wenn ich weiter Kleider zusammenlegte, als wäre nichts geschehen. Ich stand also auf. »Und dann gerate ich in den Wirbel der Ereignisse und werde nicht zurückkehren. Die Kinder sind inzwischen alt genug, um akzeptieren zu können, daß ich mein eigenes Leben leben muß.«

»Mußt du das, Kate? Aber ich gratuliere dir ehrlich dazu, daß du eine so fantastische Lügnerin bist.«

Voller Bitterkeit erwiderte ich: »Seit ich in Castlebarry angekommen bin, mußte ich mehr Lügen erzählen als vorher in meinem ganzen Leben zusammen.«

»Kleine Notlügen«, sagte Charles, »pah! Wenn du jedoch das Gewicht einer solchen Untat auf dem Gewissen hättest wie ich ... Aber du könntest dir sowieso niemals vorstellen, so etwas zu tun, oder?«

Ich liebte ihn. Er war ein krimineller Betrüger. Ich betete ihn an. Ich sagte: »Wenn du versuchen willst, mich dazu zu bringen, päpstlicher als der Papst zu erscheinen, gut! Also, es tut mir leid, ich kann eine Menge Fehler machen, aber so etwas wie die bewußte Angelegenheit – nein. Absolut nein.«

»Aha. Aber eben hast du selbst zugegeben, welche verheerende Wirkung Castlebarry auf den Charakter haben kann.« Wenn er Streit suchte, so fand er mich nur allzu bereit. Eine ordentliche Auseinandersetzung wäre eine enorme Erleichterung nach der unnatürlich ruhigen Haltung, die er zur Schau stellte. Aber selbst diesen Gefallen tat er mir nicht. Er warf lediglich einen weiteren Blick auf das Durcheinander und sagte tief besorgt: »Überanstrenge dich nur nicht, meine Gute«, ging hinaus und schloß die Tür, und zwar so leise, als verließe er ein Krankenzimmer.

Am nächsten Abend brachte Charles die Dokumente über das Darlehen von 120000 Pfund in einer kleinen, feuerfesten Kassette aus der Fabrik mit nach Hause.

Wir waren allein in der Grange. Ich stand in der verwüsteten Halle, während Charles mit der Kassette unter dem Arm suchend umherging. Seine Unentschlossenheit rührte einzig und allein daher, daß es einen Überfluß an passenden Örtlichkeiten gab. Der Colonel folgte Charles auf Schritt und Tritt. Anscheinend glaubte er, Charles jage Mäuse.

»Das ist gar kein schlechter Platz«, sagte Charles und

stieß mit dem Fuß gegen eine Scheuerleiste im Eßzimmer. Sie zersplitterte. »Guck mal, hier ist eine Höhlung hinter den Leitungen beim Kaminsims. Erstklassiges Versteck, und trotzdem müssen die Elektriker einfach darauf stoßen.«

Der Kaminsims aus Marmor, dessen originales glänzendes Weiß Mrs. Bates und ich mühsam restauriert hatten, wies jetzt nur noch ein häßliches verrauchtes Gelb auf. Auch der Colonel hielt seine Stunde für gekommen und wartete ganz offensichtlich darauf, zuzuschlagen. Er saß steif und bewegungslos bis auf zukkende Schwanzspitze und Schnurrbarthaare. Ich hatte keine allzu große Zuneigung zu dem Colonel gefaßt, aber absurderweise würde ich auch ihn vermissen. Für eine Weile. Sicherlich vermißt man alles immer nur für eine Weile.

Charles ging, um etwas zu suchen, mit dem er das ausgewählte Versteck ein wenig vergrößern konnte. Ich folgte ihm, denn man steht nicht einfach herum und tut nichts, während jemand anders fleißig ist. Gleich darauf aber stand ich schon wieder in der Halle und tat nichts, als ihn bei der Arbeit im Eßzimmer zu beobachten. Ein kalter Luftzug wehte durch die klaffende Öffnung bei der Haustür und durch die Fensterrahmen, aber es gefiel mir, den kühlen Wind auf der Stirn zu spüren. Ich dachte immer wieder an das erste Mal, als wir zusammen in diesem Haus gewesen waren, Charles und ich. Ich dachte an die Gerüche, an Miss Sheedy, an Theophilus und an die wimmelnden Katzen. Wir hätten uns nicht die Mühe zu machen brauchen, die Türöffnung zu verbarrikadieren, denn der Colonel war sowieso die einzige Katze, die sich jetzt noch auf die schmutzigen, geschwärzten Dielen wagte. Es gelang mir, in normalem Tonfall mit Charles zu sprechen. Er arbeitete außerordentlich sorgfältig und achtete besonders auf Glaubwürdigkeit, denn er sengte sogar die Oberfläche der Kassette an, bevor er sie versteckte. Dann trat er zurück und betrachtete sein Werk von allen Seiten.

»Ist kaum besser zu machen, was sagst du?«

»Sehr schlau angestellt«, sagte ich. »Du machst alles sehr schlau.«

»Das Ende einer unerfreulichen Episode. Mein Gott, was für eine Erleichterung.« Er kam auf mich zu. »Also, beinahe das Ende. Aber aus einem bestimmten Grund will ich die morgige Auflösung des Falles vorwegnehmen und dich jetzt fragen –«

Bei diesen Worten trat er dem Colonel auf den Schwanz. Der Colonel schrie, und Charles stolperte. Katze und Mann verfluchten einander, und ich brach in hysterisches Gelächter aus.

»Genau wie am ersten Tag. Erinnerst du dich? Mr. Clinton ist auch auf eine Katze getreten.«

Charles war aus irgendeinem Grund, den ich mir nicht erklären konnte, über die Maßen verärgert und sagte ätzend: »Was ist denn daran so komisch?« Blitzschnell jedoch wandelte sich seine Stimmung, und er sah mit seinem Schuljungenlächeln auf den Colonel herab. »Vielleicht war die Unterbrechung doch günstig. Dieser Szenerie fehlt der Glanz. Tut mir leid, alter Knabe! Du bist ja nicht nachtragend, oder?« Er wollte den Colonel tätscheln und zog hastig die Hand zurück, als sich herausstellte, daß der Colonel sehr wohl nachtragend war. »Nun denn, man kann nicht alle für sich gewinnen. Kate, komm aus dieser Begräbnisatmosphäre weg und ins Arbeitszimmer, sei ein braves Mädchen.«

Er ging voran. Ich wollte sowieso nicht länger in der Halle bleiben, ich konnte ebensogut ihm folgen. Der Colonel folgte mir. Charles schloß die Tür des Arbeitszimmers. Seine Augen tanzten. Er ergriff meine Hände und sagte: »Mein liebstes Mädchen, meine Kate, wir haben schon fast ein ganzes Jahr verschwendet. Also beeil dich und sag mir, daß uns nichts mehr daran hindern kann, sofort zu heiraten.«

Wenn das Unglaubliche doch geschieht, dauert es manchmal ein wenig, bis man es glauben kann. Meine unmittelbare konfuse Reaktion ließ mich unverzeihliche Worte aussprechen.

»Ein Heiratsantrag anstelle einer Lungenentzündung, Charles?«

Er wurde weiß. Er ließ abrupt meine Hände los.

»Verdammt und verflucht, Kate, das ist sogar für deine Verhältnisse besonders gemein.«

Jetzt endlich konnte ich es glauben. Es war wahr, wahr, wahr. Ich sagte: »Ja, das stimmt. Es tut mir leid. Entschuldige bitte. Aber es kam so plötzlich.« Nachdem ich mir selbst zugehört hatte, wie ich diesen Satz allen Ernstes ausgesprochen hatte, überkam mich ein erneuter Anfall von hysterischem Gelächter.

Jetzt funkelte Charles mich auf die übliche Art und Weise an, und zu meiner großen Erleichterung mußte er brüllen, um sich Gehör zu verschaffen.

»Daß ausgerechnet du so zimperlich reagierst, wo du doch die ganze Zeit über genausogut wie ich gewußt haben mußt, daß wir –« Er hielt ein. »Was zum Teufel ist denn das für eine Liebeserklärung?« fragte er betrübt und begann auch zu lachen. Dann wurde alles gut.

Nach einer langen, langen Weile sagte ich: »Ich habe wirklich nie erraten, daß du mich liebst.«

»Dumme Nuß«, sagte Charles. »Ich hab' seit Ewigkeiten gewußt, daß du in mich verliebt bist. Ich hatte gehofft, wir würden bald heiraten, nachdem wir uns in Castlebarry niedergelassen hatten, aber dann hat dich diese unglückselige Angelegenheit so mitgenommen, und ich wußte, ich müßte warten, bis alles geklärt war. Ich kann dir sagen, es war nicht leicht für mich, weiterhin so behutsam mit dir umzugehen, wie ich es Eleanors kleiner Schwester schuldig zu sein glaubte. Wegen Eleanor konnte es zwischen uns nur alles oder nichts sein, stimmt's?« Er legte mir die Hand auf die Schultern. »Kate, mein Liebling, ich kann keine andere Frau mehr lieben, als ich Eleanor liebte, aber ich liebe dich so, wie ich sie liebte. Und das heißt von ganzem Herzen.«

Er hatte genau das Richtige gesagt. Ich war glücklich und mit den Lebenden und den Toten im reinen.

Und als ich mich an ihn lehnte, hielt er mich plötzlich auf eine Armeslänge von sich weg und fragte: »Wirst du nun immer daran denken müssen, daß du mit einem Gauner unter einem Dach lebst?«

Ich war schockiert und wütend, so brutal aus meinem Paradies vertrieben zu werden. Ich befreite mich. »Was für ein Augenblick, mir diese Worte als Retourkutsche an den Kopf zu werfen! Willst du, daß ich auf Knien vor dir herumrutsche und mich entschuldige?« Er versuchte, mich zu unterbrechen, aber ich wütete weiter. »Also ja, weil ich dich liebe, habe ich Abstriche gemacht, bin ich bereit, im selben Haus mit dir zu leben, was immer du auch getan hast. Mord vielleicht ausgenommen.« Es war grauenhaft, in welche Verstrickungen die Liebe mich brachte. »Aber vielleicht sollte ich doch bei meiner ursprünglichen Meinung bleiben, daß die Ehe nichts für mich ist.«

»Keine vernünftige Frau heiratet diese finsteren Typen, mit denen du es immer getrieben hast«, sagte Charles ungalant. »Liebe Kate, beruhige dich. Ich fürchte, ich habe die Frage schlecht gestellt, aber ich möchte bitte, daß du sie beantwortest. Es ist furchtbar wichtig für uns.«

Ich liebte ihn mehr, als ich sagen konnte, aber ich wünschte trotzdem, er hätte nicht getan, was er getan hatte. Und das sagte ich ihm auch.

»Niemand heiratet einen perfekten Mann, weil es den nämlich nicht gibt.« Charles sprach jetzt ohne alle Leichtfertigkeit, er sprach langsam und wählte seine Worte sorgfältig. »Dasselbe trifft natürlich auf die perfekte Frau zu. Nur, daß es hilft, wenn ein jeder die Unvollkommenheiten des anderen zumindest insoweit teilen kann, daß er sie versteht. Du hast gestern gesagt, daß du dir nicht vorstellen könntest, so zu handeln wie ich.«

»Ich meinte damit, daß es für uns alle einige Sünden gibt, von denen wir glauben, daß wir sie nie begehen könnten. Es sind nicht notwendigerweise die schlimmsten.«

»Ich weiß. Es ist etwas, was deiner ureigensten Natur entgegenzustehen scheint. Für dich ist das Unehrlichkeit.«

»Ja. Und ich dachte immer, daß das auch deiner ureigensten Natur entgegensteht. Aber ich habe natürlich nie einen zwingenden Grund gehabt, unehrlich zu sein.«

»Du brauchst jetzt nicht nach Entschuldigungen für mich zu suchen, nur weil du so für mich eingenommen bist. Ich habe auch selbst keine gesucht. Ich sagte, ich hätte meinen Preis. Ich sagte, jeder hätte seinen Preis. Oder ihren Preis.«

»Charles, lieber Charles, ich habe deine Frage doch beantwortet. Wir wollen die Vergangenheit ruhen lassen. Ich muß dir sagen, als Liebhaber bist du enttäuschend unbeholfen.«

»Ich versichere dir, daß ich unsere Liebesspiele nicht nur unterbrochen habe, um salbungsvolle Sprüche loszulassen. Setz dich hierher, Schatz.« Behutsam entfernte er den dösenden Colonel aus einem Stuhl am Schreibtisch und setzte sich selber auf den Drehstuhl. »Ich werde dir jetzt erzählen, was ich gestern verschwiegen habe, als ich dich – geschmacklos wie du nun einmal bist – beim Packen antraf. Ich wollte schon damit herausplatzen, aber dann fand ich es besser, daß wir erst zueinander fänden und uns sagten, daß wir uns lieben. Und das *war* doch schön, oder?«

Ich mochte verrückt vor Liebe sein, aber das bedeutete nicht, daß ich vollkommen geistesschwach geworden war. Ich sagte: »Nun –«

»Auf unsere Weise schön«, sagte Charles ruhig. Er schloß eine Schublade auf und nahm einen großen braunen Umschlag heraus, der dick mit Wachs versiegelt gewesen war. »Du hast mich also genommen, wie ich bin, alles inklusive, und nichts kann uns daran hindern, in bester Märchenbuchtradition bis an unser Lebensende glücklich zu sein, meine Liebste, aber ich glaube, daß dies hier –«, er tippte auf den Umschlag auf dem Schreibtisch – »uns helfen könnte, sogar noch glücklicher zu werden. Ich bin mir nicht sicher. Vielleicht. Könntest du deine Neugier noch etwas zurückhalten, während ich ein wenig Pionierarbeit leiste?«

In Wirklichkeit war ich überhaupt nicht neugierig. Ich wollte nämlich nur Charles ansehen. Er hatte schöne Hände, sie waren feingliedrig, aber stark. Er hatte auch wunderbare Schultern. Sein blondes Haar war sehr dick, er würde niemals eine Glatze bekommen. Ich wollte ihn berühren, und jetzt durfte ich es, aber wenn ich es tat, würde es zu lange dauern, bis wir zu diesem Umschlag kamen, um den er so geheimnisvoll tat. Und dieses Geheimnis wollte ich ihm nicht verderben, so daß ich mich zurückhielt. Allerdings würde meine edle Beherrschung nicht ewig vorhalten ... Ich sagte: »Eigentlich könnte nur so etwas wie ein saudiarabischer Vertrag diesen Riesenrummel rechtfertigen.«

Charles lächelte nicht. Er konzentrierte seine ganze Aufmerksamkeit auf den Umschlag. Vielleicht fürchtete er um die Wirkung seiner Enthüllungen, wenn er weiterhin mich anschaute.

»Theophilus fand diesen Umschlag im Archiv unter einem Stapel sehr alter Hauptbücher. Er trägt die Handschrift meines Vaters und ist an mich in meiner Eigenschaft als Testamentsvollstrecker adressiert.« Jetzt lächelte er leicht. »Wie Theophilus sich ausdrückte: er unternahm jede Anstrengung, das Dokument umgehend persönlich in meine Hände zu legen, wobei er hoffte, daß die späte Entdeckung nicht schmerzliche Konsequenzen haben würde. Theophilus konnte sich nicht erklären, wie der Umschlag überhaupt ins Archiv gekommen war. Wäre er nicht mit seinen wichtigen Forschungsarbeiten beschäftigt gewesen, hätte das Dokument dort jahrelang unentdeckt gelegen, vielleicht für alle Zeiten, bedenkt man den Zustand des Archivs, bevor Theophilus dort zu arbeiten begann. Ich öffnete den Umschlag in seiner Gegenwart, überflog den Inhalt und bemerkte mit der angemessenen Zurschaustellung unterdrückter männlicher Gefühle, es sei tatsächlich eine Stimme aus dem Grabe. Findest du Theophilus' Redestil auch so ansteckend? Also senkte er verhalten den Kopf und sagte: ›Ach, Ihr lieber Herr Vater!‹, und ich senkte verhalten den meinen. Hier endet die Geschichte, soweit Theophilus betroffen ist.« Er nahm die Augen von dem Umschlag und sah mir gerade ins Gesicht. »Liebe Kate, lies das.«

Ich nahm ihm den Umschlag aus der Hand. Ein Blatt Pergament lag darin, das dreimal gefaltet war. Es war das Testament des Geizkragens. Es war kurz. Ned Sheedy hatte getan, was er so oft angedroht hatte. Sein gesamtes Vermögen zum Zeitpunkt seines Todes sollte dazu verwendet werden, ein Heim für streunende und ungewollte Katzen zu gründen.

Ich flüsterte: »O nein!«

Charles sagte nachdenklich: »Vermutlich gefällt es dir nun doch nicht, daß ich mit meiner Handlungsweise überhaupt keinem einzigen menschlichen Wesen unrecht getan habe.«

Ich wurde von einem so heftigen, krampfhaften Abscheu für einen unbekannten toten Mann geschüttelt, daß es mich beschämte. Ich faßte mich. Ich sagte: »Es ist einfach böse. Aber es kann doch nicht rechtmäßig sein.«

»Leider ist es das. Es wurde von Ned Sheedy eigenhändig ohne Hilfe eines Anwalts aufgesetzt und von meinem Vater bezeugt, aber es ist vollkommen in Ordnung. Der zweite Zeuge war ein alter Knabe, der inzwischen gestorben ist und der fast Analphabet war. Er hat bestimmt nicht gewußt, unter was für eine Art von Dokument er seine Unterschrift setzte. Er hat einfach seinen Namen an die Stelle geschrieben, die mein Vater ihm gezeigt hat.«

Ich las das Testament noch einmal. Dieses Mal erschien es mir ganz und gar unsinnig. Ich legte es in meinen Schoß.

»Charles, du spielst ein häßliches Spiel mit mir. Ich meine, es ist nicht rechtmäßig, weil doch bestimmt kein Gericht ein Testament zulassen würde, in dem das gesamte Geld eines Mannes nicht den leiblichen Verwandten, sondern Tieren hinterlassen wird.«

»Es ist durchaus keiner meiner schlechten Witze. Das Testament ist gültig, und es wird anerkannt werden. Man ist rechtlich nicht dazu verpflichtet, Geschwister zu bedenken. Die Wünsche des Erblassers sind vorrangig, es sei denn, sie ständen öffentlichen Interessen entgegen. Die Gründung einer Heimstätte für streunende Katzen steht keinerlei öffentlichen Interessen entgegen.«

Ich zweifelte nicht im geringsten daran, daß er wußte, worüber er sprach.

»Dann werden also die Sheedys nichts bekommen?« Sag das noch einmal, vielleicht macht es dann Sinn! »Die Sheedys bekommen überhaupt nichts?«

»Nicht nur das, sie haben nicht einmal das Recht, die zweitausend Pfund zu behalten, die sie unter sich aufgeteilt haben.«

Zum dritten Mal an diesem Abend lachte ich, weil ich nicht anders konnte.

»Der Mann hat Katzen nicht einmal *gemocht*.«

»Er mochte Menschen noch weniger.« Wieder sprach Charles sehr langsam, sehr deutlich. »Der Umschlag wurde von meinem Vater adressiert, also hat Ned Sheedy ihm das Testament zur Aufbewahrung gegeben. Ich gebe offen zu, daß Vater humaner gewesen sein muß, als ich geglaubt hatte. Als Mann von Ehre – seiner Vorstellung von Ehre – konnte er es nicht über sich bringen, diese scheußliche Tirade zu zerstören, aber als der alte Sophist, der er durch und durch war, deponierte er sie an einem Ort, an dem sie zu Lebzeiten der Betroffenen wahrscheinlich nie gefunden worden wäre. Jedenfalls nicht, wenn wir nicht zufällig Theophilus auf das Archiv angesetzt hätten. Irgendwann einmal wäre das Schriftstück vermutlich beim Aufräumen mit dem restlichen Zeugs im Feuer gelandet.« Er nahm zwei Büroklammern vom Schreibtisch und fügte sie ineinander. »Niemand hätte je etwas erfahren. Nur Ned Sheedy und mein Vater wußten von der Existenz dieses Testaments. Jetzt, Kate, wissen nur du und ich davon.«

Das Testament glitt mir vom Schoß. Der Colonel, der in einer Ecke schmollte, weil er von dem von ihm gewählten Platz vertrieben worden war, sprang darauf zu, als es zu Boden flatterte. Er schlug mit der Pfote danach, vielleicht, um zu versuchen, es wieder in die Höhe zu bringen, damit zu spielen. Ohne mich von der Stelle zu rühren, sagte ich: »Er wird es zerreißen.«

Auch Charles spielte. Er machte eine Kette aus Büroklammern. Er fügte ein neues Glied hinzu.

»Es wäre doch eine hübsche Pointe, wenn eine Katze

Ned Sheedys Testament zerstören würde.« Er griff nach einer weiteren Büroklammer. »Aber ich glaube nicht daran.«

Ich dachte an jeden einzelnen meiner lästigen Schützlinge, die ich nun schon monatelang gehütet hatte, und der Gedanke war mir unerträglich, daß sie endgültig und unwiderruflich betrogen werden sollten. Der Colonel saß auf dem Testament und fixierte mich mit einem Basiliskenstarren. Ich erinnerte mich an eine Geschichte über eine Katze, die sprechen konnte. Sie sah zu, sie hörte zu, und sie sprach. Ihre Besitzer töteten sie aus Selbsterhaltungstrieb. Vielleicht hatte der Colonel Glück, daß er nichts als Katzenlaute zuwege brachte.

»Charles, was sollen wir machen?«

Auf dem Schreibtisch stand ein schweres, silbernes Tischfeuerzeug. Er drückte darauf. Die Flamme sprang auf und brannte hoch und gleichmäßig. Er sah in ihr Inneres.

»Ich habe einmal unehrenhaft gehandelt. Es ist zu einem Bruch zwischen uns gekommen.«

Ich stand also ganz allein da. Aber das hatte ich natürlich längst gewußt.

»Ich hätte dich nicht in meine Frage einschließen sollen. Es war feige. Du kannst das Feuerzeug ausmachen. Jedenfalls für den Moment. Daß ich überhaupt so eine Frage gestellt habe, genügt uns beiden doch als Beweis für das, was du beweisen wolltest, oder?«

»Hölle und Verdammnis!« sagte Charles. Er stand auf und begann, im Zimmer hin- und herzulaufen. »Sag mir doch endlich, daß ich jetzt aufhören soll, mich nicht nur wie ein Gauner, sondern auch noch wie ein verdammter Inquisitor zu benehmen!« Mit der Schuhspitze stieß er den Colonel vom Testament herunter und nahm es in die Hand. »Zu verdammt schlau, als daß es mir oder irgend jemandem guttäte, das bin ich.«

Ich streckte die Hand nach dem Testament aus und sagte: »Gib es her.«

»Laß das. Ich werde mich darum kümmern. Ich habe diese ganze Sache begonnen, und darum sollte ich sie auch an ihr Ende bringen.«

»An welches Ende, Charles?«

»Ich sagte, laß das. Du kümmerst dich um deine eigenen Angelegenheiten und überläßt mir meine.«

»Woher dieser plötzliche Sinneswandel? Du mußtest einmal eine Entscheidung treffen, und nun bin ich an der Reihe. Ich kann jetzt jedenfalls voll und ganz verstehen, wie du dich damals gefühlt hast. Das wolltest du doch, nicht wahr?«

»Das habe ich geglaubt«, sagte Charles und schaute mich auf eine Art und Weise an, die es mir unmöglich machte, an etwas anderes zu denken als an ihn, bis ich mich wieder in der Gewalt hatte. »Aber ich stelle fest, daß ich dich lieber so haben möchte, wie du bist, prinzipientreu und so weiter. Ein Gauner in der Familie reicht aus.«

Ich versuchte mich meinerseits an kleineren Schmeicheleien.

»Charles, Lieber, bitte gib mir das Testament.« Er ignorierte meine ausgestreckte Hand und die weit geöffneten, flehenden Augen. Ich hätte ihm das Testament vermutlich nie abnehmen können, hätte sich nicht der Colonel, der wahrscheinlich noch nie in seinem Leben grob angegriffen worden war und der tobsüchtig mit dem Schwanz auf den Boden schlug, zur Vergeltung entschlossen. Er sprang auf Charles zu und vergrub seine Krallen tief in dessen Fußgelenk. Charles schrie auf, und mir gelang es, das Testament zu packen.

»Danke, Colonel.«

»Ekelhaftes Biest!« schrie Charles und sah mich abschätzend an. Ich hielt das Testament an die Brust gedrückt und hatte die Arme fest um mich geschlungen. Ich wußte, daß er erwog, es mir mit Gewalt abzunehmen, aber ich war bereit, alle Würde und auch jegliche Rücksicht auf seine verletzlicheren Körperteile fahrenzulassen, um diesen Kampf auszufechten. Ich glaube, daß ich vielleicht sogar gewonnen hätte. »Ein Paar Höllenkatzen«, sagte Charles nachdenklich. Dann entschloß er sich zu einem anderen, klügeren Vorgehen und stellte den Charme voll an. »In Ordnung, meine Liebste, so sei es denn. Wir machen dies zu einer gemeinsamen Unternehmung.«

Ich schlängelte mich zur Tür, solange die Bahn noch frei war.

»Du warst großartig, was die Sheedys betrifft, Charles. Trotzdem warst du nie so persönlich betroffen wie ich. Was jetzt mit ihnen passiert, bedeutet dir längst nicht so viel wie mir. In Wirklichkeit bedeutet es dir höchstens etwas um meinetwillen. Die Sheedys sind nicht *dein* Preis, Charles, sie sind meiner. Ob ich ihn nun bezahle oder nicht, wichtig ist allein, daß ich jetzt weiß, daß ich einen Preis habe.« Ich mußte schnell weg, bevor ich mich ihm in die Arme warf. Es war ein neues und ganz und gar außergewöhnliches Gefühl, von einem Mann magnetisch angezogen zu werden, aber es war durchaus kein unangenehmes Gefühl. »Ich entschuldige mich für das, was ich letzten Sommer zu dir gesagt habe, als ich glaubte, alles zu wissen.«

Ich lief fort von ihm und in den Abend hinaus. Ich war nicht allein. Sie waren nicht zu sehen, aber sie waren bei mir – gerade so, wie sie es schon lange gewesen waren. Aber bisher mußte ich sie lediglich Tag für Tag in eine Zukunft leiten, die ich für klar umrissen gehalten hatte. Nun hielt ich ihre Zukunft selbst in der Hand.

Una Troy im dtv

Mutter macht Geschichten

Eine jung gebliebene Witwe, die es satt hat, sich von ihren drei erwachsenen Kindern bevormunden zu lassen, entschwindet eines Tages. dtv 1286 / großdruck 25003

Die Pforte zum Himmelreich

Zwei recht unkonventionelle Ordensschwestern im Kampf mit der Äbtissin des Klosters. dtv 10405 / großdruck 25052

Ein Sack voll Gold

Eine heitere Familien- und Liebesgeschichte vor dem Hintergrund eines konservativen irischen Dorfes. dtv 10619 / großdruck 25002

Trau schau wem

Als Ellen O'Sullivan den armseligen Hof ihrer Eltern für viel Geld verkaufen kann, wollen ihre Geschwister ihr plötzlich vorschreiben, wie sie ihr Leben einrichten soll ... dtv 10867

Kitty zeigt die Krallen

Eine seit zweiundzwanzig Jahren glücklich verheiratete Frau nimmt den Kampf mit einer attraktiven Nebenbuhlerin auf. dtv 10898

Stechginster

Acht Ruhe suchende Weihnachtsurlauber in einem romantischen Gästehaus werden von sechs fanatischen Jugendlichen in einen ungewöhnlichen Kriminalfall verwickelt. dtv 10989

Das Schloß, das keiner wollte

Ein adeliger Verwandter hinterläßt einer eher bescheiden lebenden Lehrerfamilie ein Schloß. dtv 11057

Eine nette kleine Familie

Die allseits beliebte Lehrerin Miss Meade will Ordnung in die Verhältnisse einer »netten kleinen Familie« bringen, die durch die Ankunft eines fünften Kindes in ihren Grundfesten erschüttert wird ... dtv 11150

Läuft doch prima, Frau Doktor

Ann Morgan ist nicht nur Ärztin aus Leidenschaft, sondern auch verantwortlich für ihre beiden jüngeren Geschwister, die ihr diese Aufgabe in keiner Weise erleichtern. dtv 11214

Die Leute im bunten Wagen

Eleanor Moore und ihre Großnichte Rose stellen den Park ihres Herrensitzes »fahrendem Volk« als Winterquartier zur Verfügung. dtv 11350 (März 1991)

Amei-Angelika Müller im dtv

Foto: Studio Kleiber

Pfarrers Kinder, Müllers Vieh
Memoiren einer unvollkommenen Pfarrfrau

Sie ist ein Morgenmuffel, Kochen ist nicht ihre Stärke, und auch sonst entspricht sie nicht dem Ideal einer Pfarrfrau. Sie wollte auch alles andere werden, nur das nicht. Doch sie lernte einen Theologiestudenten kennen – und lieben.
dtv 1759 / dtv großdruck 25011

In seinem Garten freudevoll . . .
Durchs Gartenjahr mit Wilhelm Busch

Jeder glaubt Wilhelm Busch zu kennen, doch eine Seite des berühmten Zeichners, Dichters und Philosophen ist weniger bekannt: Er war ein großer Naturfreund und Hobbygärtner. Amei-Angelika Müller hat diesen »anderen« Wilhelm Busch aufgespürt in seinen Briefen, Gedichten und Zeichnungen, in denen er von Gärtners Freud und Leid erzählt, das menschliche Leben mit dem Ablauf der Jahreszeiten vergleicht und Tiere und Pflanzen beobachtet.
dtv 10883

Ich und du, Müllers Kuh
Die unvollkommene Pfarrfrau in der Stadt

Nach sieben Jahren in der ländlichen Pfarrei folgt Amei-Angelika Müller ihrem Mann auf eine Pfarrstelle in der Stadt. Neue Erlebnisse und Erfahrungen warten auf die »unvollkommene Pfarrfrau«, von denen sie mit viel Selbstironie und gekonnter Situationskomik erzählt.
dtv 10968

Sieben auf einen Streich

Eine herzerfrischend fröhliche, witzige und humorvolle Familiegeschichte: Sieben Geschwister nebst Anhang, insgesamt siebzehn Personen, darunter nicht weniger als drei Pfarrer, versammeln sich zu einem Familientreffen im Harz. Vergnügliche Einblicke in eine ganz und gar unmögliche Familie . . .
dtv 11204

Veilchen im Winter

Was macht eine junge Frau, die sich von ihrem skibegeisterten Ehemann zum gemeinsamen Winterurlaub überreden läßt, obwohl sie selbst völlig unsportlich ist und den Winter zutiefst verabscheut? Sie würde nach wenigen Tagen enttäuscht und zornig abreisen – wäre da nicht eine gleichgesinnte Seele in Gestalt eines kleinen Jungen.
dtv 11309

Fay Weldon
im dtv

Die Teufelin

Die loyale, aber leider ziemlich unattraktive Ruth erträgt lange die sexuellen Eskapaden ihres Mannes. Irgendwann ist sie allerdings mit ihrer Geduld am Ende. Sie dreht den Spieß um und plant einen Rachefeldzug. Das erste, was in Rauch aufgeht, ist das Eigenheim. dtv 11132

Herzenswünsche

Was Helen und Clifford aus der großen Liebe machen (natürlich eine Scheidung und diverse andere Dinge und noch eine Scheidung und die eine oder andere Karriere) und wie ihre verlorene Tochter Nell viel schöner und klüger wird, als es ihre Eltern verdient haben. dtv 11197

Du wirst noch an mich denken

Ein Mann und drei Frauen, die Geschiedene, die Neue und die Halbtagssekretärin – aus dieser nicht ungewöhnlichen menschlichen Konstellation macht Fay Weldon eine rasante psychologische Studie über Schein und Sein; mit einer Komik, die manchmal mörderisch ist. dtv 11225

Kleine Schwestern

Zusammen mit dem Antiquitätenhändler Victor, ihrem zwanzig Jahre älteren Liebhaber, fährt Elsa für ein Wochenende aufs Land. Der Besuch bei Victors reichen Freunden wird für Elsa zu einer Tour de force durch Liebe, Lügen, Sex und andere Ungeheuerlichkeiten. Aus Prinzen werden Frösche, und nichts bleibt, wie es war. dtv 11305

Frau im Speck

Aus einer von Wohlstandsspeck, Diätkuren und den üblichen Midlife-crises-Affairen bedrohten Ehe hat sich Esther in eine schmuddelige Souterrainwohnung geflüchtet. Was sie dort tut? Sie ißt, und zwar alles, was fett macht. Eine »beste Freundin« taucht auf und spielt den »rettenden Engel«... dtv 11378

Sterndame

Sandra geht mit ihrem Ehemann auf eine Party und verläßt dieselbe mit einem anderen. Das Pikante am vorliegenden Fall: Die Dame ist eine prominente Fernseh-Astronomin, der Gatte ein bekannter Anwalt, und der »Neue« Boss einer Jazz-Band, übrigens ebenfalls verheiratet. dtv 11426 (August 91)

Das Buch

Kate Wilson kennt Castlebarry bisher nur aus den Schilderungen ihrer Schwester Eleanor: ein kleines irisches Dorf, 120 Meilen von Dublin entfernt, das seinen Namen und seine 250 Arbeitsplätze einem Vorfahren des Textilfabrikanten Barry, Eleanors Schwiegervater, verdankt. Konservativ und patriarchalisch geht es hier zu. Und trotzdem verläßt die junge Frau London und ihre Freunde, um ihrem Schwager Charles und seinen drei Kindern nach dem frühen Tod der Schwester auf dem Familiensitz der Barrys den Haushalt zu führen. Viel Arbeit wartet auf Kate, vor allem aber wird sie mit zahlreichen heiklen Problemen konfrontiert, die ihr nicht nur die fragwürdigen Geldgeschäfte ihrer Verwandten, ihre neuen Nachbarn, die exzentrischen Sheedys, sondern auch die quirligen Kinder, der gutmütige Tom und nicht zuletzt – Charles Barry selbst bereiten. Doch eines Tages wendet sich alles zum Guten ...

Die Autorin

Una Troy wurde 1913 in Fermoy in Irland geboren. Sie studierte in Dublin und lebt heute als Witwe eines Arztes in ihrer irischen Heimat. Una Troy begann schon früh zu schreiben. Mit der Veröffentlichung des Romans ›Wir sind sieben‹ wurde sie in kurzer Zeit in England, Amerika und dem deutschen Sprachraum bekannt.